U0529611

国家社科基金项目"新世纪乡村小说地方志书写研究"(编号：21BZW156)阶段性成果

文澜学术文库

先锋与常态
新世纪乡村小说论

陈国和 / 著

中国社会科学出版社

图书在版编目（CIP）数据

先锋与常态：新世纪乡村小说论/陈国和著 .—北京：中国社会科学出版社，2023.11

（文澜学术文库）

ISBN 978 - 7 - 5227 - 2961 - 9

Ⅰ.①先…　Ⅱ.①陈…　Ⅲ.①乡土小说—小说研究—中国—现代　Ⅳ.①I207.42

中国国家版本馆 CIP 数据核字（2024）第 007702 号

出 版 人	赵剑英
责任编辑	张　潜
责任校对	贾森茸
责任印制	王　超

出　　版	中国社会科学出版社
社　　址	北京鼓楼西大街甲 158 号
邮　　编	100720
网　　址	http://www.csspw.cn
发 行 部	010 - 84083685
门 市 部	010 - 84029450
经　　销	新华书店及其他书店

印　　刷	北京明恒达印务有限公司
装　　订	廊坊市广阳区广增装订厂
版　　次	2023 年 11 月第 1 版
印　　次	2023 年 11 月第 1 次印刷

开　　本	710×1000　1/16
印　　张	13.75
字　　数	201 千字
定　　价	75.00 元

凡购买中国社会科学出版社图书，如有质量问题请与本社营销中心联系调换
电话：010 - 84083683
版权所有　侵权必究

总　　序

中南财经政法大学新闻与文化传播学院建院虽然只有十余年，但院内新闻系、中文系和艺术系所属学科专业都是学校前身中原大学1948年建校之初就开办的，后因院系调整中断，但从首任校长范文澜先生出版《文心雕龙讲疏》开始其学者生涯，到当代学者古远清教授影响遍及海内外的台港文学研究，本校人文学科的研究是薪火相传，积淀丰赡。

1997年，学校重新开办新闻学专业，创建新闻系，相关学科专业建设开始步入新的发展阶段。2004年，新闻与文化传播学院组建。近年来，在学校建设"高水平、有特色的人文社科类研究型大学"的发展目标的指引下，中文系和艺术系又相继在2007年和2008年成立，人文学科迅速得到恢复和发展。

为了检阅本院各学科研究工作的实绩，进一步推动研究的深入和学科的发展，我们将继续编辑出版本院教师系列学术论著"文澜学术文库"丛书。

丛书以"文澜"命名，一是表达我们对老校长范文澜先生的景仰和怀念，二是希望以范文澜先生的道德文章、治学精神为楷模以自律自勉。

范文澜先生曾在书斋悬挂一副对联："板凳要坐十年冷，文章不写一句空。"这种做学问的自律精神在今天更显得宝贵和具有现实意义。《文心雕龙讲疏》是范文澜先生而立之年根据在南开大学的讲稿整理完成的第一部学术著作，国学大师梁启超为之作序："展卷诵读，知其征证详核，考据精审，于训诂义理，皆多所发明，荟萃通人之说而折衷之，使义无不明，句无不达。是非特嘉惠于今世学子，而实大有勋劳于舍人也。"学术研究之意义与价值，贵在传承文明、承前启后、继往开来、推陈出新。范文澜先生之《文心雕龙讲疏》后又经多次修订，改名《文心雕龙注》以传世，作者有着严谨的学风、精益求精的精神，实为吾辈楷模。正因如此，其著作乃成为《文心雕龙》研究史上集旧注之大成、开新世纪之先河的里程碑式的巨著。

先贤已逝，风范长存。高山仰止，景行行止。虽不能至，然心向往之。

是为序。

胡德才
2015 年 7 月 6 日于武汉

我的批评观（代序）

文学批评是一项极具个性的实践活动，具有独立性、人文性和文学性等方面的特征。

文学批评的独立性。首先，文学批评具有和文学创作同等重要的地位。两者都是现代知识分子的一种民间岗位，是运用现代知识，通过学术实践和创作实践，积极应对时代和社会命题，回应自我世界的困惑和思考，探索语言艺术可能性的科学活动。一方面，优秀作家以真挚的创作实践，对中国社会的发展形成较为稳定的独立见解，以形象的创造深刻地反映当代中国的真实社会画面；另一方面，敏锐的评论家见证时代的发展与变迁，努力用文字记录自己对这个时代的文学心得。文学批评和文学创作相互照应、彼此依存，共同繁荣了艺术园地，探索艺术的可能性，满足人民日益增长的审美需要。其次，文学批评属于文学场域中的独立部分，文学批评理应不受其他非专业因素的干扰。遗憾的是，20世纪50—70年代，某些文学批评成为政治斗争的工具，对作品具有生杀大权，"棒杀"现象层出不穷。80年代以来，文学批评虽然逐渐从政治中获得解放，但是，部分文学批评半推半就地与资本结盟，甚至出卖专业良心，为资本站台，为市场"捧杀"，违背了文学艺术的初心，令人遗憾。

文学批评的人文性。文学批评是文学事业的重要组成部分，是人文学者介入社会、反思历史、触摸心灵、追求理想的一种方式。文学批评应该始终和中国的现实保持互动，围绕着中国问题进行。批评家应与时代建立某种血肉联系。这种关系不是自然意义上的联系，而是一种内在的感知，是对生活的考察、理解以及具有主体性的思考。文学批评要与时代同构、与社会同行，做及物的、在地的文学批评。批评家热忱地投入当代文学和文化建设，从不同的角度和切入点关注当下繁荣、无序的生活，展现文学批评的丰富性和生命力。文学批评应聚焦同代人的文学创作，和作家一起成长，积极参与文学现场，成为文学的在场者和见证人。同时，文学批评的主要目的说到底是人的可能性发现，是从不同的角度表达人文关怀，提升人的素质，推动社会进步。

　　文学批评的文学性。文学批评是一种语言艺术，应该具有文学性的特征。当下，为了适应高校学术评估的需要，文学批评的篇幅越来越长，各种西方文学批评术语、概念俯拾皆是。但是，诸多文学批评文思枯涩、叠床架屋、生吞活剥、不求甚解的现象时有发生。文学批评应该在中西古今文论中吸取有效的营养，创新具有中国文化气度的话语体系。文学批评在保持学术性、理论性的同时，尽可能使评论语言也具有文学性、诗性的特点，让读者感受到中华母语独特的魅力。

目　录

第一辑　民间与折叠 …………………………………………………… 1
民间何来　民间何往
——以《1978年以来的乡土中国叙事研究》中的民间争议谈起 …… 3
　一　缘起：民间的由来及初始含义 ……………………………… 3
　二　分歧：批评实践中的田小娥形象之争 ……………………… 7
　三　未来：基于现实感的民间审美想象 ………………………… 11
　四　《极花》：沉重命题的诗性言说 …………………………… 15
刘震云：话语镜像与生存之困 ……………………………………… 26
　一　拧巴缠绕的话语策略 ………………………………………… 26
　二　时空繁复的话语叙事 ………………………………………… 32
　三　孤独与寻找的精神指向 ……………………………………… 37
陈应松：底层生活镜像 ……………………………………………… 43
　一　忧愤深广 ……………………………………………………… 44
　二　人性强悍 ……………………………………………………… 48
　三　崇巫尚鬼 ……………………………………………………… 51
　四　惊采绝艳 ……………………………………………………… 54

第二辑　赓续与拓新 ………………………………………………… 59
阿来：文化返乡与先锋怀旧 ………………………………………… 61
　一　怀旧的未来：现代性文化返乡 ……………………………… 61

1

二　怀旧的内容：地方性知识 …… 65
　　三　怀旧的立场：中华民族共同体 …… 69
郭文斌：抒情传统的赓续 …… 73
　　一　"安详"的文学 …… 74
　　二　抒情的语言 …… 77
　　三　文体的间性 …… 82
近年来农村新人形象书写的三个维度 …… 87
　　一　进城者的城乡悲歌 …… 87
　　二　返乡者的乡村恋曲 …… 92
　　三　乡村干部的成长与蜕变 …… 96
对话：中年写作、常态特征和先锋召唤 …… 100
　　一　"低谷"中的繁茂 …… 100
　　二　常态中召唤先锋 …… 104
　　三　历史重构与主体性生成 …… 109

第三辑　中间与中坚 …… 115
朱山坡的新南方书写 …… 117
　　一　从城乡关系书写到为时代立传 …… 117
　　二　精神困境与人性叩问 …… 122
　　三　融合叙事的常态表征 …… 125
　　四　常态中的先锋追求 …… 130
肖江虹：人性之光与贵州书写 …… 133
　　一　和解中的底层书写 …… 133
　　二　断裂中的文化坚守 …… 137
　　三　顺变中的守正创新 …… 140
　　四　随俗中的重塑贵州 …… 143
蔡家园：乡村书写的先锋与常态性 …… 147
　　一　土地制度与社会变迁 …… 147

二　乡村文化的重建 ………………………………………… 151
　　三　历史主体文化身份的重构 …………………………… 153
"70后"作家乡村书写的常态性 ……………………………… 157
　　一　被遮蔽的常态性 ……………………………………… 157
　　二　乡村破败书写的常态性视角 ………………………… 159
　　三　日常生活的温情呈现 ………………………………… 163
　　四　慈悲宽容的精神立场 ………………………………… 167
　　五　当代性或可能性 ……………………………………… 171

第四辑　文脉与风骨 …………………………………………… 175

佛心·诗心·文心：樊星先生印象 ………………………… 177
　　一　佛心：悲悯于人类文化 ……………………………… 177
　　二　诗心：沉入作品深处 ………………………………… 181
　　三　文心：浓烈的当下情怀 ……………………………… 183
革命·中国·文学：民族形式与中国经验
　　——评贺桂梅的《书写"中国气派"》 ………………… 187
　　一　重返历史现场　体认"革命" ……………………… 188
　　二　社会史视野，打开"中国" ………………………… 191
　　三　文化与政治实践，拓展"文学" …………………… 194
中国现当代文学研究知识性格的形塑
　　——关于金理《文学视野中的现代名教批判——以章太炎、
　　　　鲁迅与胡风为中心》 ………………………………… 198
　　一　文学"实感"本位 …………………………………… 198
　　二　文学史意识 …………………………………………… 201
　　三　知识分子心史 ………………………………………… 202

参考文献 …………………………………………………………… 205

后　记 ……………………………………………………………… 209

第一辑　民间与折叠

民间何来　民间何往

——以《1978年以来的乡土中国叙事研究》中的民间争议谈起

一　缘起：民间的由来及初始含义

本部分论述的民间是指陈思和提出的中国现当代文学研究民间理论，即民间文化形态。按照不同的维度分为民间文化空间、民间价值立场和民间审美原则。这种民间是一种审美形态，是审美空间的理论构建。

自20世纪90年代以来，民间早已成为中国当代文学的核心概念。但这一话语背景的复杂性、内涵的特殊性，还有许多不太明确的地方。不妨将这一理论置于陈思和个人学术实践史中来分析，从而正本清源，厘清理论旅行的踪迹。

笔者曾就民间理论的缘起请教过陈思和老师。据他回忆，关于民间的思考萌芽于1988年对赵本夫系列小说的分析，尽管当时主要以"准文化"概念进行命名：

> "准文化"来自真正的民间。它是民族历史上的非正统文化，所含的文化内涵与审美观念，都具有民间粗俗，因之也更有生活原始形态的色彩。民俗民风、郑卫之音、桑濮之声，通常是它的生命力最为强烈的表现。由于它并非正统的文化决然对立，而往往是在正统文化制约力较薄弱的环节小心翼翼地构筑着符合自身道德观念与

审美观念的文化体系，所以一般很难被人们从独立的意义上给予重视。但它对于一些来自民间的文学作品——诸如《水浒》等，产生的影响是极为重大的。①

关于民间的基本特征，"在这个'准文化'的概念里已经包含了"②。民间的"非正统文化"定性表明了民间的异质空间性质。当然，在1994年以前，"民间"还只是论述文学创作时临时使用的一个普通词语，尚未提炼为当代文学批评的关键词。而能够从文学史维度将这种民间文学形态元素串联成为一种文学现象，并进行理论化分析，这主要得益于陈思和所具有的贯通中国现当代文学的宏观视野。他本人将这种文学研究方法称为"中国新文学整体观"③。20世纪80年代前期，学界习惯于从意识形态的利益出发，生硬地割裂中国现代文学和当代文学的时空关联。人们不敢、不愿或不能突破陈旧的文学史观和落后的研究方法。中国新文学整体观的倡导填平了中国现代文学与当代文学之间的沟壑，拆除了中国现当代文学与传统文化、世界文化之间的障碍，拓展了中国现当代文学与港澳台及海外华文文学的空间，密切了文学内部各种文体之间以及与其他艺术门类之间的关联。这一文学史观和研究方法的最初成果是1985年陈思和在《复旦学报》上发表的论文《新文学史研究中的整体观》④。两年后，这一研究的系列成果以同名著作的形式列入上海文艺出版社"牛犊丛书"得以出版。表面看来，"整体观"似乎与由北京的黄子平、陈平原和钱理群等学者提出的"二十世纪中国文学"这一概念的理论内涵相似，但实际上，两者有较大差别。"二十世纪中国文学"注重历史及其批评叙述的完整性，主张打破近代、现代和当代文学的分割局面来展开文学史研究。⑤ 而陈思和提出的"中国新文学整体观"是出于

---

① 陈思和：《蜕变期的印痕——致赵本夫》，《文学评论家》1989年第1期。
② 陈思和：《关于赵本夫的三篇文章》，《时代文学》2003年第4期。
③ 陈思和：《新文学史研究中的整体观》，《复旦学报》1985年第3期。
④ 黄子平、陈平原、钱理群：《论"二十世纪中国文学"》，《文学评论》1985年第5期。
⑤ 陈思和：《新文学整体观》，广东人民出版社2018年版，第3页。

寻找现代文学学科生长点的考量。在《中国新文学整体观》开篇的"编者与作者的对话"中，陈思和作了如下说明："当大量历史遗留下来的空白被填补以后，现代文学的研究似乎出现了困境。由于现代文学被局限在一个非常狭小的时空范围之内，研究对象的封闭性不可避免地造成研究者过于密集，研究视野受限制等弊端。""中国新文学整体观"的提出就是为了"开辟一条新的研究道路，提供一种新的研究视角"。① "中国新文学整体观"本质上仍属于文学批评范畴，是一种具有文学史品格的文学批评，他将这种批评方式称为"史的批评"②，而不是纯粹的文学史研究。"这种方式的批评对象仍然是文学作品或文学现象，而不是文学史本身。但批评者必须把文学史作为批评对象的参照系，在这两者之间寻求批评的意义：或在文学史的宏观研究中阐述具体理论问题，或以具体作品的价值来重新审视文学史中曾经存在的一些现象。"③ 整体观的研究方法可以更加灵活、有效地直接切入文学史现象，进行各类专题性研究，如中国新文学发展中的现实主义、浪漫主义和现代主义等。这是陈老师常常教导笔者的研究方法。同样，对民间概念的理解，需要置于陈思和个人学术史的视野中进行分析，厘清这一理论的缘起。

陈思和提出民间概念是 1994 年。之前他和王晓明自 1988 年第 4 期《上海文论》开始，主持"重写文学史"的讨论，"倡导一种在审美标准下自由争鸣的风气，以改变过去政治标准下的大一统学风"，"倡导以审美标准来重新评价过去的名家名作以及各种文学想象。"④ 这一栏目持续到 1989 年 12 月，共 9 期。多年以后，陈思和再次谈到"重写文学史"时说，当时只坚持两个标准，一个是良知和道义；另一个是从史料出发，从当时的实际情况出发。显然，这种标准的"重写"不是小打小闹，修修补补，而是另起炉灶、重新开张。由于众所周知的特殊原因，"重写文学史"专栏匆匆收盘，20 世纪 80 年代也遽然终结。1994 年陈思和在

---

① 陈思和：《新文学整体观》，广东人民出版社 2018 年版，第 3 页。
② 陈思和：《中国新文学整体观》，上海文艺出版社 1987 年版，第 277 页。
③ 陈思和：《关于"重写文学史"》，《文学评论家》1989 年第 2 期。
④ 陈思和、杨庆祥：《知识分子精神与"重写文学史"》，《当代文坛》2009 年第 5 期。

《上海文学》第1期、《文艺争鸣》第1期分别发表了长篇论文《民间的浮沉：从抗战到"文革"文学史的一个解释》①、《民间的还原："文革"后文学史某种走向的解释》②。文中陈思和提出了民间的概念，与权威庙堂、精英广场并置，试图以民间文化形态作为一个自在的文化小传统，与"五四"启蒙文学的大传统相结合。陈思和从"重写文学史"的精英意识和"纯文学"的立场中退出，重新反思"五四"传统，寻找当下知识分子的位置。

在1993年11月发表的《论知识分子在现代转型期的三种价值取向》一文中，陈思和指出："我所说的岗位意识，是知识分子在当代社会中的一种自我分界。……岗位的第一种含义是知识分子的谋生职业，即可以寄托知识分子理想的工作。……另一层更为深刻也更为内在的意义，即知识分子如何维系文化传统的精血。"③ 论文写作的时间基本上和民间理论提出的时间差不多。可以看出，民间理论创建表达了陈思和对精英广场的失望，同时与岗位意识的精神之维有着密切的关联。不过，在许多知识分子那里，人们有意无意地省略了岗位意识应该具有的"现实战斗精神"的一面。

民间概念提出的同时，陈思和饱含极大热情积极参与"人文精神"讨论。他认为，"人文精神"讨论并不是要求改变客观社会，而是要求清算知识分子自身的腐败和萎缩状况。他将关注点放在知识分子自身的反省上，所论的是知识分子的主体世界、精神世界。陈思和对人文精神的论述显然与他所提倡的"岗位意识"有关。

从上文我们不难看出，民间理论的创建既有规避各方压力、失礼求诸野的现实原因，也有续接人文传统，坚守主体论、审美论的文学理想的浪漫想象。民间理论由此引起持续的热烈讨论也是必然的命运。讨论

---

① 陈思和：《民间的浮沉：从抗战到"文革"文学史的一个解释》，《上海文学》1994年第1期。

② 陈思和：《民间的还原："文革"后文学史某种走向的解释》，《文艺争鸣》1994年第1期。

③ 陈思和：《知识分子在现代转型期的三种价值取向》，《上海文化》，创刊号（1993年11月）。

的要点涉及知识分子的立场、启蒙思想的评价、通俗文学研究的路径、民间形态的形式等诸多问题。不过，在后来的文学批评实践中，人们主要在审美意义上使用和接受"民间"概念。

姚晓雷对此一直存有疑问。他认为自由自在的审美风格"未免有了把它涂上一种作为知识分子新开辟出来的主观精神意境色彩的可能性。因为'人类原始的生命力''自由自在'等都是一种特定语境下的知识分子词汇，是一部分敏感的知识分子在欲传达他们的现实反抗又没有更好的依托方式时的一种浪漫想象。"① 关于民间在批评实践中的分歧，他在多年以后的《乡土中国叙事研究》中再次集中论述。如当代文学批评的启蒙依赖，田小娥的形象塑造等。其实，姚晓雷文中所理解的民间是"世俗民间"，这和陈思和倡导的理想化的、代表知识分子价值立场的民间审美形态有很大的差别。姚晓雷常常将文学审美中的民间和现实底层的"民间"混为一谈。两者之间确实有重叠、交叉，但是不能相互替代。因此，两人的分歧不可避免。

二 分歧：批评实践中的田小娥形象之争

民间是文学范畴内的理论概念，王光东对此有非常深入的精彩论述。这里的民间既联系着现实的民间文化空间，也包含了知识分子的民间价值立场，同时还含有由此而衍生的民间审美原则。② 作家将具有本源性的现实和民间自由自在的生机转化为一个自觉的、理想的艺术世界。在这个转化过程中，文学作品自觉或不自觉地投射有知识分子的自由精神。从这个意义上说，知识分子的自由精神和民间的自由自在的生命状态具有某种一致性。透过知识分子的精神可以映射出现实的民间立场，民间立场也为知识分子的精神提供现实支撑。陈思和和姚晓雷的分歧在这一理论框架中才能得到有效阐释。

---

① 姚晓雷：《民间：一个演绎于主体与客体之间的价值范畴》，《文艺争鸣》2001年第1期。
② 王光东：《民间：作为中国现当代文学研究的视野与方法》，东方出版中心2013年版，第2页。

姚晓雷在论述"重返启蒙：无法成为解决当下乡土叙事研究价值危机的出路"时说道："20世纪中国新文学和启蒙之间属于你中有我、我中有你却又并非同质的关系。"这无疑是非常准确的。但是，他给启蒙预设了一个恒常不变的标准，也无视陈思和民间理论的包容性和开放性。这也难怪陈思和以莫言的乡村小说创作为例，分析他所塑造的农民形象真正代表了被压抑的农民的心声，他被农民自身的文化力量推动着，走到了启蒙文学的对立面，而这种力量是一种真正的民间文化力量。

康德和福柯都论述过"什么是启蒙"，两者恰好分别代表了现代性哲学和后现代性哲学的立场。尽管各自的立场和方法不同，其核心精神却一脉相承。他们的相同之处在于将"批判"视为启蒙的重要内容，而不同之处在于康德是将批判置于主体的理性之中，而福柯则将批判纯粹化，质疑主体的理性。[①] 我们不能忽视康德1784年回答"何为启蒙"时所做的历史贡献，同时，也不能否认200年后福柯为这一问题所做的分析、演绎和升华。按照哈贝马斯的说法"现代性是一项未竟的事业"。从这个角度来说，后现代是对现代性的继承和深化，并没有走出现代性的视野，而"启蒙"贯穿现代与后现代始终。姚晓雷在阐释20世纪80年代以来乡土中国形象塑造的文本特征和存在问题时，广泛使用了跨学科的研究方法。这确实提升了研究的理论深度，但是个别结论却有削足适履之嫌，如对20世纪80年代以来乡村小说批评启蒙依赖症的批评就显得有些唐突，没有意识到中国文学、中国社会存在的诸多问题恰恰是启蒙进程不充分、不彻底的结果。姚晓雷这种犹疑的心态和立场，自然影响到对民间自由自在审美形式的理解。

对于田小娥人物形象塑造这个问题，在形象的民间自由自在审美形式方面两位学者表现出不同的理解。

在陈忠实的长篇创作手记《寻找属于自己的句子》中，他详细地记录了酝酿、创作《白鹿原》的过程。陈忠实不仅考察了白鹿原的乡村场景、生存状况，他还深入到每个县的图书馆，认真研读每一本地方志。

---

① 杜小真编选：《福柯集》，上海远东出版社2002年版，第528—544页。

他详细地记录了在阅读地方志时，酝酿、构思田小娥这一人物形象的过程。

"当我打开蓝田县志第一卷的目录时，我的第一感觉是打开了一个县的《史记》，又是一方县域的百科全书。"① 特别是当看到"贞妇烈女"卷，陈忠实感到非常震惊，继而产生崇高和沉重的情感。一部 20 多卷的县志，竟然用四五卷的篇幅来记录本县的贞妇烈女的事迹或名字。这些贞妇烈女用活泼的生命，坚守地方志中为她们特意设置的各种"志""节"，经过日日夜夜漫长的残酷煎熬，才换来县志上几厘米长的位置，"可悲的是任谁恐怕都难得有读完那几本枯燥姓氏的耐心。"② 陈忠实翻阅县志时，为这些女性的生命叹息：

> 我在那一瞬有了一种逆反的心理举动，重新把"贞妇烈女"卷搬到面前，一页一页翻开，读响每一个守贞节女人的复姓姓氏——丈夫姓前本人姓后排成××氏，为他们行一个注目礼，或者说挽歌，如果她们灵息尚存，当会感知一位作家在许多许多年后替她们叹惋。我在密密麻麻的姓氏的阅读过程中头晕眼花，竟然产生了一种完全相悖乃至恶毒的意念，田小娥的形象就是在这时浮上我的心里。在彰显封建道德的无以数计的女性榜样的名册里，我首先感到的是最基本的作为女人本性所受到的摧残，便产生了一个纯粹出于人性本能的抗争者叛逆者的人物。这个人物的故事尚无影踪，田小娥的名字也没有设定，但她就在这一瞬跃现在我的心里。我随之想到我在民间听到的不少荡妇淫女的故事和笑话，虽然上不了县志，却以民间传播的形式跟县志上列排的榜样对抗着……这个后来被我取名"田小娥"的人物，竟然是这样完全始料不及地萌生了。③

---

① 陈忠实：《寻找属于自己的句子》，上海文艺出版社 2009 年版，第 12 页。
② 陈忠实：《寻找属于自己的句子》，上海文艺出版社 2009 年版，第 13 页。
③ 陈忠实：《寻找属于自己的句子》，上海文艺出版社 2009 年版，第 13—14 页。

可以看出，陈忠实对田小娥的刻画源于阅读《蓝田县志》感受后的反向写作，田小娥这一文学形象蕴含了陈忠实的审美理想。他试图用新的文化视角重新解读被历史遮蔽了光芒和色彩的女性形象，塑造"一个纯粹出于人性本能的抗争者叛逆者的人物"。为完成这一形象的塑造，他甚至不惜采取了一些偏至的方法，将自由自在的民间理解表现得淋漓尽致。他尽可能准确地"把握那个时代的人的脉象，以及他们的心理结构形态"。① 这一创作过程鲜明地表现了陈思和关于民间的论述。

姚晓雷在著作中将田小娥的文学形象分为四幅面孔，分别为：被封建宗法社会礼教制度吃掉的善良弱女；沉湎于身体快感的欲女形象；以阶级、身份、仇恨、反抗为标志的20世纪中国革命话语语境下的阶级反抗女；具有恶魔性特征的女撒旦或瘟疫形象。这种划分对于读者理解《白鹿原》丰富的主题，探析田小娥形象的复杂性具有积极意义。但是，从陈忠实查阅地方志时萌发出的创作动力可以看出，田小娥这一形象是具有反抗精神的女性形象，承载了作者反抗权威文化秩序的精神想象。处于底层地位的田小娥只有依靠自己的身体，依靠"自由自在"的生命潜能进行反抗。毕竟她反抗的是整个封建文化体制。福柯提醒人们在接受启蒙思想的时候，需要考虑它和知识、权利、伦理三者的关系。我们该如何建构自身知识的主体、行使或屈从权力关系的主体和自身行动的道德主体？② 从田小娥的命运可以看出，启蒙的任务远未完成。毕竟启蒙是贯穿现代和后现代文化时代的一种态度、精神和生活。

陈思和多次说过，由于种种原因没有解读过《白鹿原》这部当代文学史不应该遗漏的作品。陈思和说"其实是我太慎重，这部小说内含复杂的民间文化形态，也是我一直想表述的民间本相，但是我怕讲不好，反而让人误解，所以就一直犹豫着没有下笔"。其实，笔者发现陈思和同样没有解读过《废都》，贾平凹的其他作品他倒是及时跟踪解读，和作家小说创作产生了良性互动。笔者内心猜测主要是文学史家陈思和舍不得

---

① 陈忠实：《寻找属于自己的句子》，上海文艺出版社2009年版，第16页。
② 杜小真编选：《福柯集》，上海远东出版社2002年版，第528—544页。

解读，愿意在心底珍藏。《白鹿原》《废都》都是1993年公开出版，和民间理论创建的时间基本相同。那一代知识分子或者像姚晓雷所说的"50后"知识分子经历了时代的创伤，心有余悸，但是杰出的学者、作家在各自民间岗位上用生命谱写了一曲生命之歌，触摸到了时代的痛点，彼此惺惺相惜。他们一生的追求就是陈思和所倡导的岗位意识的最好阐释。

因此，笔者认为陈思和和姚晓雷虽然在某些地方有些分歧，但是，这主要是不同世代学者在研究路径上的偏好不同而已，他们在学术精神追求上是一致的。

三 未来：基于现实感的民间审美想象

上文分析了民间理论的缘起、批评实践中的理论分歧，接下来论述民间理论在当代文学创作中的有效性问题。

陈思和的民间理论强调了现代知识分子应该持有的一种立场和态度。这一创新理论在阐释中国当代文学的多样性及复杂性方面具有积极的意义，同时也成为当下知识分子的一种文化理想，成为人文精神的出发点和归宿。但是随着现代化进程中社会的一体化愈演愈烈，传统的民间形态越来越无存身之处，知识分子在面对一个日渐衰落的民间世界时，只能靠残存的民间记忆加上审美想象的方式编制美好的梦幻。因而基于现实感的审美想象是必要的，也是必然的；将来的民间文化形态当然仍然是知识分子的一种审美想象，只不过它尽可能地遵从现实生活的文化逻辑。

20世纪90年代以来，随着市场经济的兴起，世俗化潮流逐渐蔚为大观，知识分子的启蒙话语受到各方面的挑战，日益显露出窘态。知识分子作为精神创作主体的优越感逐渐消弭，他们内心深感孤独、无奈，甚至有一种从未体验过的被抛弃感。"失礼求诸野"，人文知识分子自我救赎的方式就是在民间大地寄托自己的精神和理想。从这一角度看，陈思和的民间理论在20世纪90年代以来的文学写作中具有重要的意义，如莫言、张炜、贾平凹、余华、王安忆等人创作的民间叙事转向就和这一理论有极大关联。关于这方面的论述王光东有精彩的论述，在此不再赘述。笔者主要从陈思和和林白之间的学术交往来分析这一理论创新与创作实践的互动发展。

因《回廊之椅》《一个人的战争》《说吧，房间》等小说的标新立异、彰显女性意识，20世纪90年代林白被学界称为女性主义的代表作家。但是，后来林白逐渐放弃了女性主义立场，在民间叙事方面取得了令人瞩目的成就，创作了许多富有探索性的优秀作品。《万物花开》公开出版以后，陈思和和林白做了一个关于民间理论和文学创作的长篇对话。我们从对话的小标题就能看出讨论的重心，如"北京与武汉：文化权力以外的写作""从《一个人的战争》到《万物花开》：生命能量的释放""生命与自由：《万物花开》所表达的主题""民间文化与知识分子叙述：当代文学的活力及困境"等等。在对话中，陈思和肯定了林白在《万物花开》中表现出的民间文化因素。林白最后说："我的想象、我的叙述、我的语言、我的能量，跟民间接通了。"

之后，林白有意识地转入民间叙事。陈思和将林白创作的这种转变在《愿微光照耀她心里的黑夜——读林白的两篇作品》一文中做了详尽的记述，并且预示了她"在写作中将会有新的探索和转变"。当然，最能体现林白从女性写作向民间叙事转变的是《妇女闲聊录》。小说的作者只负责倾听和记录，实际叙述者来自湖北农村的农民——保姆木珍。木珍通过自己的话语逻辑叙述王榨的乡村故事，讲述自己的经历和见闻。在《妇女闲聊录》的创作后记《世界如此辽阔》中，林白明确地说出自己对民间叙事的追求："我听到的和写下的，都是真人的声音，是口语，它们粗糙、拖沓、重复、单调，同时也生动朴素，眉飞色舞，是人的声音和神的声音交织在一起，没有受到文人更多的伤害。我是喜欢的，我愿意多向民间语言学习。更愿意多向生活学习。"后来的长篇小说《致一九七五》《北去来辞》同样采取了民间的叙事策略，同样得到陈思和的积极肯定："我很兴奋，林白从一个崇尚个人的女性主义作家转向对中国民间大地的热烈关注。"而最近发表的长篇小说《北流》可以说是林白民间叙事追求的集大成之作。这篇小说大胆吸收了地方志、词典体、注疏等中国文化传统的资源,在结构上采取了后现代的麻花式结构,呈现了林白多年艺术创作的思考,承载了一代人关于世界的认识。小说由一首长诗作为引子,第一句为"寂静降临时/你必定是一切"。而正文则由"注卷""疏卷""时笺""异辞""尾章"等部分组成,文中大量插入《李跃豆词典》和《突厥语词典》相关条目。"注卷"主要叙述李跃豆的北流生活,而"疏卷"则主要记录李跃豆在北流以外的经历。这篇小说不仅仅是结构上的创新,同时也是林白对民间语言的创造性运用。她通过对民间方言饱含深情的描写表现北流民间社会自由自在、生机勃勃的理想图景。南方民间经验、女性成长记忆、知识分子的心路历程都得到了形象展示。丰沛的感情、繁复的意象、磅礴的视野使得这部小说在碎片化叙事中折射出宏观世界的芜杂与丰饶。可以说,21世纪以来林白创作实践取得的艺术成就主要源于与民间理论的对话和互动。

笔者曾经论述"70后"作家乡村书写的常态性特征时说:"70后"作家"以慈悲、宽容的精神立场描述乡村生态的无序与纷乱,再现乡村风景和民间风俗,在传统文化中寻找人生价值的支撑"。这种立场就是源于陈思和所倡导的民间立场。文中重要论述的"70后"作家朱山坡同样出生于林白的故乡——广西北流。一直以来,他以林白作为自己的人生偶像和创作模仿对象。朱山坡一直坚持为"草根"人物立传,主要书写乡村边缘人物,如精神病患者、打工人、乡村老人等。与底层写作热衷于描写激烈的社会冲突、尖锐的城乡矛盾、惨烈的生存环境不同,朱山坡总是在不动声色的叙事中追求乡村的重建,如《陪夜的女人》《跟范成大告别》《喂饱两匹马》《懦夫传》等小说以米庄为文学空间形象地描述了乡村底层农民的精神世界。《风暴预警期》《蛋镇电影院》则将书写空间拓展,描写北流的"蛋镇"。

不过,新世代作家的创作立场常常和社会保持和谐姿态,对民间理论的理解和追求表现出新的地方性特点。"50后"作家、学者热衷于对"五四"的思考、追随、反省和超越,即陈平原所说的坚守"更多地表达自己，更为关注精神与信仰"的价值立场。他们的文学创作和学术实践都具有先锋性的一面。而"70后"作家呢，他们是各种思想资源集大成的一代，也是最为务实的一代。这一世代作家与社会、时代采取合作、协调、妥协的立场和态度，对各种创作潮流采取兼容并蓄、无缝对接的方法。对"70后"作家来说，民间与其说是一种审美理想，不如说是一种创作方法，并且这种创作方法日渐受到严峻挑战。第一，21世纪以来，随着中国经济总量突飞猛进，社会整体结构发生了极大变化，乡土中国从世纪初以农村人口为主体，变为当前以城市常住人口为主体的社会，越来越多的人生活、工作在超大城市或大城市这种"政治经济社会区域体"，城乡关系从相互对峙走向相互融合。"70后"作家大部分在农村出生，经过乡镇中心中学、县城高中、省城或地市大学多年系统化的学习，然后留在城市生活、工作、成家立业。他们的成长过程是远离乡土的城市化过程的一部分。这与"50后"作家扎根乡土，拥有丰富的乡土经验和深厚的乡土意识不同。显然，两个世代的作家在民间的选择上有所不同，这是一个"心理认同和身份认同"的问题。第二，21世纪以来，全球化进程不断加速，资本无孔不入和通俗文化流行。而全球化的价值总是以本土的方式被感知和理解，人们对地方性事物更加依恋，许多乡村成为网红打卡地或同质化的消费场所。第三，精准扶贫、乡村振兴战略实施，新农村建设取得了巨大成就。但是，由于人们对乡村振兴理解的偏差，诸多地方政府部门往往着重物质建设而忽视文化建设内容，许多民间非物质文化遗产处于消亡的边缘。当下很多作家等有识之士意识到乡村民间文化的重要性，加入到地方性知识写作大潮之中，如肖江虹的小说创作。由于以上原因，"70后"作家乡村小说民间叙事中地方性知识因素越来越多。但是，部分"70后"作家的乡村书写因为缺乏真正的乡村经验，也缺乏真诚的心理认同和身份认同，这种地方性书写越来越脱离民间理论的理想。部分"70后"作家处于悬浮状态，成为时代的"雾行者"（路内小说名），作家乡村书写日益同质化，部分作家随意编造地方性知识而使乡村书写沦为乡土故事大全。这与"50后"作家的民间信仰、岗位意识有很大不同。只有基于现实感的民间审美想象才能克服这种写作困境，才能贴地飞行。

可以说，正是因为陈思和民间理论的创新，创作界和理论界的互动，促进了中国当代文学的多样性发展；也正是因为民间理论的创新，部分实现了人文知识分子的文化理想，为当下文化建设发挥了积极的作用。因此，陈思和和姚晓雷虽然关于"启蒙依赖症"、民间自由自在审美形态等问题的理解各自表述，但是，他们内在目标是一致的。基于现实感的民间审美想象是乡村书写的未来和方向。

四 《极花》[①]：沉重命题的诗性言说

卡尔维诺在《未来千年文学备忘录》中特别推崇小说叙事的"轻逸"之美。在谈到叙事的"轻"与"重"的关系时，他曾经说道："几个世纪以来，文学中有两种对立的倾向竞争：一种倾向致力于把语言变为一种像云朵一样，或者说得更好一点，像纤细的尘埃一样，或者说得再好一点，磁场中磁力线一样盘旋于物外的某种毫无重量的因素。另外一种倾向则致力于给予语言以沉重感、密度和事物、躯体和感受的具体性。"[②] 不过，卡尔维诺更加推崇"轻"的叙事策略。他认为，"文学是一种存在的功能，追求轻松是对生活沉重感的反应"[③]。这种"以轻击重"的叙事策略，有利于深入生活底层，直面现实问题，同时又能超越生活本身，探析人类生存世相和叙事艺术的可能性。100 年来，乡土中国最大的现实之重就是乡村的现代化转型。如何书写这一艰苦卓绝的转型之痛成为历代作家不断探索的重要命题。贾平凹在《极花·后记》（《人民文学》2016 年第 1 期）中感叹："上辈人写过的乡土，我几十年写过的乡土，发生了巨大改变，我们习惯了的精神栖息的田园已面目全非。

[①] 本节内容系与谢文芳副教授合作完成，经其同意，选编于此，特此致谢。
[②] ［意］卡尔维诺：《未来千年文学备忘录》，杨德友译，辽宁教育出版社 1997 年版，第 11 页。
[③] ［意］卡尔维诺：《未来千年文学备忘录》，杨德友译，辽宁教育出版社 1997 年版，第 19 页。

虽然我们还企图寻找，但无法找到，我们的一切努力也就是中国人最后的梦呓。"贾平凹直面如此沉重的命题，站在民间的立场上，采取轻逸的叙述呈现乡村现代化转型之艰，流露了矛盾、犹疑的文化心理，丰富了新世纪乡村小说的创作。

乡土中国现代化进程主要是乡村城市化和农业工业化。乡村城市化不仅仅是国家战略，同时也是现代化的必然结果。乡村城市化进程也是城市日益扩张的过程。一方面乡村接受城市文明的影响，乡村生活条件和经济条件日益好转；另一方面乡村温馨文化生态、诗情风情的消失又是那样地让人感伤、缅怀甚至不安。乡土中国所特有的文化传统、人文精神、乡土情怀和审美理想形成独特的"乡土文本"，而它本身所特有的宏大、深厚、稳定的叙事规范规训着作家的叙事。也许小说不能解释这种现代化进程的对与错，但是，它能用形象的语言呈现和表达这种感伤、缅怀和不安。这种对乡村的"回望"既有作家自己过去的生活经验和文化记忆，也有作家在乡村中国现代化进程中的文化矛盾和心理焦虑。当然，也有作家对乡村的迷茫而又眷恋的情感态度。

自洋务运动开始，城市化进程的速度越来越快，而关于城乡关系的叙述也越来越多。晚清小说、鲁迅乡土小说、"五四"乡土小说、"问题小说""左翼乡土小说"、京派乡土小说等对这一题材都有大量描写。鲁迅的《阿Q正传》中阿Q因为"恋爱风波"进城务工，乃至做贼，最后阴差阳错参加洋务运动而招致杀身之祸。老舍的《骆驼祥子》中朴实的农民祥子，进城拉车逐步堕落，最后破产。"十七年文学"和"文革文学"中书写农民进城的题材较少，即使像《创业史》中徐改霞到省城当上了纺织女工，也是因为在火热的合作化乡村里爱情失意，充满遗憾来到城市。新时期，路遥的《人生》中高加林人生两难选择令读者揪心不已，其内核的问题还是城乡冲突。以往乡村小说作品如《创业史》《艳阳天》中，乡村生活的描写常常成为诠释意识形态的素材，而不是时代情绪和生活现实的真实反映。这些小说在贴近生活的同时必须阐释生活，日常生活本质化和意识形态化，生活真实和"本质真实"往往相悖。随着时代的进步，乡村政策的调整，这类小说主题先行、图解政策的弊端已是路人皆知。丰富日常生活细节的缺失、真实时代生活情绪的空洞成为这类小说遭人诟病的主要地方。

21世纪以来，随着进城务工人员的增多，打工文学的掀起，"农民进城"叙事呈现出繁荣的景象。如鬼子的《瓦城上空的麦田》，尤凤伟的《泥鳅》，陈应松的《太平狗》等。尽管这类小说表现手法形态各异，但在主题上又有某种一致性，集中表现城乡关系的冲突、农民身份的失真以及乡村的坍塌，等等。乡村小说不断调整文学与现实的关系，捕捉社会生活的时代信息。现实主义冲击波、新左翼文学等思潮的兴起都显示文学不断自我超越的巨大潜能和不懈的努力。

100年以来，中国现代文学的发展，不同时代作家一直致力于关注社会现实，揭示日常生活细节和社会发展趋势的内在关联，把握历史内在生活肌理，用文学艺术再现丰富的日常生活细节，同时通过这些复杂生活细节描写来揭示当代社会和时代发展的趋势。如何写出关注社会现实，具有时代气魄的伟大作品成为当代作家的重要命题。

同样是书写"农民进城"或者城乡关系，贾平凹将笔墨集中在乡村这一生活场景，书写底层农民在乡村现代化进程中的命运和挣扎，"写关于人本身的事，写当代中国人的一种精神状态，力求传递本民族以及东方的味道"①。贾平凹的文学起步就涉及乡村题材，《满月儿》中性格迥异的乡村姐妹给人留下了深刻的印象，而20世纪80年代的《腊月·正月》《小月前本》《鸡窝洼的人家》以及《浮躁》等，聚焦改革开放后乡村社会和时代情绪的变化，为作者赢得了极高的声誉。毫无疑问，贾平凹是一位现实感极强的作家。21世纪以来，《秦腔》《高兴》《古炉》《带灯》《老生》和《极花》等这些小说一如既往地聚焦乡村题材，关注社会转型过程中的城乡关系、乡村生存世相以及农民心理裂变，发掘人物内在个体生命的独特感和神秘感。

---

① 贾平凹、穆涛:《平凹之路——贾平凹精神自传》，青海人民出版社1994年版，第65页。

先锋与常态：新世纪乡村小说论

《极花》写的是一位初中毕业生，初到城市投奔捡破烂母亲的女孩胡蝶曲折的经历。胡蝶不甘于重复上辈的命运，急于摆脱乡村桎梏，成为城里人。胡蝶按照城市人的审美来生活，学城里人走路，染发，喜欢小西服、高跟鞋，暗恋房东的大学生儿子。但是胡蝶因轻信他人介绍工作的谎言，被拐卖到西部黄土高原贫穷、闭塞、落后的荒野山村，开始了一年多被囚禁的生活。在见不到阳光的窑洞里，胡蝶用指甲画出一道道刻痕来记录光阴的流逝。这种非人生活的结束，直到胡蝶被强奸怀孕。随着新生命的孕育和降生，胡蝶慢慢适应了这里的生活。但是离开这个至今没有电，好像没有任何现代文明气息乡村的念头一直吞噬着她的心灵。因为城里出租大院里有她的母亲，有他暗恋的大学生，有她最初对城市的梦想。一次偶然的机会，胡蝶拨通了电话，并最终等来了母亲和上门解救的警察。可是，再次回到那个出租屋，胡蝶却无法回到最初的生活。没完没了的采访不断揭开胡蝶的伤疤，同时她不得不接受旁人的指指点点。母亲也认为胡蝶的最好出路是远嫁他乡，并为她选定了患有残疾的男人。而胡蝶却一直感应着自己孩子的哭喊，最终偷偷地买了回到那个窑洞的车票。胡蝶由农村人蜕变为城里人，再又返回乡村，并最终留在乡村。无疑，胡蝶由乡村走向城市，再由城市走向乡村的命运曲线具有象征意义。极花由植物变成动物，再又蜕变为植物的过程本身就是意蕴丰富的意象。如果说农村人是植物，城里人则是蜕变为虫子的动物。

新时期以来，广大农民在城市文化和乡村文化的冲撞中处于失重状态。近年来，社会主义新农村的建设也取得了巨大的成就，极大地缓解了城乡之间的矛盾。但是，毋庸置疑的是，社会主义新农村建设往往选择那些基础条件比较好，"离城镇近的、自然生态好的、在高速路边"的乡村作为典型示范。而偏远、落后农村的生存环境还是令人堪忧。甚至那些没有能力和资金的男人剩在农村，依赖土地解决温饱却无法娶妻生子。贾平凹感叹："可还有谁理会城市夺去了农村的财富，夺去了农村的劳力，也夺去了农村的女人？谁理会窝在农村的那些男人在残山剩水中的挂蔓上,成了一层开着的不结瓜的慌花?或许,他们就是中国最后的农村,或许,他们就是最后的光棍。"我们习惯的精神栖息的田园已经面目全非。文学以悲悯的情怀,"关注的是城市在怎样地肥大了,而农村在怎样地凋敝着,我老乡的女儿被拐卖到的小地方到底怎样,那里坍塌了什么,流失了什么,还活着的一群人是懦弱还是强狠,是可怜还是可恨,是如富士山一样常年驻雪的冰冷,还是它仍是一座活的火山"。一方面,我们震惊于胡蝶被拐这一事实,为此感到激愤与悲哀;另一方面,我们惊愕于黄土高原的贫瘠与落后,为此感到痛心与同情。《极花》表面上讲述的是乡村女孩被拐卖的故事,实际上却是借助这种特殊的逆城市化行为,表达作者对城乡夹缝中人群的深重关切。

胡蝶的命运让人唏嘘不已,笔者的故乡就有位和她经历一模一样的姑娘。而所谓"最美乡村女教师"郜艳敏也有着相似的经历。这种让人震惊而又痛心的现象为什么屡屡发生?米兰·昆德拉在《生命中不可承受之轻》中说过:"在永恒轮回的世界里,一举一动都承受着不能承受的责任重负。"

面对沉重的生命和世界,人将何为?艺术何为?

卡尔维诺说过:"表现我们的时代曾是每一位青年作家必须履行的责任。……源于生活的各种事件应该成为我的作品的素材;我的文笔应该敏捷而锋利。然而我很快发现,这二者之间总有差距。我感到越来越难于克服它们之间的距离了。"[①] 卡尔维诺写作之初遇到的问题,也许是许多作家都遇到的难题。作家如何把握文学与社会热点素材之间的距离。面对混沌纷乱、复杂多变的生活,小说何为?作家面对如此丰富而密集的现实题材,文学的力量又是如何的纤弱而不堪重负?

对这种现代化幻象的有效把握成为 21 世纪作家必须解决的重要命题。如何进行有效叙事?怎么形象地描述时代的变化?采取怎样的叙事策略?21 世纪以来,诸多作家对这种叙事策略进行了创造性的探索,如

---

① [意]卡尔维诺:《未来千年文学备忘录》,杨德友译,辽宁教育出版社 1997 年版,第 1—2 页。

苏童的《黄雀记》，格非的《驰向黑夜的女人》，迟子建的《群山之巅》等。在这些作家艰苦卓绝地探索中，贾平凹显得特别耀眼。贾平凹在直面现实的同时，采取刚柔相济或者说以轻写重的叙事策略，从而使苦难与诗性形成特殊的张力，使得小说散发出灵性的光泽。文学是一种存在的功能，追求轻松是对生活沉重感的反应。这种叙事策略就是用大量的日常、琐碎、平庸的生活故事来铺排社会的面貌、时代的声音、乡村的肌理。生活的沉重与复杂、心灵的创伤与无奈往往被急速变化的现代化幻象所遮蔽。

一直以来，贾平凹努力尝试通过以实写虚的方式呈现纷乱混沌、意蕴丰厚的意象形态。他所创造的行而下的具象世界更为逼真、琐细和写实，而形而上的理性世界则更为隐蔽和耐人寻味。贾平凹主张以实写虚，用真实朴素的句子去建构浑然多义而又完整的意象。他认为："最容易的其实是最难的，最朴素的其实是最豪华的，什么叫写好了逼真了才能活，逼真就得写实，写实就是写日常，写伦理。"（《古炉·后记》）他从国画中悟出写作的技法。在看似写意，其实写实的笔法中写出"世情环境苦涩与悲凉"，写出"人物郁勃黝黯，孤寂无奈"。这种审美追求显然不同于当下某些作家的审美追求。"现在小说，有太多的写法，似乎正时兴一种用笔很狠的、很极端的叙述。这可能更合宜于这个年代的阅读吧，但我却就是不行。我一直以为我的写作与水墨画有关，以水墨而文学，文学是水墨的。"（《极花·后记》）水墨画具有鲜明的民族特色。水墨相调，干湿浓淡，层次分明，具有泅湿渗透的特殊效果。同时由于水墨、宣纸交融渗透，有利于表现意象的表达，让人产生丰富的想象。当然，"当今的水墨画要呈现今天的文化、社会和审美精神的动向，不能漠然于现实，不能躲开它"。"不能否认人和自然、个体和社会、自我和群体之间关系的基本变化。"贾平凹的小说喜欢追求一种象外之意，《极花》中的极花、血葱、何首乌、星象、石磨、水井、走山、剪纸等，甚至人物的名字如胡蝶、老老爷、黑亮、半语子，都有着意象的成分。贾平凹"想构成一个整体，让故事越实越好，而整个的故事又是象征，再加上这些意象的成分渲染,从而达到一种虚的东西,也就是多意的东西"①。

陈思和在分析《秦腔》时认为一般现实主义小说描绘的是"人世社会",是"人为的故事","通过描写人世间的故事来展示其抽象本质",是"历史的哲学的现实主义"。而《秦腔》使用了"法自然现实主义"的创作方法,描绘"自然形态的人世社会","真实无讳地把当下社会的自然记录下来","日常生活细节构成了日常生活场景,由场景反映出人世变迁的一切现象。"② 陈思和先生和笔者一起讨论《极花》时,特意提醒注意贾平凹乡村小说"法自然现实主义"的自觉追求。在《极花》中,这种法自然的现实主义艺术主要表现为轻逸的叙事。通过日常生活细节的大量描写构建生活场景,反映人世的变迁。贾平凹隐身于叙述者背后,以胡蝶的口吻进行叙述。但是吊诡的是,胡蝶在叙述进行中由一名被拐妇女的控诉,不知不觉地转变为乡村妇女的絮絮叨叨、自说自话。胡蝶采取全息体验的方式叙述她的遭遇,全方位展示了她目力所及的外部世界以及内心的煎熬。这种体验方式是否有着当下充斥各大卫视的真人秀的味道呢?胡蝶从拼命反抗,极力出逃的愤怒到怀孕生子,求救得救后的犹豫徘徊,最后在圪梁村白皮松的上空找到了属于自己和孩子的星星。显然,这里的星星是一种文化意象,象征胡蝶内心的乡村认同。

胡蝶第一次来到城市为自己买的东西就是镜子,一有空就在镜子前照自己的高跟鞋,对着镜子说:城市人!城市人!而被关押在窑洞里的胡蝶不愿意看到自己的潦倒、憔悴的样子,不愿意接受自己被困于偏僻、贫穷、绝望的乡村的事实,打碎了黑亮家的镜子。每次经过拖拉机的后视镜看到"鬼"一样的自己就丧气。唇红齿白、白嫩水汪的准城市女孩变成了皮肤黑黄、目光凶狠、头发枯干的乡村妇女。为此,她总是把后视镜用泥巴糊上。而老老爷却每次都是偷偷地或者说不经意地用袖子将后视镜抹干净。老老爷用"人看天,天也在看人"来开悟胡蝶,从此胡

---

① 《〈极花〉:贾平凹继续乡村生态的思考》,参见新华网(http://news.xinhuanet.com/2016-04/13/c_128891932.htm),2016 年 4 月 13 日。
② 陈思和:《论〈秦腔〉的现实主义艺术》,《西部》2007 年第 4 期。

蝶不再拒绝美丽，涂脂抹粉，洗脸梳头。这种细节的描写惟妙惟肖地表现了胡蝶的心理变化和爱美的天性。同时也书写了老老爷等老一代农民生活智慧的深奥与博大。"一个国家的文学作品，不管是小说、戏剧还是历史作品，都是许多人物的描绘，表现了种种情感和思想。感情越是高尚，思想越是崇高、清晰、广阔，人物越是杰出而又丰富有代表性，这个书的历史价值就越大，它也就越清楚地向我们揭示出某一特定国家在某一特定时期人们内心的真实情况。"①

贾平凹在日常生活的轻逸叙事中反映了乡村生活肌理。贾平凹从以自我为中心的情绪和感情的控制中解脱出来，学会克制，让内在的激情之火，清明澄澈、玄寂幽深，而不是遍地野火，烈焰腾空，徒炫人眼。将这种情绪和感情放到合适的位置，放到众多的人事和世界之中，从而达到洞察世界的目的。

所谓立场就是人们在认识问题、处理问题时所处的地位、所持的态度。立场决定思想和行为。即使处于同一时代，面对同一事物，立场不同，人们的思考路径、行为方式也迥然不同。立场与一个人的世界观、价值观和审美观有着密切的联系。立场不同的作家，在叙事形态上也表现出极大的差别。有的作家往往从政治立场出发，试图阐释政策的合理性和合法性，如乡村合作化制度之于《创业史》；有的作家则从精英立场出发，试图启蒙广大底层农民，拯救万民于水深火热之中，如五四时期的乡土小说。而20世纪90年代以来，诸多的乡村作家采取民间的立场，关注底层的生活形态，如莫言、贾平凹和阎连科等。民间立场导致作家民间化的叙事形态的选择。而民间立场则是一个内涵非常丰富的概念，有着不同的阐释维度。事实上，在具体的文学创作中，不同的持有民间立场的作家，在叙事选择上也表现出极大的不同。

出于政治动机、精英动机的叙事，往往有比较明确的价值判断，反对什么、提倡什么，批判什么、弘扬什么，憎恨什么、歌颂什么都清楚

---

① [丹麦] 勃兰兑斯：《十九世纪文学主流》（第一分册），张道真译，人民文学出版社1997年版，第2页。

明白，立场坚定，旗帜鲜明。而民间立场的叙事动机则不同，它显得模糊、缠绕、纠结，甚至有些矛盾，从而使得民间立场的叙事表现出含混性的特点。站在民间立场的贾平凹进行轻逸叙事同样具有鲜明的含混性。胡蝶屈辱的经历却承载着黑亮这样乡村青年的生活梦想，也联结着老老爷、黑亮爹等老一辈农民的天地观和命运观。当然，胡蝶的命运也是麻子婶、訾米等女性的另一种想象。正是因为胡蝶的命运纠结了贫瘠土地上这么多底层农民的情感，才使得读者对这种拐卖妇女的行为很难甚至不忍进行大义凛然的呵斥和鞭挞。底层农民梦寐不觉的善良与憨厚，"受害者"的噩梦与奇遇相伴的疲惫之旅，鱼龙混杂、泥沙俱下的民间世态，成为当下繁华盛世的生存寓言和深沉的文化意象。人性的幽微、乡村的困境、时代的矛盾，在贾平凹博物志、风俗志的描述中得以呈现，在贾平凹慈悲的情怀中得以描绘。

现代化进程中的城市张着血盆大口，吸走农村的资源，当然也包括农村的姑娘。留守在贫瘠乡村的光棍们会不会注定是被忽视的群体？胡蝶刚到圪梁村时感觉圪梁村混乱、颠倒、龌龊不堪。"觉得人世有许多人其实并不是人，而是野兽。"黑亮是个"丑陋的流氓"。村人都是柿饼脸、小眼睛。后来自己感到疑问："村子里有没有好豆子，黑亮是好豆子还是坏豆子？"孩子出生后，胡蝶慢慢接受了圪梁村。而城市对乡村的想象是"如何贫穷落后野蛮"；黑亮是"老光棍""残疾人""面目丑陋可憎，不讲卫生"；想象他们的孩子则是"有兔唇"。而实际上黑亮聪明、善良，对胡蝶也是知寒知暖，有生活追求。黑亮经营杂货店，从县镇上进一些村人需要的日用品以及农药、化肥等，同时收购当地的土特产如大豆、大蒜和南瓜去镇上卖。由于勤劳、头脑灵活，黑亮家是全村日子过得最好的。即使像訾米、立春和腊八这类人也有可取之处。张老撑每天吃血葱，82岁还能生子。他们在这里发现了商机，积极种植血葱。显然，贾平凹对圪梁村充满了悲悯和同情。这种悲悯和同情甚至使人们忘记了拐卖妇女的不法行为本身。

贾平凹试图通过胡蝶的絮絮叨叨的叙事治愈乡土中国现代化进程中

城市鲸吞、蚕食乡村时的惊慌和失重。所谓叙事治疗是指："治疗师通过倾听他人的故事，运用对话引导的方法，帮助叙述者寻觅遗漏和隐蔽的片段，是内心积压的问题外显化（externalizing problems），从而引导当事人重构积极故事，唤起他（她）发生人格转变的内在力量的过程。"① 胡蝶从拼命想逃，到纠结是否要逃，到最后回到这个混乱、颠倒、龌龊不堪的乡村，不仅仅是她重新适应了乡村的生活，也不仅仅是因为有了孩子而对乡村有了情感的羁绊，更主要的是她最终认同了这个生活共同体，体悟并发现自己是这个乡村夜空中的一颗星。当然也有像麻子婶这样对生活的理解：折腾不折腾一样的，睡哪里都睡在夜里。《极花》中有一个情节特意表达了胡蝶或者说作者的心迹。黑亮一家人惊喜于何首乌成活了时，胡蝶"扭头看见西边坡梁上有了一片火红的山丹花"，"细看时那不是山丹花，是一小树变红的叶子，再看又是一树"。黄土高原上山丹丹花开红艳艳，这种鲜艳色彩的对比，表露了胡蝶内心对生命的无比渴望。

  沉重命题的轻逸叙事本身就是一种失重的状态，民间的创作立场含混的叙事动机，使得《极花》的意蕴丰富而多义。贾平凹对现代化进程无疑是持欢迎态度的，无论是早期的《小月前本》《鸡窝洼人家》还是21世纪以来的《秦腔》《高兴》《古炉》和《带灯》等小说。但是，作者面对剧变的乡村现实束手无策，乃至只能一声叹息也是事实。纽曼认为人类意识的成熟条件来自主观和客观的分离经验。"每个人内心发生一种与无力感相伴随的不安的感觉，就需要有办法来消除这种感觉——就是借助催眠和致幻，回归到主体客体未分化的状态。""这里被唤醒的是被'逻各斯'（logos）压抑下去的'秘索思'（mythos），即神话的力量。"② 在城市物化环境的强烈刺激下，贾平凹的文化批判和社会批评越来越让位于文化坚守。伴随现代化进程而生的"无力"和"不安"，往往只有在诗化的土地中得到应有的抚慰。大地是贾平凹谛听自然、审视自我、警示人类的伦理观。胡蝶逃离城市，回归荒野的还乡之旅，正是

---

① 叶舒宪：《文学人类学教程》，中国社会科学出版社2010年版，第83页。
② 叶舒宪：《文学人类学教程》，中国社会科学出版社2010年版，第81页。

社会转型期个体自我身份的寻找和确认。

贾平凹这种民间的立场同时表现在乡村风俗的描写上。如圪梁村有二月二的风俗。二月二龙抬头,大地解冻,万物苏醒,有灵性的都苏醒过来。同时,一些虫子也从地里出来,为了避免伤害人,就要放鞭炮烟火,炒"五豆"(黄豆、黑豆、绿豆、红豆和白豆,五豆即代表五毒——蛇、蝎、蟾蜍、蜘蛛、蜈蚣),炒得吃了,人就百无禁忌。二月二拴彩花绳,村人的命都拴在一起,一年里就人畜兴旺、鸡犬安宁。还有谁家过门的媳妇迟迟没有怀孕,村里人就要在秋收的时候从任何人家的庄稼地里偷摘些东西塞到谁家媳妇的炕上。

与贾平凹之前的小说一样,他往往津津乐道于神秘文化的描写。如胡蝶是前世的花变的,胡蝶对着窗口许下心愿,干枯的极花果然获得了灵念,被风吹开了,花瓣摇曳。当然,更能表现出贾平凹民间立场和文化选择的还是对于老老爷的刻画。老老爷在乡村中的地位和权威超过"庙里的神",也超过村长。老老爷信仰"八谈",也就是"德孝仁爱,信义和平"。老老爷给村里所有人都取名字,具有命名权。老老爷依照《内经》给村人治病,在葫芦上裱上"德"字送人,告诫黑亮爹:"一时之功在于力,一世之功在于德。""地呼出的气是云,也是飞禽走兽树木花草,也是人。""人一死也就是地把气又收回去了。"重视天地贯通、天地对应,天上一颗星,地下一个人。天上的云和地下的水纹路一样,鸟在天上是穿了羽毛的鱼,鱼在水里是脱了羽毛的鸟。来到圪梁村后,虽然胡蝶和老老爷面对面对话的机会不多,但是胡蝶每一次心理态度的转变都离不开老老爷的开导。胡蝶这种心理态度的转变何尝不是贾平凹所希望的读者态度的转变?投入大地,融入荒野,亘古的乡村神话和大地的痴情涤荡着作家面对恶败城市文明的怨愤。这种文化的坚守和溯源是否真的能化解人们的现代化焦虑呢?这种站在民间立场上的轻逸叙事是否真的能化解现实之重呢?当下乡土中国的蕴涵会随着现代化进程的推进而更丰富、多元,乡村小说也将在民族文化资源中吸收更为丰富的营养,书写转型期独特的中国经验。

刘震云：话语镜像与生存之困

从 1979 年第一篇短篇小说《瓜地一夜》算起，刘震云每隔几年都有引人注目的作品发表。也许刘震云算不上是特别多产的作家，但他应是一位禁得起时间考验的作家。21 世纪以来，刘震云逐渐从新写实小说、新历史小说主潮中"逃离"，潜心于具有鲜明特色的"说话"系列小说创作。如果说《一腔废话》尚有从之前"新写实""故乡"系列小说过渡的色彩，那么《手机》《我叫刘跃进》《一句顶万句》《我不是潘金莲》《吃瓜时代的儿女们》等"说话"系列则表现了作者鲜明的艺术创新和创作个性。刘震云将笔触从一般的现实苦难中移开，深入到底层的精神层面，特别是小人物无以言说的精神痛苦和内心孤独。刘震云在娴熟的语言操练中，直逼生活真相，展示了社会的荒诞、存在的虚无和精神的虚空。

一　拧巴缠绕的话语策略

萨丕尔在论述语言和言语的区别时说："从言语的现实里抽象出来的语言的根本成分和语法成分，适应从经验的现实里抽象出来的科学的概念世界；而词，作为活的言语的现实存在的单位，则适应人的实际经验的单位、历史的单位、艺术的单位。"[①] 显然，"抽象出来的语言"与"活的言语"有本质的区别，而作为"艺术的单位"的小说语言更是显

[①] ［美］爱德华·萨丕尔：《语言论：言语研究导论》，陆卓元译，商务印书馆 1985 年版，第 29 页。

现了言语的特点。不同作家在文体和句式等方面都有各自的追求，这些叙事修辞是作家创作个性、语言习惯和生命体验的集中表现。刘震云通过寻找富有个性的句式反映自我理解的生活逻辑，描述底层的生存状况和精神面貌。这种富有个性的句式具有语言变异的特点，属于刘震云式的"拧巴"语言。

"拧巴"是流行于我国华北一带的口语词，大概是指纠缠、错乱、含混、相互抵触、不好处理和对付的意思。刘震云说："拧巴"就是"别扭"。"我想把生活中'拧巴'了的理儿给'拧巴'回来，把人骨头缝里'拧巴'的理儿也给'拧巴'回来。"① 又说："谁拧巴呢？生活。我没有生产拧巴，我只是生活中拧巴的搬运工。"② 也有论者这样解释："'拧巴'是一种小说形态。首先它是审美的，其次它是写实的。在审美层面上，这种小说具有多义、随机、扭动、无定的特点……在写实的层次上，'拧巴'是个渐变的过程，一点儿点儿地变，最后弄得面目全非、事与愿违。"③ 这是从审美层面上分析刘震云小说语言枝蔓、扩散的特点。刘震云通过"拧巴"这一词语的多义性特点表达那些违背生活规则、违反逻辑思维习惯的生存本相和精神状态，凸显人物形象的特征，表达小说的艺术主旨。

21世纪以来，刘震云的"说话"系列多次出现"拧巴"字样，如《手机》中："严守一开始担心费墨放不下大学教授的架子，大学和电视台，正像费墨说过的那样，一个是阳春白雪，一个是下里巴人，同样的话，两种不同的说法，担心费墨给弄拧巴了。没想到费墨能上能下，进得厅堂，也下得厨房，从深刻到庸俗，转变得很快。"严守一请来大学教授费墨帮助电视台策划《有一说一》谈话节目，之前担心自恃清高的费墨根本看不上这种作秀活动。但是，经过几期节目磨合以后，费墨这个长期从事如"阳春白雪"学术研究的教授竟然乐此不疲地追求像"下里

---

① 王佳欣：《把拧巴的捋顺了》，《中国新闻出版报》2007年11月15日。
② 刘颋、刘震云：《一个作家身后的"蓄水池"——刘震云访谈》，《朔方》2013年第2期。
③ 马俊山：《刘震云："拧巴"世道的"拧巴"叙述》，《当代作家评论》2011年第6期。

巴人"的电视综艺，和栏目组相处得非常融洽。《我不是潘金莲》中，"（郑重）感叹归感叹，事情迫在眉睫，又不能不马上处理：事情虽然拧巴，但又得按拧巴来。"让县长郑重感到"拧巴"的是，一个农村妇女的个人离婚相对于政府堆积如山的工作来说，只是一件小事，更是私事。可是为什么 20 多年来各级政府竟然被牵扯到李雪莲的个人事务之中，搞得各级官员撤职的撤职，躲避的躲避，甚至敢怒不敢言，成为"拧巴"的"官怕民"现象？从这些例子中不难看出，刘震云实际上通过"拧巴"的语言修辞，表达了一种不顺畅、不正常，背离了常理却又是日常存在的生活现象和生命状态。这种将"'拧巴'的理儿也给'拧巴'回来"的艺术创新，构成了刘震云小说世界的基本内核和鲜明特色。

在《一句顶万句》中这种"拧巴"的语言比比皆是。如："说起来，杨家上学抓阄儿的内情，并不是老马传出来的，还是老杨上次到马家庄卖豆腐，给人说了。老杨说这话是为了显示自己跟老马是朋友，常在一起说心腹话；现在老吕重复一遍，矛头对准的就不是老杨，而是老马。杨百顺听后，头上如响了一声炸雷，他首先生气的不是老马，而是他爹老杨。"话语的流转显得混乱而失控。说话者各怀幽微的心思，幻想利用话语满足难言的私欲。但这些话语诡异地偏离了原定的轨道，轰然击中了听话者内心不为人知的隐痛，导致了一场决然而愤然的出走。这一细节可以看作"出延津""回延津"故事的缘起，是小说叙事的动力所在。

刘震云通过"拧巴"的语言将人物之间错综复杂的关系表露出来。杨百顺、杨百利通过抓阄儿决定谁去县城上"延津新学"的内情是老杨自己透露出去的。老杨透露这一事情的目的仅仅是显示他和老马是可以推心置腹的朋友。实际上老马和老杨"根本聊不到一块去"，老杨当时给老马出这一主意也只是为了止住老杨的话头，并不是真心实意为老杨家考虑。老吕把事情真相告诉杨百顺，是为了让他记恨老马。老吕和老马是马家庄两个心眼最多的人，俩人谁也不服谁，表面上兄弟相称，彼此方便，实际上却背后相互拆台、互不买账。得知真相的杨百顺最记恨的却是自己的父亲老杨伙同外人一起来欺骗自己。老杨根本没有将儿子的前途放在心上，而是根据自己的心情随意处置，甚至作为换取他人交心的代价出卖。刘震云通过这种富有特色的"拧巴"语言、通过一组组"不是……而是……"的句式，将人物各自的立场，真实的想法，抽丝剥茧般地揭露出来。

　　无论是在历史久远的过去还是在近在咫尺的当下，无论是在光怪陆离的城市空间还是在贫穷闭塞的底层乡村，也无论是高贵的省部级领导还是终身劳碌农民工，这些人在刘震云的"说话"系列中几乎是时刻处于"拧巴"的矛盾状态，置身于"拧巴"的尴尬之所。伦理道德的式微坍塌，价值观念的混乱错位，生存体验的荒诞虚无等是刘震云说话系列揭示的生存本相和生活本质。《手机》中主持人严守一周旋于文娟、沈雪和情人伍月三个女人之间，结果狼狈不堪；《我叫刘跃进》中农民工刘跃进本来丢了包却捡到了不该捡的包，被不同利益势力四处追寻；《一句顶万句》中两个相距近百年的底层人物吴摩西、牛爱国，苦于找不到说话的人，纠结于无爱的婚姻之中，被迫离乡漂泊；《我不是潘金莲》中的李雪莲本来想折腾别人，可最终发现折腾的是她自己；《吃瓜时代的儿女们》中"四个素不相识的人"——牛小丽、李安邦、杨开拓、马忠诚，因为卖淫而荒唐相"聚"，最后都走向崩溃，离各自的初心越来越远。正如《一句顶一万句》中看相的瞎老贾说："所有人都生错了年头；所有人每天干的，都不是命里该有的，奔也是白奔；所有人的命，都和他这个人别着劲和岔着道。"① 我们不妨把这看作刘震云对"拧巴"的另一种解释，是对"说话"系列人物命运和生存状态的艺术概括。刘震云说："写小说时我关心的是人的物质和精神之间的磨合点，关注的是人的说话，因为说话这个东西既是物质的，又是精神的，听得着，但是看不见，语言最能反映人的嘴和心之间的关系。"② "说话"系列小说中的艺术人物都处于矛盾与分裂之中，既有与外部世界、与他人的矛盾，也有自我的

---

① 刘震云：《一句顶万句》，长江文艺出版社2016年版，第33页。
② 张英、刘震云：《刘震云："废话"说完，"手机"响起》，《南方周末》2004年2月5日。

矛盾与挣扎。他们在矛盾的纠结中痛苦地分裂，而"说话"则照见了这种"拧巴"状态的精神镜像，通过话语的角逐与交锋，将沉潜深处撕裂的灵魂公之于众。这种精神镜像透析出了生活的悲凉之气。

同时，河南作家善于通过幽默来书写悲凉，"方言的生动、传神，既能排解贫困带来的屈辱，又能传达出坚忍的生命信念"。① 只是这种富有方言特色的语言在刘震云的精心组合之下获得了某种韵律感。在"说话"系列中，刘震云的艺术人物特别在乎"理"的寻找和探索。但是，在一个生活复杂、价值多元、立场多变的时代，由于缺乏共情基础，彼此之间很难达成共识，人们常常陷入"理"的旋涡，在肯定又否定、否定又肯定的自我怀疑中进退失据，甚至陷入无效的空转。这种"旋涡"主要表现在艺术人物对话的语言现象中，刘震云称之为"喷空"。《一句顶万句》中对"喷空"有这样的解释："所谓'喷空'，是一句延津话，就是有影的事，没影的事，一个人无意中提起一个话头，另一个人接上去，你一言我一语，把整个事情搭起来。有时'喷'得好，不知道事情会发展到哪里去。"表面看来，"喷空"都是没有任何事实依据的编造，情节荒诞，甚至无聊。实际上，"喷空"对人的想象力和创造力有较高的要求。"喷空"者能在这种天马行空的叙述中得到极大的精神满足，日常生活的逻辑和秩序自然被悬置甚至质疑。如杨百利和牛兴国俩人"喷空"，就能把"事情说得说有影也有影，说没影也没影，但都比原来的事情有意思"。"喷空"似乎像阿Q的精神胜利法。但是，和鲁迅对国民精神劣根性的批判不同，刘震云对物质极为贫困，精神压抑的民众抱有深深的同情，不愿意或者舍不得批判这种行为的虚幻性和麻木性。

正如莫言所言，一个有追求的作家，"最大的追求就是语言的或文体的追求，总是想发出与别人不一样的声音或者不太一样的声音"②。刘震云还习惯运用"不是……而是……""原以为……没想到……"及其相关变异句式。这些特殊的语言表达方式使小说同时将相互关联的事件叠

---

① 樊星：《当代文学与地域文化》，华中师范大学出版社1997年版，第117页。
② 莫言：《小说的气味》，春风文艺出版社2003年版，第115页。

加在一起，情节复杂多变，一时难以捉摸，让读者形成阅读障碍，感到特别的"绕"。但是，经过分析、思考之后，读者便可以获得语言背后的某些道理。

如："这时大家生气的不是有贼，而是这贼无法捉。"（《我叫刘跃进》）大家都知道厨子刘跃进是个贼，但是刘跃进一不到街上或入室偷盗抢劫，二不在工地盗卖各种建筑材料，三更不在食堂偷吃偷喝。刘跃进只是在购买食材这件事上用尽心机，讨价还价，中饱私囊。贼被捉住才叫贼，但是刘跃进这贼就无法捉，也就不能叫贼。工地老板任保良换了一位亲戚购买食材，管理食堂，但他花的钱比以前更多，吃的却没以前好。任保良不得不感叹："用老实人，还不如用个贼。"刘震云使用这类缠绕句式表达了生活中不合逻辑、却又合理的生活现实。又如《吃瓜时代的儿女们》中牛小丽被朱菊花母子抛弃后一系列丰富的内心活动描写，同样生动地诠释了刘震云小说"缠绕"的语言艺术。牛小丽"先有些困惑"朱菊花母子怎说跑就跑了呢？"接着明白"这正是朱菊花的狡猾之处，"又突然想起"路费在朱菊花的身上，三人一路上节省，"以为"朱菊花为人厚道，是为了牛小丽，"现在才知道"是为了她自己。接着"突然意识到""突然又想""接着又明白""接着""又弄不明白的是"等等。这些关系连接词语牵引着语流流转的方向，经过九曲十八弯的流淌，才最终奔入江海，豁然开朗。这些连续的缠绕和转换使得牛小丽对遭遇到的人和事有了透彻的认知。牛小丽既是说话者又是自己的听众，在虚拟的听说一体广场上演绎底层的生存苦难故事。这种"柳暗花明"的顿悟使原本"缠绕"的事件变得清晰，有利于梳理芜杂多变生活现象的脉络，总结错综复杂事情的前因后果，也在一定程度上缓解因"缠绕"语言现象所致的阅读障碍。

刘震云坦言："读我的作品绕，我也发现了我是中国最绕的作家。为什么这么绕呢？确实它是有来由的。这是一个民族的思维带过来的，特别容易把一件事说成另外一件事。""在日常生活中，我们的思考习惯往往是特别容易大而化之，这事就说不清楚。我觉得知识分子的责任，就是从别人说不清楚的地方开始，我来把它说清楚。但是当我想把它说清楚的时候，所有人又说'绕'。事不绕，但事背后的生活逻辑是绕的。"①"绕"与"不绕"形成了诡谲的悖论，它们相互排斥又互相支撑。只有通过说话把事情"绕"清楚，才能将生活逻辑中的"绕"驱逐干净，从而求得"不绕"，获得一个"理"和某种程度的自我救赎。刘震云的自我辩护之所以理直气壮，源于对民族文化深层心理结构的透彻认识。他目光如炬地从日常语言修辞现象中发现民族的生活习惯和文化意识。毕竟，文学与"时代、民族和民族当时的处境更有关系"②。

吕叔湘认为：修辞是"在各种可供选择的语言手段之间——各个（多是同义的）词语之间，各种句式之间，各种篇章结构之间，各种风格（或叫作'文体'、'语体'）之间——进行选择，选择那最合需要的，用以达到先前的特定的目的"③。"说话"系列小说中，缠绕的语言还原了"拧巴"的生活状态和"拧巴"的内心世界。作者以一种特殊的方式凝视生活，在耐心的"拧巴"性叙事中，形成了独特的"缠绕"性语言风格，并在乱麻般的"说话"叙事中展示人物艰难的生活困境和挣扎的内心世界。

二 时空繁复的话语叙事

在"说话"系列小说中，刘震云通过"话拿人"的视角进行小说叙事，叙事的时间和空间繁复而多变，具有很强的个性化特征。

叙事时间分为故事时间和话语时间。话语时间则指用于叙述事件的时间。这主要通过文本所用的篇幅或读者阅读说话的时间来衡量。故事时间就是指所叙述事件发生所需的自然时间。故事时间对叙事的节奏产生直接影响。④ 叙事者常常赋予某些话语不同的频率和时间，从而展现叙

---

① 范宁、刘震云：《我是中国说话最绕的作家吗》，《长江文艺》2013年第3期。
② 刘震云：《俺村、中国和欧洲》，《人民文学》2010年第6期。
③ 吕叔湘：《我对于"修辞"的看法》，见《吕叔湘文集》，商务印书馆1993年版，第144页。
④ 申丹、王丽亚：《西方叙事学：经典与后经典》，北京大学出版社2010年版，第112页。

事节奏的变化，展示不同的小说主题。话语的重复是刘震云"说话"系列的重要特征之一。如《一句顶一万句》中"说话"一词出现了316次，"喷空"出现了61次，"说得着"出现了33次，"喊丧"出现了43次。这些高频词出现，成为刘震云"喷空"语言逻辑和缠绕语言句式、"拧巴"语言风格的主要特征。小说一直围绕着"说话"这一主题展开，杨百顺为了寻找"说得着"的人；牛爱国为了寻找一句话分别出延津、回延津，颠沛流离，与家乡渐行渐远。杨百顺一直想成为一个"喊丧"的人，年少时期甚至一度离开卖豆腐的父亲老杨，追随罗长礼喊丧，因此而丢了一只羊。但是，"喊丧"是无法维持生计的，杨百顺只好作罢。杨百顺因丢羊而挨打，受到哥哥杨百业、弟弟杨百利的耻笑，最后离家出走。杨百顺的一生杀过猪、染过布、破过竹、种过菜、蒸过馒头，出延津，到开封、郑州，历经波折，"没有一步不坎坷"，连名字都改了四次，即杨百顺、杨摩西、吴摩西和"罗长礼"。因养女巧玲的丢失，更是再也找不到一个"说得着"的人。杨百顺对"喊丧"和"喷空"的痴迷，起源于孤独以及放逐孤独的渴望，起源于沉重以及释放沉重的本能。按杨百顺的说法这种命运多舛的日子"太实了"。"正是因为太实了，所以想'虚'一下。""喊丧"和"喷空"一样就是可以让人暂时脱离纷乱的现实生活，在"虚"的世界里发现自我存在。年少时，杨百顺喜欢"喊丧"的罗长礼记性好、嗓门大。成年之后，感觉生活太"实"的杨百顺从内心深处真正认同了"喊丧"，只有通过这个方式发泄内心的孤独和酸楚，寄托无法言说的疼痛。乡村的日常生活中，亲人朋友之间充满了怨恨和误解，大家都是有话无处诉说，"喊丧"取代说话成为人与人交流与对话的最好方式。而"喊丧"是面对死亡的呼喊，是没有对象的对话，从本质意义上来说是一种巨大的孤独感。"喷空"与"喊丧"并不指向具体现实。"喷空"内容半真半假，与现实保持着若即若离的暧昧关系，"喊丧"则穿破生死边界，与异度空间的亡灵对话。这种半虚拟性话语的重复出现，在时间维度上舒缓了小说叙事的速度，也使得孤独感因舒缓而沉淀得更加苍凉。

在"说话"系列中，刘震云展开了一种独特的叙事探索，"说话"成为人物命运的推手："说出来的话成为主体，成为了掌控者，说话的主体虽然是人，但一旦话说出来后，他就创造出一个新的主体，他反而沦为被掌控者，他被他说出来的话所掌控。"[1] "说话"在小说中确立了自身的本质地位。同时，刘震云通过非人物对话书写改变叙事速度，影响叙事节奏，彰显文本时间和现实时间的差异。

例如在小说《手机》中，以一句话作为独立章节的现象时常发生。如第二章第15节，"从山西老家回来，严守一和沈雪同居了"。第二章第16节则是"冬天到了。"而第二章第24节则是"春天到了。"这些一句话的章节在小说中反复出现，不仅仅起得舒缓小说节奏的作用，同时表达了作者对生活或生存本相的独到理解。在小说的前半部，刘震云已详细叙述过严守一与于文娟之间的婚姻。而严守一与沈雪的第二次婚姻延续了之前的生活方式，甚至婚姻期间发生的事情都有某种相似性和雷同。刘震云在这里省略了家庭生活的鸡毛蒜皮书写，避免读者误入"新写实"系列小说的日常生活主题模式。又如《吃瓜时代的儿女们》中，第一部分第三章"你认识的所有人"的内容就一句话："一年过去了。"第二部分前言"你认识的所有人"的内容也是一句同样的话："一年过去了。"故事的时间或者说故事的某些事件并没有在叙述中得到展示，凸显了主要事件之间的跳跃以及对于情节产生的结构意义。叙事的节奏不仅影响叙事的速度，同时也表现了岁月流逝的迅疾、生命的无常和生活的无奈。刘震云直接进入"对话"书写，确保"说话"成为小说的主体，探寻"说话"的精神内核。同时，春秋代序、四季更替这些需要一定时间才能完成的自然过程在刘震云的叙述中仅仅一笔带过。故事时间和话语时间的差异和冲突，不仅仅推动了小说艺术形式的发展，同时也使得作品妙趣横生，体现出了独特的艺术追求和审美旨趣。

巴赫金认为，叙事作品在情节结构上呈现的时间与故事内容的空间

---

[1] 贺绍俊：《怀着孤独感的自我倾诉——读刘震云的〈一句顶万句〉》，《文艺争鸣》2009年第8期。

关系密切相关。在象征意义上,时间具有作为空间的第四属性。巴赫金在评价歌德的小说时说道:"时间和空间无论在情节本身还是在各个形象中,都融合为一个不可分割的整体。""赋予景致以形态和人格,使场景成为历史(历史时间)运动会说话的见证,并在一定程度上决定历史的未来进程;或者,情节和人物是这一个地方所需要的一种创造力,是体现在这一地方上的历史进程的组织者和承续者。"[1] 巴赫金认为小说叙事在整体结构上呈现为时间、空间的整体特点。在"说话"系列中,无论是人物对话,还是非人物对话,刘震云通过叙事时间的变化表达对生活的认知,阐释"说话"的主题,表达了对生存世相的深刻理解。同时在叙事空间上,刘震云善于将"说话"置于多种空间,将各种生活环境并置,凸显生活的复杂性和荒诞性。这里的叙事空间主要是指故事空间,即事件发生的场所或地点。

  刘震云在"说话"系列中,以人物行动为中心,构建曲折复杂的故事情节。《我不是潘金莲》《我叫刘跃进》《一句顶万句》等小说都是伴随着主人公行动呈现出叙事空间的变化,增添了情节的曲折离奇,呈现了生活的荒诞不经。如《我不是潘金莲》中小说的叙事空间不断随着李雪莲的告状之路发生变化,乡村和乡镇、县城与京城,很自然地发生关联,延展为当下社会的生活形态。《一句顶万句》中也可以说是杨百顺、牛爱国的个人成长史。孤独的吴摩西(杨百顺)失去了唯一"说得上话"的养女,出走延津;吴摩西(杨百顺)养女的儿子牛爱国为了寻找"说得上话"的朋友,走向延津。可以说,牛爱国是吴摩西情感上的继承人,他俩的情感命运没有本质区别,都是找不到一个"说得上话"的人。不同的是,吴摩西(杨百顺)为此"出延津",而牛爱国却"回延津"。生活的艰辛、命运的重复,延续了孤独的"话语"系列主题。经过百年岁月的轮回,中国底层人民的情感命运却还在原地打转。人物行动和事件时序展开的故事空间成为情节发展的重要环节,逐一展开在读者面前。

---

[1] [俄] 巴赫金:《小说理论》,白春仁、晓河译,河北教育出版社1998年版,第267页。

这也使得这些小说具有公路小说的特点,富有传奇色彩。

刘震云也在我国古典小说中吸取资源,小说中因特殊环境发生的一些事件往往成为其他事件的关键性因素,在情节结构中成为互为因果的关联。如《水浒传》等章回体小说,一些生动离奇的故事(如"鲁智深大闹野猪林""林教头风雪山神庙"等)往往被安排进特殊的故事空间,与人物形象和故事情节构成有机整体。

如在《吃瓜时代的儿女们》中,刘震云运用场景切换的叙事方式,将四个故事置放于四个如同隔着透明墙壁的独立空间,艺术人物在各自时空世界中的浮沉悲喜,在独立的空间叙事中并置呈现。而偶然性事件又将这四个空间诡谲地联结起来,并且引起连绵巨震,炫目而虚假的繁华瞬间坍塌,成为收拾不了的旧山河。独立空间的叙事手法形成平行的四线叙述。似乎永不会交叉的平行线因偶然事件而相交并强力纠缠,从而掀起生活巨浪。作为"中国生活的批评家"[①],刘震云冷眼静观,字字见血,现实的荒诞性油然而生。

胡河清曾将刘震云和王朔的小说进行比较。他认为刘震云将人物置于历史、权力等宏大文化网络中进行刻画,这是一种局限,遮蔽了人性的光芒和性格。而这种局限性是中国文学传统的局限性。如《水浒传》《儒林外史》等都是知礼义透而知人心浅。[②] 在《单位》《一地鸡毛》"新写实系列"、《故乡天下黄花》《故乡相处流传》《故乡面和花朵》等"新历史系列"中,刘震云确实喜欢"将人物置于历史、权力等宏大文化网络中进行刻画",将反讽引入故乡叙事,将后现代语境强行切入故乡图景,从而将重写的故乡抵达到荒诞的境地。与之前的权力和文化等严肃主题相比,刘震云的"说话"系列似乎缺乏大家熟悉的厚重感。[③] 但刘震云强调语言就是生活本身,是现实的本质,人类社会的一切意义都由它承担,小说的主人公并非通常意义上的人物,而是说话本身。

---

① 摩罗:《刘震云:中国生活的批评家》,《当代作家评论》1997年第4期。
② 胡河清:《王朔、刘震云:京城两利嘴》,《当代作家评论》1994年第4期。
③ 李建军:《尴尬的跟班与小说的末路——刘震云及其〈手机〉批判》,《小说评论》2004年第2期。

"话拿人"的叙事视角催生了"说话"的巨大能量,"说话"以主体性姿态强硬地行动。它将触角伸向艺术人物,将他们推向未可知的人生轨道。在独特的社会文化心理与复杂幽微的人性的蛊惑下,"说话"以不可控的野蛮力量操纵叙事节奏,伸缩叙事时间并转换叙事空间,将人物命运以荒诞而奇妙的面目呈现出来。但在这荒谬性的背后,又隐含着偶然中的必然。

三 孤独与寻找的精神指向

汪曾祺说:"语言不只是形式,本身便是内容,语言和思想是同时存在,不可剥离的。语言不仅是所谓'载体',它是作品的本体。一篇作品的每一句话,都浸透了作者的思想感情。"[1] 刘震云的"说话"系列聚焦了芸芸众生的精神生活,集中笔墨呈现孤独的生存本相。刘震云笔下的孤独是普通民众的孤独,是小人物身上难以言说、无法道明的孤独。

孤独是人类发展进程中的永恒母题,是人类的基本生存形态。它不仅是一个哲学命题,同时也是一个文学命题。在我国文学传统中,孤独的形象书写可谓源远流长。如《诗经·黍离》的"知我者,谓我心忧,不知者,谓我何求。"《离骚》的"吾将上下而求索",阮籍的"穷途当哭",李白的"仰天大笑"。这些文人墨客无论是感时忧国还是生活忧虑,孤独的文学形象深入人心。同时,这种孤独的主题具有鲜明的贵族气息。现代文学的孤独书写一方面继承了中国古代文学的这种贵族传统,另一方面从西方文学资源中寻找灵感。孤独似乎成了知识分子特有的文化符号。如鲁迅笔下的魏连殳(《在酒楼上》)、吕纬甫(《孤独者》);茅盾笔下的惠女士、孙舞阳、章秋柳("《蚀》三部曲");巴金笔下的汪文宣、曾树生(《寒夜》)等等。这些知识分子形象都具有鲜明的时代特征,他们的孤独感伤的情绪被赋予了启蒙意义。这种孤独是一种高级的精神活动。我们也不难发现,在古代文学中,底层普通大众很难进入文

---

[1] 汪曾祺:《我的创作生涯》,见《汪曾祺经典》,江苏凤凰文艺出版社2018年版,第153页。

学形象谱系；在现代文学作品中，底层大众也只是作为启蒙对象而存在。这些作家关心的是底层普通大众存在的、贫困的生活状况。即使是在新时期，某些新写实作家关注的也只是小人物日常生活的物质维度，而对普通小人物的精神生存状态关注不够。刘震云则认为："更大的孤独存在于日常生活之中，存在于芸芸众生中间。"① 实际上，孤独是人类共同的、永恒的生存状态。

"吃瓜"时代是一个人人都是故事主角、人人又是旁观者的时代，是一个喧嚣热闹却又异常孤独的时代。《一腔废话》中的"五十街西里"的人们，《手机》中的费墨，《我叫刘跃进》中的刘跃进，《一句顶一万句》中的杨百顺和牛爱国，《我不是潘金莲》中的李雪莲，《吃瓜时代的儿女们》中的李安邦等都是孤单的。《一句顶万句》就书写了"东方式的、中国式的孤独"："是知音难觅，寻寻觅觅、蓦然回首，那人却在灯火阑珊处，于是共剪西窗烛，巴山夜雨时；登上幽州台，前不见古人，后不见来者"式的孤独。② 这种孤单是一种富有本土性的中国经验和情感，是隐痛、不安、焦虑、无处诉说，是情感无处寄托、愁绪无处排遣。这显然不同于现代以来被规训了的内在性自我体验。"出延津记""回延津记"，一出一回，延宕百年，其实都是为孤独所困，找"说得着"的人，寻找排遣孤单寂寞的有效通道和合适方法。小说上半部中吴摩西为生计一直奔走，当失去了唯一能"说得着"的、能给予他温暖的心灵陪伴的养女巧玲之后，他便揣着一颗无家可归的灵魂又上路了，就像多年前自己的私塾先生老汪一样。这是一条逃离与寻找的不归路，也是为自己招魂的路。下半部中牛爱国也是一直在寻找能说得着的人。小说的上下部故事背景相差近百年，故事的主人公分别是巧玲（曹青娥）的养父和儿子，但是，读者看不到历史背景的变迁和时代风云的变幻，相反，只是看见似曾相识的命运循环。更重要的是，这种循环不仅是外在生活境遇的重复，更是人物内心的孤独、寂寞的延续。他们看似在找人，实

---

① 刘震云：《刘震云：故乡，绕不开的母题》，《检察风云》2018年第18期。
② 李敬泽：《静默之书》，《长篇小说选刊》（特刊七卷），2010年，第4页。

际上却是在肉体的漫游中放逐孤独,在精神的溃败中企图自我救赎,表现了人类灵魂的普遍性困境以及困境中微弱而执拗的抗争。

刘震云试图用一种独特的"说话"叙事形态,勾勒乡土底层民众的精神肖像,洞悉底层的精神苦难,表达对世界"彻底的无情观"。① 陈晓明在论述《一句顶万句》时说到这部作品"转向汉语小说过去所没有的说话的愿望、底层农民的友爱、乡土民俗中的喊丧,以及对一个人的幸存的历史的书写,这种文学经验与汉语的叙述,是一种无法叙述的叙述"②。《一句顶万句》摈弃了知识分子的写作模式,拒绝将故乡纳入启蒙话语的俗套,而是在具有生活实感的故乡描写中,完成寻找"初心"的探险。刘震云将底层社会焦虑的生活处境、孤独的精神本相、迷惘的生存诉求通过"说话"系列形象地表达出来,展示了底层社会的思维方法和生存哲学,以平民化的立场审视了小人物的精神困境。"河南人面对生活的态度,一大特点就是他们特别幽默,不正经说话,常常以一种玩笑的方式来叙述正常的状态,以幽默来化解严肃或严峻。""河南人经受的苦难太多了,面对生活的苦难,化解不了的话,他们就会用一种幽默的状态来说话。这些会影响到写作的态度。有人说我是刘氏幽默,其实也没有什么刘氏幽默,都是日常生活中的积累。"③ 任何人都需要精神寄托,而精神寄托主要通过语言来实现,"语言表达的是说话者和世界的关系"。④ 中原故乡,甚至推而广之乡土中国的底层民众在各具地方特色的语言现象中表达了对世界的认知,呈现了底层的生活状态。

不过,应该指出的是"说得着""说不着"的标准,虽然有效地解释了孤独的普遍性和永恒性,但是忽视了自说自话的社会现象的不平等问题,特别是当下各种利益圈子化,阶层流动凝固化,话语的交流也日益封闭化。改善人类精神状态和生存处境的困境才是所有有志之士不懈追求的价值所在。这种具有鲜明随意性和个人性的"说话"标准,容易

---

① 李书磊:《刘震云的勾当》,《文学自由谈》1993年第1期。
② 陈晓明:《中国当代文学主潮》(第二版),北京大学出版社2013年版,第576页。
③ 刘震云:《刘震云:故乡,绕不开的母题》,《检察风云》2018年第18期。
④ 刘震云:《刘震云:故乡,绕不开的母题》,《检察风云》2018年第18期。

悬置寻找和探索解决这种困境的办法和途径的愿望。

实际上，这种孤独的精神困境主要源于现实的荒诞。加缪曾经诗意地描述了荒诞感产生的原因："在被突然剥夺了幻想和光明的世界中，人感到自己是局外人。这种放逐是无可挽回的，因为对失去故土的怀念和对天国乐土的期望被剥夺了。这种人与其生活的离异、演员与其背景的离异，正是荒诞感。"① 也就是说，世界无所谓荒谬，但是一旦世界与个体不再有价值性关联，世界的荒谬感就会油然而生。荒谬感产生的原因和本源就是这种价值性关联的缺乏或断裂。生存意识的孤独感、处境意识的荒诞感，两者相互作用。而20世纪中国的存在主义文学又往往是"从两个维度进行创作表述的：内源性荒诞引起的本体性孤独和外生性荒诞衍发的感受性孤独"②。在思想资源和叙述方法上，刘震云"说话"系列所表达的荒诞意识固然大量吸收了西方文学资源，但是，他已将这种资源和方法内化为具有中国传统精神的本土意识。刘震云的"说话"系列所说的荒诞不是彼岸的、形而上的荒诞，而是存在的、生活意义上的荒诞，是根植于中国民间社会，是底层"小人物"现实生活和精神世界的困境。

如《吃瓜时代的儿女们》中："四个素不相识的人，农村姑娘牛小丽，省长李安邦，县公路局长杨开拓，市环保局副局长马忠诚，四人不一个县，不一个市，也不一个省，更不是一个阶层；但他们之间，却发生了极为可笑和生死攸关的联系。八竿子打不着的事，穿越大半个中国打着了。于是，眼看他起高楼，眼看他宴宾客，眼看他楼塌了。深陷其中的人痛不欲生，看热闹的吃瓜群众却乐不可支。"③ 李安邦虽然官位显赫，出行前呼后拥，但是当心腹宋耀武被"双规"、儿子车祸案被复查、担心政敌朱玉臣的冷箭时，他夜不成眠、惶惶不可终日。宋耀武腹背受敌，焦头烂额，一筹莫展，想找个人商量而不得。作为副省长，宋耀武

---

① ［法］阿尔贝·加缪：《西西弗神话》，丁世中、沈志明、吕永真译，译林出版社2017年版，第81页。
② 杨经建：《中国文学中"孤独"与"荒诞"问题》，《文艺争鸣》2008年第4期。
③ 刘震云：《吃瓜能有多快乐》，《长篇小说选刊》2018年第1期。

的手机里有1000多位联系人，但是，这些人"平时通话可以，说工作上的事可以，说应酬的话可以，开玩笑也可以，但心里有疑难和烦恼，却无人可以诉说"。最后他只能找到已"退出江湖"的地产商人赵平凡商量，并找到一宗大师寻求破解的方法。故事的荒诞却有着某种逻辑的合理性。最后，宋耀武听从大师建议，找处女破解。牛小丽不是处女，但"脸上有高原红，长得像外国人"，装作处女到处色诱达官贵人。通过牛小丽，很多素不相识的达官贵人彼此之间就有了间接的联系。后来，因为一次偶然的桥梁坍塌事件，"微笑哥"杨开拓不合时宜的微笑和佩戴的名表，招致网友的人肉搜索而落马。监察部门由此而找到和他有肉体关系的牛小丽。与牛小丽有肉体关系的官员一个个相继落马。牛小丽从开始的被骗，到最后因她而查获的一系列贪腐大案，这些风马牛不相及的事件之间建立了非常荒诞、却又是合乎逻辑的联系。显然，刘震云将近几年的某些社会新闻素材进行了艺术加工、提炼和剪裁，从而使得小说更具有荒诞的艺术效果。正如题头所说："如有巧合，别当巧合。"余华的《第七天》，迟子建的《群山之巅》，盛可以的《野蛮生长》和马原的《黄棠一家》等小说都采取了这种创作策略，如大量采用"美女反腐""钓鱼执法""表哥"等现实中的新闻热点，这极大地满足了读者的围观心态和猎奇心理。

从《手机》开始，刘震云的"说话"系列在小说细节描写上继承了之前新写实的风格，但在整体风格上却表现出荒诞的特征。这种荒诞不仅仅是一种文学创作方法或者社会批评，更是创作者对生活的独特理解。刘震云透过话语策略、话语叙事的表象，"将叙事学提升到伦理学的层面"，[1] 直指精神孤独的生存本相和荒诞不经的社会现实。

正如刘震云自己所说，知识分子应该有所担当，要能够照亮未来的道路。"知识分子的目光应该像探照灯一样，它照射的不是过去，也不是现在，而应该是未来。……作为一位研究社会科学的知识分子，你确实

---

[1] 徐兆正：《刘震云创作脉络辨》，《广州文艺》2020年第10期。

应该考虑如何照亮这个民族的未来和未来的道路。"① 这是一种傲岸的士人情怀，它孕育出开阔的精神视野与执着的灵魂求索，使得刘震云的"说话"系列小说不是热闹而漂浮的话语游戏，而是在"说话"的交锋中感叹孤独展示荒诞，并探寻孤独与荒诞背后的历史社会与人性，从而使文本达到可观的高度与格局。

---

① 刘震云：《我们缺的是见识》，《理论学习》2012 年第 10 期。

陈应松：底层生活镜像

我国文学具有悠久的乡土文化传统，历代作家对土地格外偏爱，对乡村异常迷恋。乡村对于文学、对于当代社会和人类是一种精神和价值取向，是一个可以安放灵魂的地方。同时，乡村具有宽阔的胸怀，与大地相连，沉默不语，守候着人类的生与死、常与变。陈应松就是一位这样的作家。他以诗歌登上文坛，后来转向小说创作，迄今已有30余年。陈应松和喧嚣的文坛始终保持距离，与热闹的大众文化保持内在的紧张，潜心于乡村小说创作。按照评论界的分类，他的小说主要有"荆州系列"和"神农架系列"等类型。其中"荆州系列"按照创作时间和题材又分为"船工""郎浦"和"野猫湖"三个阶段。"神农架系列"的写作主要发生在"郎浦"和"野猫湖"两个阶段之间。前几年陈应松因为被评论界称为"底层写作"的代表而被世人认可，近几年也因"底层文学"的泛化或回落似乎有所冷落。其实，"荆州系列"的"野猫湖"书写在思想探索和艺术追求方面已全面超越了陈应松之前的创作。像长篇小说《还魂记》这类作品，不仅是陈应松个人创作历史的艺术高峰，也是新世纪乡村小说的重要收获。"底层写作"标签在一定程度上遮蔽了陈应松乡村小说的丰富性和复杂性，有必要将陈应松的乡村小说创作置于中国现当代乡村小说的框架，从整体上分析陈应松乡村小说的独特价值。陈应松乡村小说具有鲜明的巫楚文化特点：忧愤深广的呐喊；人性强悍的表现；崇巫尚鬼的神秘氛围和惊采绝艳的文风。

一 忧愤深广

张正明先生在论述巫楚文化史时，将"念祖、爱国、忠君"作为巫楚文化的主要特征之一。"念祖之情，爱国之心，忠君之忧"在我国古代任何一个民族都有，只是楚人尤为突出而已。楚国处于强邻之中，由小变大，由弱变强，因此养成了楚人强烈的民族自豪感和民族自信心。① 唐人裴度在《与李翱书》中论述《楚辞》的特点时说："骚人之文，发愤之文也。"《楚辞》这样具有强烈的政治倾向和个人色彩的作品，之所以能流传千古，在于屈原炽热的政治情怀和充满正义的政治立场，在于屈原对真理的追求和爱国的情怀，更在于屈原内心强烈的愤懑、哀愁、痛苦以及惶然无助的绝望。"路漫漫其修远兮，吾将上下而求索"，诗人这种忧愤深广的呐喊契合了一代代作家艺术探索时苍凉的心境和不老的情怀。

陈应松生长于楚地，深受《楚辞》影响。早期写过《楚国浪漫曲》《楚人招魂曲》等组诗，表现出强烈的巫楚文化色彩。他认为屈原的《九章》"都是内心直接悲愤的倾诉，干脆就是直抒胸臆"。是"个人化的倾诉，具有强烈的政治性，豪不掩饰自己的企图。"② "屈原首先不是作为一个诗人，而是作为一个真理、美德和正义的辩护者存在的。"③

20世纪80年代中期以来，世俗化潮流不断冲击着人们的日常生活，这种世俗化潮流同样影响着文学创作。部分先锋作家在虚拟的空间中沉迷于形式的实验，某些新写实小说对芸芸众生采取旁观的态度，个别"私人化写作"在个人世界里低吟私语，诸多新生代作家在欲望化的个人叙事中表现出对物质世界的迷恋。这种创作潮流必然造成"这一代作家整体性缺席，整体性失语"。④ 这种判断是否公允我们姑且不论，但是，

---

① 张正明：《楚文化史》，上海人民出版社1987年版，第108页。
② 陈应松：《写作是寻找自己的归途——在"屈原文学论坛"上的演讲》，见《春夏的恍惚》，地震出版社2014年版，第247页。
③ 陈应松：《对湖北作家后继有人的期待》(《新屈原文学丛书·序》)，《文艺报》2014年4月28日。
④ 艾伟：《承担与勇气》，《文学报》2003年10月30日。

这样的呼吁确实值得人们警惕。当然，虽然社会日益轻佻浮华，麻痹虚伪，可是，总有一些作家，"自觉不自觉地承担着某一部分平衡我们时代精神走向的责任，并且努力弥合和修复我们社会的裂痕，唤醒我们的良知和同情心"①。某种意义上说，这种责任和良知就是屈原表现出来的"九死未悔""上下求索"的深广忧愤精神。陈应松要求自己以"'打破头往前冲'的强势介入生活和艺术"②。

无论是"神农架系列"还是"荆州系列"，陈应松都关注乡村和土地，"时刻与国家和民族前进的每一个过程相伴"③。《乌鸦》写出了20世纪90年代初乡村贫富悬殊，农民心理失衡。富裕起来的七叔总是将自己和解放前的地主肖老六相比，并为此心神不宁，担心"穷的穷，富的富，总有一天会出事"。《承受》中城乡和谐、贫富共处的乌托邦想象成为泡影，现实阶层的差别与鸿沟粉碎了现代性的美好想象。雨中送伞的细节让船工王七父子消除芥蒂，彼此理解，共渡生活风雨。显然，陈应松对于超越阶层的情感是清醒的、怀疑的。人与自然的关系也是陈应松持续关注的题材。《松鸦为什么鸣叫》中炸山修路导致神农架森林千疮百孔；《猎人峰》中野兽充当了自然的守护神，对人类的破坏行为进行疯狂报复。乡村政治是陈应松乡村小说表现的一个重要层面。《独摇草》中开篇就是酒醉村长射杀五位村民；《吼秋》中村镇干部为了形象工程举办蛐蛐大会，完全不顾泥石流的险情，最后导致悲剧；《野猫湖》关注留守妇女的情感问题；《无鼠之家》中农村信教的问题等都是陈应松忧心忡忡思考的范畴。不难发现"荆州系列"的"船工""郎浦"书写主要观照楚人的强悍，这种创作回荡着寻根文学的余响；到了"神农架系列"就更加突出现实矛盾的尖锐，而这正好与90年代以来"三农"问题的突出同步。《野猫湖》书写则聚焦底层深处蕴藏着的历史、时代和人自身的疼

---

① 陈应松：《与"底层叙事"有关——在首届"中国当代文学·南京论坛"上的讲话》，见《所谓故乡》，地震出版社2012年版，第328页。
② 陈应松：《〈太平狗〉及现实主义》，《中篇小说选刊》2006年第1期。
③ 陈应松：《文学应当参与社会的进程——在韩国的演讲》，见《天下最美神农架》，《陈应松文集》（散文卷），长江文艺出版社2009年版，第93页。

痛。虽然，"关注底层"的主题在当代文坛一直绵绵不绝，但陈应松的小说显然燃烧着格外浓烈的情感。这使得陈应松与其他乡村作家如莫言、贾平凹等区别开来。莫言、贾平凹都有对于乡村苦难的深广忧患。莫言写出了被压抑的原始生命力，作品富有传奇色彩；贾平凹冷峻剖析乡村走向破败的症结，风格朴实而感伤。陈应松则借助楚风的鼓动，将苦难中的不幸、抗争、呐喊都写出了浓烈的诗情、锥心的痛感。

"荆州系列"的《野猫湖》书写中，《滚钩》是以"挟尸要价"这一社会新闻改写的小说，具有鲜明的现实性。而这也是21世纪以来许多作家进行文学构思的一种方式，如余华的《第七天》、迟子建的《群山之巅》和贾平凹《极花》等。卸任村长成骑麻的儿子成涛与村小学校长的肥老婆私奔了，并且校长老婆整整大成涛20多岁。而校长却不愿离婚，希望老婆回心转意。因此就不允许成骑麻的嫡系孙子小虎上学，以此要挟老婆现身。可是，校长这种荒唐行为没有让成涛屈服，反而让成骑麻一筹莫展。当然更让他纠结不安的是捞尸这一营生。长江已无鱼可捕，成骑麻不得不成为刑满释放吸毒人员史壳子手下捞尸的员工。"政府不管这事"，"没有公益捞尸队，连在江湾竖个警示牌子也小气死了"。显然政府不作为，管理缺失。与当下政府形成对比的是，"从他父辈算起，都是渔民，也是水牛市民间慈善组织'义善堂'的成员，专门捞尸葬尸的，不收分文酬金。1949年后'义善堂'解散，政府接管，还是捞尸不收钱。'文革'时投江的多，那时政府瘫痪了，但成骑麻的老爹还是一如既往地带着他和村里渔民义务捞尸。一年捞过两百多个泡佬，后来，他九十岁的爹死了，这事儿好像就没人管了"。这样，也才给史壳子们提供了"用武之地"。通过对比，陈应松对时代和社会进行了批判。同样对于教育，陈应松也毫无保留地表达了自己的不满。水乡的孩子一天到晚读书，却没有掌握游泳的本领，这里教育是缺席的。三个大学生溺水而亡，学校因"处理得当"却受到表扬。学校动用各种宣传机器，把本来应该承担责任的事情，变成了值得宣传、赞扬的事情。同样，乡村伦理混乱不堪，人们缺乏必要的廉耻之心。"这些年村里就一带二、二带三，姑姐带弟媳，嫂子带小姨"公开卖淫，而嫖客也是本村或邻村的农民。世风日下、民风堕落，岑寂的乡村日益破败。

无论是对乡村疼痛生存困境的焦虑，还是对人与自然尖锐对立的担忧，抑或是对精神困境与人性背弃的焦虑，陈应松都是"凭借我的血管和我的嘴，通过我的语言和我的血说话"（聂鲁达）。这句写在他长篇小说《猎人峰》扉页的话或许能看出陈应松的心迹。他说："我的目光从来是真实的，不会因文坛的风向而变化。盯住人的基本生存现状。我认为我的写作的一点成绩，就是对文学真实性敬畏的结果，对文学赤裸裸表达现实生活严酷的一点心得。"[1]

因为"神农架系列"对底层的关注，陈应松因此成为底层写作的代表。而陈应松也认为底层写作不仅仅是一种文学表现方法，"是对真实写作的一种偏执实践"，对"政治暗流的一种逆反心理的写作活动"，同时，底层写作是"一种强烈的社会思潮"，是"当下恶劣的精神活动的一种抵抗、补充和矫正"[2]。确实，这种强烈的忧患意识和悲悯情怀与其说是新世纪兴起的文学思潮，倒不如说是屈原"亦余心之所善兮"的社会责任、"虽九死其犹未悔"的深广忧愤、"长太息以掩涕兮"的苍老心境和"哀民生之多艰"的悲悯情怀在陈应松乡村小说创作上的鲜明体现。

应该指出的是，陈应松并不是因为"底层写作"这一社会或文学思潮才开始关注底层。他对底层的关注是一如既往的，从登上文坛之日起底层就是他写作的题中应有之义。同样的道理，他也不会因为"底层写作"回落或者泛化而转移创作方向。"荆州系列"的《野猫湖》书写持续对底层进行了更为深入的描写。陈应松也因"直面人生的种种惨淡相，以疯狂的心理折射出社会发展中的某种让人感到震撼的痛苦"（陈思和），而成为当代文学中的重要作家。[3] 陈应松说过："文学是生命的一部分，它通过肉体来歌唱灵魂。文学是灵魂不屈的显现。文学是一种申诉。"

---

[1] 韩晗、陈应松：《现实、乡土或底层》，《中国图书评论》2013 年第 8 期。
[2] 陈应松：《底层叙事》，见《穿行在文字的缝隙》，当代中国出版社 2017 年版，第 35 页。
[3] 陈应松：《松鸦为什么鸣叫》封底，长江文艺出版社 2005 年版。

"我们写着,不是要对某时、某人、某地、某事做简单的同情或评价,我们要写下我们自身对命运的发现,写下人类生存的理由。"① 陈应松不仅仅有着社会学家的深刻剖析,诗人的热情书写,更有哲人式的忧患意识和知识分子的冷峻思考。陈应松对底层生活充满深广的忧愤,以悲悯的情怀追寻人生和命运的规律,以诗性的语言表达对生活、生命的关注、审视和思考。

二 人性强悍

烦躁不安、争强好胜,"楚人的先民在强邻的夹缝中顽强地图生存,时间之长以数千年计。楚人在穷乡僻壤中顽强地求发展,时间之长以数百年计"。这种强邻之间战战兢兢求生存、谋发展的处境,促成了楚人强悍的人性。"楚人好战喜斗","尚武的传统,正表现了楚人奋发的民族精神。"② 中原礼仪文化的温柔敦厚、怨而不怒、哀而不伤的中庸平和之道,并不适合楚人的性格。他们的思想和性格多受神秘文化影响,随性而为,面对个人及社会重大问题的反应往往受情绪的激荡而表现出急躁、偏执甚至颠倒迷乱的狂态。司马迁在《史记·货殖列传》中考察楚地风俗时说,"(西楚)其俗剽轻,易发怒。""清刻,矜己诺。""南楚好辞,巧说少信。"显然司马迁不仅仅注意到楚人急躁、强悍的情绪型性格,也发现了楚人笃信神明的虔诚与热情。这种民风、民情内化为楚人的文化性格一直继承下来,成就了一代又一代楚人。楚人燥急执着,好使性气,行为上往往也带有狂态,甚至成为痴狂、愚狂或骄狂。如《庄子》中的狂人河汉,人鱼对话、河伯与海神的交谈。

陈应松是怀着虔诚的文学梦想走上文坛的,像很多作家一样,开始以诗歌引起文坛的注意,出版有诗集《梦游的歌手》。陈应松的诗"大都凝重,而又带一点涩味:感情上的苦涩和表达方式上的艰涩"。这种"凝重""苦涩"源于陈应松"怀着严肃的心面对生活,思考生活,力图透

---

① 陈应松:《世纪末偷想》,武汉出版社 2001 年版,第 69 页。
② 张正明:《楚文化史》,上海人民出版社 1987 年版,第 108 页。

视到生活漩流的深处"。① 但他"不是沉溺于个人的狭小情怀,表达淡淡的哀愁的那种诗人。他的歌声绝不轻飘,绝不追求表面的俏丽。只有在歌唱生育他的乡村时,我们才感到他心情柔和的一面"②。这种"苦涩""艰涩"或许源于陈应松早年生活的奔波劳碌。艰辛的生活经历以及这种难以言说的生存之痛内化为愁苦、焦灼的性格。陈应松高中毕业后成为回乡知识青年,当过民工、拉过板车,招工当过水手、却在长江上颠簸,上过大学,留在武汉,却和城市难以和解,深感孤独与漂泊。他写过诗歌、散文、戏剧,也写过一些戏剧性很强的影视剧本。无论是他从事何种职业,无论是他从事何种题材,陈应松总是能在空灵的艺术形式中探析深邃的人性,用诗意的语言、倔强的形象表达强悍的人生。

陈应松心中理想的小说是"粗砺、凶狠、直率、诡异、强烈、干硬、充满力量、具有对现实的追问力量和艺术的隐喻力量"③。这种贴近地表的表述不仅仅表达了陈应松对小说审美艺术的追求,更表达了他内心深处的渴望:在芜杂、纷乱的生活表象下探求生活的规律和存在的价值尺度,试图洞察人物故事背后深层次的联系。对人生、人性以及命运的探讨成为陈应松创作的主要动力。陈应松的乡村小说中,暴力、杀戮、死亡充斥期间,被侮辱者、被损害者踯躅乡野,作者试图在向死而生的生命之旅中发现人性之光,寻找重生之路。

《黑艋楼》中个性狂傲的"我"不得不受制于"矮子"的指使(矮子的父亲是驾长),"我"如同困兽,通过自虐(如酗酒)、自审和堕落来反抗现实。《黑藻》中狗鱼驾长和他的拐子儿子终身彼此折磨却又不能分开。《豹子最后的舞蹈》中身手矫健、硬朗、亢奋,85 岁的猎手老关让凶猛的豹子闻风丧胆。《松鸦为什么鸣叫》中的伯纬背尸赶路,一路上

---

① 曾卓:《梦游的歌手·序》,见陈应松《梦游的歌手》,长江文艺出版社 1991 年版,第 1 页。
② 曾卓:《梦游的歌手·序》,见陈应松《梦游的歌手》,长江文艺出版社 1991 年版,第 3 页。
③ 梁必文:《沉潜生活底层走向艺术高峰——鲁迅文学奖获奖作家陈应松印象》,http://www.hbzjw.org.cn/writing.php?id=21。

和灵魂对话不止。《八里荒轶事》中的端加荣到八里荒独自开荒，幺女被狼吃了，她竟愤怒地将狼咬死。《马嘶岭血案》中敏感、偏执的九财叔，一口气砍杀死七个神农架山区踏勘队的成员，其中包括自己同村的农民。《到天边收割》中善良、软弱的金贵最后对老柳树的态度，一改之前的忍辱负重，突然有了"有仇不报非君子"的气概。《一个人的遭遇》里的刁有福用个体的弱小力量与权力进行毁灭式的抗争。《猎人峰》中猎人白秀演绎着"最为惨烈的、最为传奇的、最为暴戾的、最为浑蛋也最英雄的故事"。《无鼠之家》中木讷老实的阎孝文千里归乡，杀死和自己妻子偷情的父亲阎国立。《野猫湖》中香儿为与同村妇女庄姐的同性之爱，而放任自己的丈夫三友吃毒狗肉身亡。《夜深沉》中隗三户的名字源于"楚虽三户，亡秦必楚"。同时他性格上也有楚人的情绪型的特点。他从千里迢迢的南方回村想要回自己的责任田，却不能如愿。几天时间，他从进村时赶走偷牛贼，迅速转变成为为偷牛贼提供便利的人，并且有种犯禁的快感。转变之快，无法用理性的理由来解释。《送火神》中留守儿童五扣通过不断烧毁他人的房屋来赢得他人的注意，最后也因此被众人心照不宣地赶入了火场，葬身火海。这些人物性格强悍，情绪多变，偏执顽强，狂放不羁，具有巫楚文化特有的"狂"态。陈应松说过："文学是生命的一部分，它通过肉体来歌唱灵魂。文学是灵魂不屈的显现。文学是一种申诉。"①

唐人裴度在论及《楚辞》的特点时说："骚人之文，发愤之文也，雅多自贤，颇有狂态。"② "楚人确信自己是日神的远裔，火神的嫡嗣，由此形成了特殊的风尚。""尚赤，即以赤为贵。"③ 陈应松认为楚人的特点是："不服周，不肯轻易屈服，就是撞倒南墙也不回头，犟，但也有韧性。"陈应松笔下的人物总是流淌着不安和野性的血液。这些人内心向往自由，性情率真，但是由于现实的贫困、文化的贫乏、出身的低微和性

---

① 陈应松：《世纪末偷想》，武汉出版社 2001 年版，第 69 页。
② 裴度：《寄李翱书》，见《全唐文》538 卷，上海古籍出版社 1990 年版，第 2419 页,。
③ 张正明：《楚文化史》，上海人民出版社 1987 年版，第 105 页。

格的冲动，很容易在性格的两端过山车式快速转换，自卑与自傲、自闭与自省、自爱与自虐、自责与自戕无缝对接。狂躁之性与灼热之血孕育了狂野与绝望，野性粗犷与燥急好胜成就了人生和命运。巫楚文化的精神在这些人物身上表现得淋漓尽致，这也凸显了陈应松小说沉重、窒息、粗粝、紧张的特点。

当然，这些人物由于出于封闭、凋敝的生存环境，他们身上的血性在某种程度上更多的是动物的本能，是为了适应生活而进行的无意识抗争，不同于萧红《生死场》中农民"生得坚强，死得挣扎"与民族命运。陈应松忧愤深广地介入社会，聚焦底层生存状态，在批评中蕴含同情，在理解中饱含批判。

三　崇巫尚鬼

张正明指出："楚人迁居江汉地区历时既久，栉蛮风，沐越雨，潜移默化，加以他们对自己的先祖作为天与地、神与人的媒介的传统未能忘怀，由此，他们的精神文化就比中原的精神文化带有较多的原始成分、自然气息、神秘意味和浪漫色彩，渐渐地形成了南方的流派。""至于社会风尚，则有久盛不衰的巫风；艺术风格，则追求挺拔、清秀与诡奇、缛丽的综合。"[①] 楚国的巫和医往往一身二任，"巫彭作医，巫咸做筮"（《吕氏春秋·勿躬篇》）。而巫彭和巫咸是楚人敬奉的两位神医，一般连称"彭、咸"。巫与医也一般合称巫医。对于楚国人来说，巫上可以通鬼神，下可以寄生死。而巫师与鬼神交流的手段，一是祭祀，二是卜筮。楚国鬼神之道倡炽，巫觋之风盛行。《太平御览》卷一三五引桓谭《新论》曰："昔楚灵王矫逸轻下，信巫祝之道，躬舞坛前。吴人来攻，其国人告急，而灵王鼓舞自若。"王逸《楚辞章句·〈九歌〉》也说："昔楚国南郢之邑，沅湘之间，其俗信鬼而好祠，其祠必作歌乐鼓舞，以乐诸神。"可见，崇巫尚鬼是巫楚文化的重要内容。巫楚文化也因此具有浓郁的神秘色彩。根据李泽厚考察："巫术礼仪在周初彻底分化，一方面，发展为

[①] 张正明：《楚文化史》，上海人民出版社1987年版，第63页。

巫、祝、卜、史的专业职官，其后逐渐流入民间，形成小传统，后世则与道教合流，成为各种民间大小宗教和迷信。另一方面，应该说是主要方面，则是经由周公制礼作乐即理性化的体制建树，将天人合一、政教合一的巫的根本特质，制度化地保存延续下来，成为中国文化大传统的核心。"① 李泽厚将这种传统称为"巫史传统"。而日本学者藤野岩友则将《楚辞》定性为"巫系文学"，《离骚》是"以巫为中介的人对神和神对人之辞"。巫演唱的舞歌即《九歌》，由巫进行的招魂即《招魂》。②

陈应松乡村小说塑造了许多富有神秘色彩的人物形象，具有鲜明的巫楚文化色彩。《猎人峰》描写了一个时间似乎静止，远离现代化发展，处于原始状态的神农架山区。鲁瞎子是猎人峰一带公认的大歌师，会唱全本的《黑暗传》《红暗传》《神农老祖传》《鸿蒙传》等。同时鲁瞎子也是一位巫师，能掐指算命、精通道场法事，经济活泛，在人们心中具有崇高的地位，受到大家敬仰。显然，这是一位具有远古楚巫文化魅力的人物，是神农架山区神秘文化的代表。而来去缥缈，道风仙骨的老郎中能"抽山混子筋、治百病"，还能说出"天地闭，贤人隐，恶兽出"的古训，给人治病也是神神道道。如给白大年治病，眼珠子骨碌碌乱转，伸向空中抓去，口中念念有词："九死还阳兮，九死还阳，九死还阳虫来兮，九死还阳虫到！"老郎中将褡裢在空中甩了两圈，伸进手去，抓出一条脆骨蛇，即九死还阳虫。老郎中将蛇掷于地下，蛇断为九节，待蛇正要合拢时，"老郎中将九节蛇拾于掌中，一运气，两掌嗞嗞冒出青烟，一合掌，一捻搓，双手就一堆黑糊糊的粉末了。然后取出酒葫芦，用酒调和，敷于白大年的断腿处，绑扎起来。"三天后白大年的腿就消肿了，一个月后则活动自如。这种夸张、神秘、玄之又玄的人物描写，增添了神农架的神秘色彩。同时，这种具有本土特色的神秘色彩，使陈应松乡村小说创作与一般的魔幻现实主义区别开来。

---

① 李泽厚：《说巫史传统》，上海译文出版社 2012 年版，第 29 页。
② ［日］藤野岩友：《巫系文学论》序言，韩基国译，重庆出版社 2005 年版，第 4—5 页。

同样，一些具有崇巫尚鬼的巫楚文化情节使得陈应松乡村小说显得神秘莫测。如《像白云一样生活》中白莲垭的天坑，每逢天阴下雨，天坑里就有鬼魂的汪叫。《马嘶岭血案》中，老麻相信千年老树成精，夜晚树心里面锣鼓喧天。九财叔则对鬼和鬼市坚信不疑。受了惊吓，九财叔"从头上扯了一把头发，让我用一张树叶包好，烧了，放进他装水的碗里，喝了，用一块石头刮着空碗，把碗交给我"，嘱咐"我"为他喊魂。而"我"则看见黑白无常率领一群野鬼簇拥着九财叔向"我"走来。《火烧云》中陈应松对求雨的祭祀仪式进行了详细的描写：当地长者先扎火龙，龙须草为龙须，胡萝卜为龙眼，领着村民抬着火龙去黑空洞。由长者主持求雨祭祀仪式。先有长者们和声大喊："……烧死你旱魃！烧死你旱魃！我求你瘟火两部，两界神王！"众村民用哭腔嘶声应道："天干地渴，老龙下河！天干地渴，老龙下河！"紧接着三只铳齐响，几只狗对天狂吠，草龙前放上一盆水，泥地上插上写满奇怪文字的木牌。高潮为草龙点火，十几个村民在熊熊大火中齐声大喊："烧死旱魃！烧死旱魃！请龙王！请龙王！"只是虔诚的求雨仪式没有应验，而是引发了一场山火。这些都显得神奇迷离、神秘莫测。

由死去的魂灵充当叙事者，是文学叙事的一种非常有意义的探索，如《浮士德》《神曲》《百年孤独》以及我国的魏晋志怪小说和唐宋传奇。陈应松的长篇小说《还魂记》担当叙述功能的柴燃灯是一位返回故乡的游魂、孤魂。小说通过鬼魂手记参透生死，为失语的村庄诉说、奔走。小说中关于"吊冤""破血盆""坐棺""守灵""过阴兵""守魂"等巫鬼情节比比皆是。如穿着印有太极图青色道袍的道士，手持桃木剑和令牌或者引魂幡，为寒婆的女儿超度，口念"饯送邪祟，扫荡宅舍……""人死如灯灭，如同汤泼雪。要得亡魂转，水中捞明月。"念迎亡决、净心决、净身决、金光咒，撒米，杀公鸡等。为死者穿上"五领三腰"：上身五件，下身三件；内为白衣，外为青衣。谓之清清白白去托生。破血盆："亡者早产，血水污染了地府，阎罗王要治罪于她"，亲友为她破血盆赎罪。柴燃灯在生死之间的九天时间，见证了乡村之痛：残酷而又诡异的乡村现实、瘫痪而又变异的乡村政治、痛苦而又无序的乡村生态。陈应松将亡灵叙事与巫楚神秘文化有机结合，写出具有鲜明地域特色和个人魅力的魔幻现实主义小说。

陈应松乡村小说的叙事视角丰富而独特。像《太平狗》《豹子最后的舞蹈》采用的是动物视角。陈应松吸取了巫性文化的精神，并以之为切入点，在底层的书写中隐喻中国民主政治的混乱和底层人民生存的困境。当然，陈应松说："我涉足的地方有那么多神秘的东西，吸引着我去了解、去表现。我总觉得神秘的东西有象征意味，与现代主义有关联，而我又喜欢魔幻现实主义，所以就把它们突出化，用小说来表现神秘主义。"小说的神秘性是为作品的思想性和现实性服务的，主要是为增加小说的诗意和哲学意蕴。如《松鸦为什么鸣叫》中的"天书""十八拐"；《望粮山》中的"天边的麦子"都是为了让叙事更具有独特的风格，能深刻、形象地呈现土地的神秘氛围。

陈应松乡村小说崇巫尚鬼神秘氛围的渲染延续了寻根文学的文脉，突出了巫楚文化的绚烂。同时，热烈、绮丽的巫鬼情节和氛围在新写实小说灰色人生的哀叹和悲凉中显得格外的惊奇、靓丽。这何尝不是陈应松乡村小说超越一般新写实小说的意义所在？崇巫尚鬼神秘氛围的渲染有利于深重忧愤的呐喊或者象征，隐喻着作者难以排遣的忧愤。

四 惊采绝艳

刘勰在《文心雕龙·辨骚》中对《楚辞》大为推崇，赞叹《楚辞》"气往轹古，辞来切今，惊采绝艳，难与并能。"鲁迅认为《楚辞》"较之于《诗》，则其言甚长，其思甚幻，其文甚丽，其旨甚明，凭心而言，不遵矩度。""形式文采之所以异者，由二因缘，曰时与地。"这里的"时"主要是指战国时期的游说之风，而"地"则是说《楚辞》流行于沅、湘，"又重巫，浩歌曼舞，足以乐神，盛造歌辞，用于祀祭"[①]。惊

[①] 鲁迅：《汉文学史纲要》，见《鲁迅全集》（第9卷），人民文学出版社2005年版，第382、384、385页。

采绝艳被认为是巫楚文化独特的文采。只有这种烂漫靓丽的文采才能表现楚人剽悍的人性和浪漫的想象。莫言对陈应松极为推崇，认为陈："用极富个性的语言，营造了一个瑰丽多姿、充满了梦魇和幻觉的艺术世界。这个世界建立在神农架但又超越了神农架，这是属于他的王国，也是中国文学版图上的一个亮点。"①

陈应松说："作家所追求的真实，是由他对词语的那种矢志不渝追寻的真诚度所决定的，真诚度越高，那样的真实也越令人信服。"② 陈应松对小说的语言非常重视，将方言土语、粗话俚语和诗化语言、欧化长句有机地融合在一起，语言诡谲奇异，具有鲜明的浪漫主义色彩，有效地继承了《楚辞》惊采绝艳的风格。

陈应松的小说语言具有浓郁的地域色彩，鲜明的巫楚文化特点。如《松鸦为什么鸣叫》中的地名：皇天垭、韭菜垭、杀人岗、打劫岭、百步梯、九条命、乱石垭、八人刨、狼牙尖、巴东垭。这些地名凸显了小说的神秘色彩，制造了紧张、焦灼、诡异和荒凉的小说环境。陈应松还特意指出这些地名本来就存在，并不是他的胡编臆造。同时陈应松乡村小说的方言俚语俯拾皆是。如《狂犬事件》中村长赵子阶的语言常常含有愤懑，但是也饱含乡土气息："我老在乡里挨训，乡长把老子当龟儿子杵。""歪嘴巴吹火，邪完了。"还有"太阳牛卵子热""十个指头被炸得筋筋吊吊了"。《松鸦为什么鸣叫》中王皋"看着自己晒在阳光下的手，那不是手，是个树鹿子。"，等等。《巨兽》中罗赶早看见棺材兽吓得"三魂吓掉了两魂半"，"大气不敢出，二气不敢进，憋得脸就跟溺死的人似的。"方言土语的灵活运用使得陈应松的小说具有鲜明的乡土气息和鲜活的生活质感。斑斓奇崛的语言浸润着巫楚文化的神秘，给读者以强烈的冲击。

陈应松以诗人的气质与巫楚文化邂逅，追求"有音乐感的、节奏像

---

① 陈应松：《松鸦为什么鸣叫》，封底，长江文艺出版社 2005 年版。
② 陈应松：《语言是小说的尊严》，见《所谓故乡》，地震出版社 2012 年版，第 159 页。

石头一样响亮的语言"①。《豹子最后的舞蹈》中"大火烧得整个天空都是通红的,好像涂满了鲜血,烧得星星呼呼下坠,河水咕嘟咕嘟地冒着沸腾的气泡"。《野猫湖》中"野荠菜的花白白的,在晴风中蔓延。池塘的小荷盯着阳光在嫩黄地翻飞,有小鱼东奔西走"。当代文学乡村小说创作,因为各自创作目的和个性不同,有的侧重于主题的追求,有的着意于人物的塑造,而陈应松则在句子的锤炼上用心最专。"两句三年得,一吟双泪流。"陈应松用诗化的语言描写疼痛的乡村,将一曲曲人间悲剧幻化为瑰丽的彩虹,升华为靓丽的美文。"华丽飘逸、灵动飞扬,神奇浪漫",就是巫楚文化的强烈特征。

　　同时,陈应松深得巫楚文化浪漫主义的精髓,能在各种文体中穿越自如。《一个,一个,和一个》是戏剧和小说的文体融合,小说情节的展开依靠人物简洁的对话,客观地呈现在读者面前。生意场上的尔虞我诈,机关算尽,最后还是同归于尽,一切成空。刘得华和姚方合谋把史阳除掉,史阳不仅骗了他们的钱财而且玩弄了他们的老婆。但是,计划尚未实施,两人就起内讧相互厮杀,一人被杀,另一人锒铛入狱。史阳则坐山观虎斗,渔人得利。人性的愚蠢和贪婪通过话剧和小说融合的形式展示得淋漓尽致。"发楚声""书楚语",陈应松在小说创作中时常穿插一些楚地的传说、民歌。如《猎人峰》中《黑暗传》《红暗传》《神农老祖传》《鸿蒙传》等民间传说、民歌直接大段出现,与小说情节水乳交融,有利于凸显小说的神秘性和地域性。

　　中国现代小说就是由《狂人日记》的十四则日记掀开了新的一页,小说的文体也受到了极大的冲击,小说的散文化就是五四文学重要的特点之一。茅盾、郁达夫、丁玲等都著有日记、书信体小说,小说也因此更多地表现自我,更具有抒情性。而对小说文体更具有挑战性的则是诗歌、散文等文体的渗透与融合。如冯至的《蝉与晚祷》与其说是小说,不如说是诗歌、散文。而文体融合的创作倾向与五四时代个性解放思潮

---

① 陈应松:《神农架和神农架系列小说——在武汉图书馆的演讲》见《天下最美神农架》,《陈应松文集》(散文卷),长江文艺出版社2009年版,第77页。

有密切关联,同时也与西方各种现代主义文学思潮的大量涌入有很大关系。陈应松吸收五四文学的精神营养首先以诗歌登上文坛,同时也写过大量的剧本,后来才专门从事小说创作。而他的散文、书法也有非常高的造诣。陈应松秉持现实主义传统,同时对西方现代主义思潮无比热爱,一直追求不同文体的融合与突破。因此他在小说创作中融汇各种不同文体,出乎其中、入乎其外也是顺理成章的事情。

《还魂记》也许得益于鲁迅的《狂人日记》。小说的扉页交代了故事的由来:"本人喜好在乡野乱窜。某日,雷电交加,被狂风暴雨阻隔,在野猫湖一荒村破舍避雨,发现一墙洞内,有一卷学生用作业本,已发黄破损,渍痕斑斑,字迹杂乱,难以辨认。细看是一本手记,为一野鬼所作,文字荒诞不经,颠三倒四。带回武汉后稍加润饰,每段文字附上小标题,公之于众,也算了却了一桩心愿,仅此而已。"这部小说是所谓"野鬼手记",既然是手记,就没有什么规则,想到什么就记录什么。正如屈原"惟郢路之辽远兮,魂一夕而九逝"。陈应松让死魂灵返回家乡,关注岑寂的乡村生态和颓败的文化精神。小说叙述自由出入诗歌、散文、公文、戏剧等各种不同文体之中,追求"没有规则的小说",这样灵魂得以解脱和自由。陈应松认为:"所有的文字都应该叫文章,是没有文体之分的。好的文章就是好的文学,不管叫什么,小说、诗歌或者散文。"[①]而诗歌、散文则自然融合在小说的节奏之中,使得小说并没有突兀之感。《还魂记》的写作是一种回归,回归到文学传统,回归到真正意义上的乡村文学,即按照我们的生活方式和记忆写我们的精神故事,小说是精神生活的纪实。

正是因此陈应松惊采绝艳、诗情语言的文风追求,为乡村小说涂上了浓郁的楚风色彩,将苦难写出了地域文化的美感。这种文风的追求将苦难凝练为一种魅力,激活了我们内心深处的文化记忆和良知责任。这是陈应松乡村小说独特的境界与力量。

---

① 陈应松:《还魂记·后记》,江苏凤凰文艺出版社2016年版,第444页。

值得庆幸的是，陈应松是一位有内在定力和艺术追求的作家，他不以时代潮流的变化而盲目迎合，不以物质世界世俗眼光的转移而怀疑恍惚。他在漫长、孤独的热爱与坚守中，表达自己的创作立场、艺术倾向和生命哲学。陈应松沐浴巫楚文化，通过崇巫尚鬼的神秘情节和意象，在方言俚语、诗性话语的铺排叙述中突破文体局限。在强悍、躁急的人性塑造和紧张、粗粝的生存环境描写中，表达了一位知识分子忧愤深广的人文关怀。

第二辑　赓续与拓新

阿来：文化返乡与先锋怀旧

阿来是一位"以出生、成长于边疆地带而关注边疆、表达边疆，研究边疆"的藏族作家。他在20世纪80年代开始创作，同时在诗歌、小说、剧本等不同文体掘进。1989年阿来出版了第一部短篇小说集《旧年的血迹》，两年后出版第一部诗集《梭磨河》①。从这两部作品集的书名不难看出，阿来的创作总是伴随着一种怀旧的情绪，从具体作品上看也确实如此。21世纪以来，阿来创作的乡村小说主要有《机村史诗》②、《山珍三部曲》③和《云中记》。这些小说表现了阿来辽阔的历史眼光和深邃的人文意蕴，彼此之间形成贯穿承接的精神对话。阿来深入到一个个藏区，写出了藏地不为人知的地方历史文化，表现出鲜明的地方志特点。这种怀旧书写在新世纪乡村小说日趋高涨的现实主义精神复归潮流中别具典型意义。

一 怀旧的未来：现代性文化返乡

阿来的小说常常采用一种归来的情节结构模式，如《机村史诗》中去城里念书的达瑟又回到了机村（《达瑟与达戈》），《山珍三部曲》中在民政学校工作的斯炯重新回到机村（《蘑菇圈》），《云中记》中祭师

---

① 梁海：《阿来创作年表》（1982—2013），见陈思广主编：《阿来研究》（一），四川大学出版社2014年版，第23—24页。
② 《机村史诗》（六部曲），依序分为《随风飘散》《天火》《达瑟与达戈》《荒芜》《轻雷》《空山》六部相对独立又彼此衔接的小长篇。
③ 《山珍三部曲》，由《蘑菇圈》《三只虫草》《河上柏影》三个中篇组成。

阿巴重返云中村，等等。这种情节结构模式也许借鉴了鲁迅小说创作的经验。但是，和鲁迅小说主人公最后绝望地离去不同，阿来小说中主人公的归来是一种文化返乡，最终和乡村结为命运共同体，不再离去。这种情节结构模式使得阿来的小说具有浓郁的怀旧意味。

美国社会学家斯维特兰娜·博伊姆在《怀旧的未来》中论述，怀旧是一种时代征候，是一种现代性历史情绪，"不仅是对于某一地点的向往的表现，而且是对于时间和空间的新理解的一种结果"。"怀旧不永远是关于过去的；怀旧可能是回顾性的，但是也可能是前瞻性的。"[1] "怀旧不仅仅是一种艺术的发明，而且还是一种生存的策略，一种发现不可能返乡之意义的途径。"[2] 这种怀旧的诱惑之处或许就在它的暧昧性，就是把不可能重复的事情重复，把非物质性的现实物质化，通过时间来图示空间，在空间上图示时间，从而阻碍了主体和客体之间的区分。斯维特兰娜·博伊姆进一步将怀旧分为两种类型，即修复型和反思型。"修复型怀旧强调'怀旧'中的'旧'，提出重建失去的家园和弥补记忆中的空缺。反思型的怀旧则注重'怀旧'中的'怀'，亦即怀想与遗失，记忆的不完备过程。"[3] 由此可见，怀旧逐渐从一个心理问题转变为社会问题。斯维特兰娜·博伊姆对怀旧的理性分析同时也具有感性的慨叹。修复型怀旧是一种时空怀旧，它不仅指人们对家园故土和往昔岁月的眷念，也是对传统的守望与更新。而反思型怀旧则是寄希望于未来。阿来新世纪乡村小说创作则同时兼具修复型怀旧和反思型怀旧的文化想象。

修复型怀旧取决于地方的物质特性、感官的感受、气味和声音。这里的地方不仅是一个语境，而且也是一种被清晰记忆的感情波动和过去生活的物质碎片。乡村小说中的"乡村"本身就包含着流动与自由、家园与欲望之间的转变与隐喻。阿来乡村小说创作的修复型怀旧首先是对

---

[1] [美] 斯维特兰娜·博伊姆：《怀旧的未来》，杨德友译，译林出版社2010年版，第5—6页。

[2] [美] 斯维特兰娜·博伊姆：《怀旧的未来》，杨德友译，译林出版社2010年版，第6页。

[3] [美] 斯维特兰娜·博伊姆：《怀旧的未来》，杨德友译，译林出版社2010年版，第46—47页。

藏地文学形象的"修复"与"重建"。

既往诸多叙事中藏地总是被披上神秘的面纱,误读、曲解甚至扭曲藏地文化和日常生活,如马原、扎西达娃、马建等。这类书写"表面上好像是基于一种非常强烈的民族情感,甚至一种有点过分的民族自尊心和民族意识,但是他们的有些写作其实是远离真实的,他们是有意无意地在满足别人对这种所谓的文化想象"[①]。阿来从事文学创作以来就一直与这种"后殖民"想象进行顽强抗争,规避、改写大家对西藏、藏文化的刻板印象。"本来,我只是作为一个藏族人,来讲述一些我所熟悉的那些西藏人的故事,这种讲述本来只是我个人的行为,但当西藏被严重误读,而且有着相当一些人希望这种误读继续下去的时候,我的写作似乎就具有了另外的意义。"[②] 这种历史使命感成为阿来文学创作的一种内在动力。这种带有创作宣言意味的言论在他的许多散文随笔中俯拾皆是。如《嘉绒大地给我的精神洗礼——〈大地的阶梯〉后记》《落不定的尘埃——〈尘埃落定〉后记》《在诗歌与小说之间——散文集〈就这样日益丰盈〉后记》《小说,或小说家的使命——〈格拉长大〉韩文版序》等。

阿来小说创作的反思型怀旧则主要表现在小说创作的人文性和人类性。阿来自称为"中国最早的驴友",常年在川藏线上行走,考察地理山川,探访人文历史,对土地、自然含有痴痴的情怀。他在"我为什么写作"中,详细谈了创作《尘埃落定》《机村史诗》《瞻对》的初衷与过程,认为自己写诗歌、小说、散文,写非虚构就是要解决自己的问题:对藏地历史、社会变迁、人性变化和宗教文化的思考。怀旧是连接过去和现在"两个时代"的桥梁和方法,阿来通过对历史的缅怀,利用寻根来批判现代,进而抵制传统藏族文化的断裂和人类自我连续性的瓦解,重拾失落文明的碎片。阿来的《山珍三部曲》(《三只虫草》《蘑菇圈》

---

① 阿来、陈晓明:《藏地书写与小说的叙事——阿来与陈晓明对话》,见陈思广主编《阿来研究资料》,四川文艺出版社2018年版,第30—31页。

② 阿来:《小说,或小说家的使命——〈格拉长大〉韩文版序》,见《看见》,湖南文艺出版社2011年版,第268页。

《河上柏影》）就是以植物作为引子来组织故事的，很多论者称之为生态小说。阿来通过对藏地文化的形象描写，展现了当下中国的自然生态、社会生态和文化生态，书写了全球化、城市化进程对藏地乡村全方位的影响，批判了消费文化对人们日常生活的侵蚀，拷问现代人的灵魂。

对藏地历史的思考、对人性人情的内省以及对社会政治的批判是阿来反思性怀旧的重要内容。陈晓明从阿多诺和赛义德的"晚期风格"概念中得到启示，总结了新世纪文学的"晚郁时期"的美学风格，这种风格是"有深刻内敛的主体态度，对人生与世界有深刻的认识。对生命的认识超出了既往的思想，表达出一种传统与现代相交的哲思"。"历史沉郁累积的那种能量与一大批作家'人过中年'的创作态度的重合。"① 阿来是新世纪"行走文学"的积极倡导者和践行者，1999年他参加了云南人民出版社组织的作家"走进西藏"活动。② 在地理散文《大地的阶梯》中，阿来以"深刻内敛"的态度，介绍沿途的历史文化、民俗物产，思考人生与世界，"表达出了一种传统与现代相交的哲思"。阿来的小说《格萨尔王》③ 是与《格萨尔王传》互文的文本。小说的开篇就以"那时家马与野马刚刚分开"这一模糊时间来隐喻开辟鸿蒙的后神话世界。即使这类题材的创作，阿来也表现出了反思型怀旧的鲜明特点，以开放、人类的视野观照古老的神话传说，这样故事时间、历史时间和写作时间并存，历史、现实和未来相互对照、彼此隐喻。对嘉绒藏地文化和人类普遍性意义的观照和思索成为阿来文学创作的鲜明特点，这种反思性怀旧的追求开辟了藏地文学书写的新路径。

实际上，地域性一直受到全球化进程的挑战。某种意义上说，地方化问题是全球化的一个结果或者内容，是全球化衍生的副产品。它既是全球化多样性内容的具体呈现，又是拒绝全球化、同质化的社会文化实践。伴随着全球化的进程，新的空间不断被生产出来。世界上各有特点

---

① 陈晓明：《无法终结的现代性：中国文学的当代境遇》，北京大学出版社 2018 年版，第 268、275 页。
② 李敬：《"行走文学"：媒体叙事考察》，《南方文坛》2001 年第 1 期。
③ 阿来：《格萨尔王》，重庆出版社 2009 年版。

的地域空间被不断切割、重塑成整齐划一的社会空间,成为街区、步行街、度假村、网红打卡地,各具地域特色的自然空间被规划、复制、生产,成为文化产品。根据不同地方、时代和意识形态的需要,这种地方性内容不断被赋予新的内涵,是一个不断动态建构的过程。这种动态的建构过程其实就是全球化的重要内容。海德格尔说"世界和大地的对立是一场斗争","基于大地的世界总是奋力拼搏以求超越大地,世界作为自行敞开者不能容忍任何封闭事物。然而,作为掩盖者和遮蔽者的大地,又总是倾向于把它吸纳进来并把它保护在大地之中。"① 这里的世界/大地和笔者所说的全球化/地方性存在着对应关系。阿来"穿行于异质文化之间"②,游走于城乡之间,实际上是在全球化和地方化的博弈中走向"传统与现代相交的哲思",表达对人生与世界的深刻认识。

  阿来在新世纪乡村小说创作中采取的现代性怀旧模式,通过出走—回归的情节结构,续接了五四新文学创作传统。怀旧作为一种现代性文化折返,是新世纪汉语文学自觉写作晚郁风格的重要表现。藏地文学形象的"修复"与"重建"成为阿来修复型怀旧的重要内容和目标,反思型怀旧是在全球化、城市化进程中,进行地方性和本土性文化抗争的一种方式。阿来在这种怀旧中表达对人生与世界的深刻认识,为族群文化寻根提供了新的审美范式。

二　怀旧的内容:地方性知识

  以上主要从阿来乡村小说怀旧书写的性质上进行论述,但是这种怀旧不仅仅是现代性的产物,而且是审美现代性在小说创作潮流中的具体表现和延伸。阿来主要通过对藏区乡村地方性的书写而达到怀旧的目的。

  乡村小说这一概念从五四新文学诞生之日起就蕴含着现代的批判性,鲁迅等五四作家扛起时代的闸门,寻找现代性的微光。之后茅盾、艾芜、

---

① 海德格尔:《人,诗意地安居:海德格尔语要》,郜元宝译,张汝伦校,广西师范大学出版社2000年版,第85—88页。
② 海德格尔:《人,诗意地安居:海德格尔语要》,郜元宝译,张汝伦校,广西师范大学出版社2000年版,第85—88页。

叶紫、萧红等左翼作家以及赵树理、周立波、柳青等革命作家为国家和民族的危机进行书写；当然，也有沈从文、汪曾祺等作家挪用民俗乡情成为点缀性情节的美学策略，赓续中国传统文化的文脉。可以说，乡村小说一直伴随着乡土中国的现代化进程，深情地书写地域文化，深描地方性知识。乡村既是个人生命的原初世界，也是永恒生命的皈依之所。文化的独特性和自我建构常常相互矛盾却又彼此建构，文化的独特性是自我体验的一种表现，而这种自我体验越深，也就意味着对自我的建构越充分。阿来在地方性知识的书写中完成自我的构建，丰富怀旧的内容。

严家炎在为"二十世纪中国文学与区域文化丛书"作的总序中说道："地域对文学的影响是一种综合性的影响，决不止于地形、气候等自然条件，更包括历史形成的人文环境的种种因素"，如历史沿革、民族关系、人口迁徙、教育状况、民俗风情、语言乡音以及人文因素，等等。① 也正如严家炎先生所说，关于这方面的研究还不够。过去，学界多以"地域"看待这个现象，且"地域文学"之"地域"，又多以行政区划来框定文学研究的疆域，如"二十世纪中国文学与区域文化丛书"所辑录的八部著作大多如此论述。地域文学研究的理论资源或许主要源于丹纳的"环境决定论"。而马克思主义社会关系决定论早已对丹纳的理论进行了全面的批判。这种理论观点的矛盾也导致研究者研究立场的偏离和犹疑，某些地域文学研究显得僵硬。为了改变这种研究的不足，很多学者注意到某一地域文学形态的复杂性。如李怡的《现代四川文学的巴蜀文化阐释》，李继凯的《秦地小说与"三秦文化"》，樊星的《当代文学与地域文化》等著作既论述作家地域风格上的差异，同时又注意到同地域作家的复杂性。但从实际效果上看，这类研究很难从真正意义上对当代小说中的"乡村"这一现代性意味的概念进行深入研究。

20世纪90年代中后期以来，特别是21世纪以来，地方性文学逐渐

---

① 严家炎：《〈20世纪中国文学与区域文化丛书〉总序》，《理论与创作》1995年第1期。

取代地域文学成为中国文学重要的创作潮流或文学现象。① 如孙惠芬的《上塘书》，野莽的《庸国》，霍香结的《地方性知识》等。这些小说都具有鲜明的地方性文学基本特征，致力于书写一个地方的民俗生活和文化历史。和这些作品比较，阿来虽然借助人类学、社会学的研究理论，却拒绝套用非文学学科的研究方法，敬畏、顺应文学语言的特点和创作规律，从而使得他在地方性知识的呈现中更具有诗性的艺术特点。

《机村史诗》延续了阿来在《尘埃落定》中关于现代性的反思，聚焦了现代化、政治化进程对原来藏族日常生活秩序的冲击，对人的思想观念、行为方式的影响，以及现代文化与各民族传统文化的冲突与整合。但二者还是展示了作者不同的文化思考与价值立场。《机村史诗》的深刻性就在于它不仅仅描绘了现代化进程对机村的毁灭性冲击，而且从更深的文化层面，剖析导致这种打击的原因。2018年，阿来在再版《机村史诗》的时候，每一卷都附上自己2009年在获得第七届华语文学传媒大奖时的领奖词，在《人是出发点，也是目的地》的讲演中，他特别强调："我的写作不是为了渲染这片高原如何神秘，渲染这个高原上的民族生活得如何超然世外，而是为了祛除魅惑，告诉这个世界，这个族群的人们也是人类大家庭中的一员。他们最最需要的，就是作为人，而不是神的臣仆去生活。"②

"山珍三部曲"以虫草、松茸和岷江柏这些藏地特殊物产作为入口，观察人们的这些消费需求对当代社会和当代人群的影响。《河上柏影》也是写王泽周不断返乡，讲述自己成长的故事。村中高大、挺拔的五棵岷江柏寄寓了村人的精神信仰，与世无争地生长在花岗丘上。但是这五棵树的命运却让人唏嘘，先是旅游局为了开发旅游资源铺设广场，用水泥将树根封闭，逐渐枯萎，失去生机，只能在政府对濒危树种的保护中苟延残喘。可是这五棵树依然逃不脱被砍伐的命运，贡布丹增为了获取暴利，找到门道合法砍伐这五棵树以便取得香木木材。五棵岷江柏最终连

---

① 贺仲明：《"地方性文学"的多元探究与价值考量》，《中山大学学报》2021年第2期。
② 阿来：《人是出发点，也是目的地》，《名人传记》（上半月）2010年第10期。

树根都没有留下，河上柏影荡然无存。写树的毁灭当然不是什么新奇的生态文学，而《河上柏影》的巧妙之处在于，它既是写树，同时又是写人。这一点和《机村史诗》保持了内在的一致性。从《尘埃落定》到《机村史诗》《格萨尔王》《瞻对》，再到"山珍三部曲"、《云中记》，阿来投入极大的热情虔诚重构嘉绒藏地历史谱系，试图将藏地文化以文学的方式呈现给大家，将立足本土的带有文化特质的民族性升华成为具有深切情感和情怀的民族志，以文学的表述和文化上的认同来彰显独特民族的地域色彩。"在汉语这个公共性平台上，各个族群能够实现跨族际接触、跨文化杂合、跨区域交融，激发出中华文化和中华文明的内生性活力，聚合中华民族共同体内涵建设的文化动力。"① 阿来深入到一个又一个藏区，写出了藏地不为人知的地方历史文化，使得这些小说具有鲜明的地方志特征。

上文已经说过，21世纪以来地方性文学逐渐成为一种潮流，甚至是蔚为大观，如贾平凹的乡村小说《秦腔》《带灯》《山本》等。他以地方性知识切入，有效地借用了魏晋志怪小说、明代世情小说，以及清末谴责小说等古典小说资源，致力于中国古典小说传统的现代艺术转换。这种"做旧"的写作策略建构了贾平凹自我的文学世界。但是不得不说，贾平凹宏观的小说世界充盈着太多的碎片化细节、破败的地方性知识、腐旧的文学趣味从而影响了审美的艺术效果。而阿来的地方性知识书写注重整体性，他往往从一个小物产、小人物入手，精雕细刻地发掘沉入历史河流底层深处的记忆碎片。马车、脱粒机、水电站、虫草、松茸、岷江柏、木匠、祭师等各自的命运组成了浩浩荡荡的整体性的历史洪流。和其他地方性知识书写相比，阿来的乡村小说在艺术效果上自然"不够破碎"。②

阿来善于在空间、文化以及个人身份交叉的间性特点中捕捉文化脉象和时代变迁。因此，他的小说既是地方性的又是全球性的，既是民族

---

① 李长中：《阿来的文学道路与文化民族共同体意识》，《文学评论》2021年第4期。
② 郜元宝：《不够破碎——读阿来短篇近作想到的》，《文艺争鸣》2008年第2期。

性的又是世界性的。全球化的价值符号总是以本土的方式被感知或理解的。怀旧就是以感性体验的方式（审美的方式）应对、反思、对抗乃至批判这一后果的产物。"怀旧"这一词源强调的是流散的人对返乡的渴望，这是空间的维度；而今天怀旧已经在很大程度上包含着时间的维度，指代一种普遍的、通俗的情绪。修复型怀旧对应的是国家意志和民族主义复兴，意图"返乡"；反思型怀旧强调个人和文化的记忆，强调个人的反思、犹疑和徘徊。

地方性知识作为阿来怀旧书写的载体和内容，真实地呈现了藏区故事和生存本相，捕捉文化的脉象和时代的变迁。阿来这种整体性地方性知识书写既是地方性的又是全球性的，既是民族性的又是世界性的。而他也在这种书写中完成自我的构建，丰富怀旧的内容。

三　怀旧的立场：中华民族共同体

阿来并不是在地方性知识的文化阐释中，迷失于边缘和中心的博弈，族裔和国家的角力，而是在全球化与本土化、传统与现代等多重文化网络中确立乡村小说怀旧书写的中华民族共同体立场，坚定文化自信，促进文明的交流互鉴，通过新世纪乡村小说创作追求中华文化的多样性。

"地方性知识"并不是一个普通的描写性术语，而是源自人类学的概念。格尔茨在比较摩洛哥、巴厘和爪哇等地的司法制度后分析，这三个地方的司法制度并不是西方那样的独立运行的系统，而是塑造当地文化秩序的重要力量，因此，法律并不是一个抽象的理论形态，而是历史形成的特定的生活秩序，是一种地方性知识。① 当然，这里重要的不是地方，因为任何知识都起源于某个特定的地方，都是特定时空创造的产物。如儒家思想之于齐鲁大地，佛教思想之于古印度，基督教之于中东地区，伊斯兰教之于阿拉伯半岛等等。地方性知识重要的是这些知识必须是深深地扎根在所在地的文化土壤之中，并且对所在地的社会生活发挥着重

---

① ［美］克利福德·格尔茨：《地方知识：阐释人类学论文集》，杨德睿译，商务印书馆2016年版，第261—368页。

要的影响，或者说这种地方性知识只有在特定的文化共同体中才会发生特定的社会效益。受格尔茨这一思想的影响和启发，陈少明认为，中国哲学起源于地方性知识，而其在发展过程中又呈现出普遍化的理性倾向。不过，我们也应该认识到格尔茨地方性知识的概念源于对边缘文化的研究，具有鲜明的地方性和情境性，属于文化人类学的范畴，局限于后殖民和后现代话语系统。

在研究地方性知识时，格尔茨同时提出了一个非常重要的概念："文化持有者的内部视角"，强调从文化持有者的内部眼光来看问题，而不是把研究者的观念强加到当地人身上。这种文化持有者的内部视角是一种典型的局内人视角，这有利于对地方性文化进行更为科学合理的阐释。但是这种内部视角的强化也有唯我独尊、自我中心的嫌疑，是一种对于地方性文化阐释权的宣示。这种垄断性和排他性同样值得人们警惕。局内人视角会形成一种对于知识解释权的垄断，这种垄断所凭借的不是解释的合理性本身，而是依靠先赋的角色与地位获得的。这种局内人信条很容易陷入机械、僵化的阐释模式，甚至坠入唯我独尊、自我中心的文化沙文主义窘境。对此，社会学家默顿曾经有过经典的批判，他说：局内人信条是典型的对于知识的一种垄断的策略，这些要求会无限地扩展到各种先赋地位。"这种学术认为，一个人要么会垄断知识或者能够优先获取知识，要么会由于群体资格或社会地位等原因而排除在知识之外。"显然，尽管局内人信条或许也有部分的合理性，但是同时也有唯我论与自我中心主义的倾向。① 文化持有者的内部视角忽视了动态的交流与沟通的重要性和普遍性，而是企图通过先赋身份对知识解释权进行垄断，这在一定意义上阻碍了知识的交流，同时也对地方性知识的描述形成了新的障碍。这种文化立场和视角只会制造人与人、族群与族群之间以及民族与国家之间的隔阂。而阿来的出生成长之地、被他称为"精神与肉体的故乡"的嘉绒藏地，是位于"汉藏、彝藏接触的边界"，历来是各民族"共享互惠"之地，被誉为"民族走廊"。阿来自称是一个"穿行于异质

---

① 陈少明：《中国哲学：通向世界的"地方性知识"》，《哲学研究》2019年第4期。

文化之间的人"，是一个"用汉语写作的藏族人"。① 在阿来看来，嘉绒藏地多民族文化交往的事实并不是研究者闭门造车的理论概括，而是一种习以为常的日常场景和生活现实。

美国社会学家甘斯（Gans）在格尔茨情境论的基础上提出了象征性族裔身份（Symbolic ethnicity）的概念，指出族裔身份认同具有工具性和理性选择的特点，但是随着少数族裔群体向主流社会的融入，族裔文化和族裔社区的实用功能也随之弱化，族裔身份也自然而然地演变成一种象征符号。② 美国学者李点以此理论为依据，通过细读短篇小说《槐花》，认为阿来小说"怀旧的抒情是对失去的倒转，对缺失的补偿，对当下不满的表达"③。作者没有进一步分析阿来小说创作，更没有分析阿来21世纪以来的新作，如《机村史诗》《山珍三部曲》和《云中记》。

象征性族裔身份论者认为象征性的族裔特性在人们的生活中就是一种表意的功能。显然，这不符合阿来的创作初心。阿来从不贩卖自己的民族身份，也不消费自己的地方性知识，而将机村、云中村、嘉绒藏地置于全球化的视野，观照底层藏民在现代化、政治化进程中个人命运的挣扎和乡村命运的变迁。阿来笔下的乡村不是前现代的田园、故土和家园的想象地，更不是拒绝以工业、科技、城市化为代表的现代文明，而是虽然磕磕碰碰但面向未来的乡村。也就是说阿来的怀旧书写并不是试图复兴已经被证明是失败的、被遗忘的过去，"与未来背离"④，而是以一种开阔的气派和格局，将自己的这种"间性"的民族身份、生活空间、文化折叠置于全球化、现代化进程，关注乡村的社会生态、时代脉象和精神语境。刘大先在推荐《云中记》入围2021年度"美丽中国生态文学奖"时说："《云中记》是一部关于创伤记忆的疗救的作品。阿来通过安

---

① ［美］R. K. 默顿：《科学社会学：理论与经验研究》（上），鲁旭东、林聚任译，商务印书馆2003年版，第106页。

② 阿来：《用汉语写作的藏族人》，《美文》2007年第7期。

③ 参见Herbert J. Gans（1979），"Symbolic ethnicity: The future of ethnic groups and cultures in America", *Ethnic and Racial Studies*, Vol. 2, No. 1, pp. 1–20.

④ ［英］齐格蒙特·鲍曼：《怀旧的乌托邦》，姚伟等译，中国人民大学出版社2018年版，第19页。

魂曲式的书写在三个方面进行了抚慰：一方面治疗了自我，另一方面安顿了亡灵，还有一方面是告慰与解放了幸存者、活着的其他人与文化。"① 这种精彩的评价无疑更加有效地抵达了阿来文学世界的内核，触摸了阿来文学创作的初心。

阿来笔下的乡村不仅仅要经受全球化、城市化的洗礼，甚至各种突然而至的灾难如地震的影响而在国内不停地迁徙；要在跨文化的空间中生存、发展，不断地为自身的合法性辩护，延续一种原初民族的文化命脉和历史情怀。如阿来特别着重从民间文学中吸取创作资源，从民间文学中得到启发。② "不同的人，不同的族群，在不同的历史时期，或者曾经遭遇与经受，或者会在未来与之遭逢。从这个意义上说，任何文本都是一个人境况的寓言。"③ 阿来要从历史中探询真相，"考察中国历史中不同文化间冲突、融合、再冲突、再融合的复杂过程，体察中华文化共同体建构的复杂性与必然性"。④ 阿来以"边地"作为方法⑤，通过视角的转换来激发文学的创新活力。同时，通过民族共同体的立场彰显中华文化复杂性和丰富性，进而为藏地书写机制的现代性转型提供了新的契机。

怀旧是对逝去的追忆，对缺失的补偿，对当下的不满以及对未来的祝愿，这是在历史进步主义话语中不可避免的现代性情感。当然，阿来乡村小说怀旧之旅的身份立场并不是简单地依靠文化持有者的内部视角、也不是将象征性族裔身份观察方法进行中国性改造，而是坚持中华民族共同体的立场，通过对地方知识的书写达到现代性的怀旧目的。这种书写策略和范式在民族共同体的认同和建构中完成，在民族文化接触和文明互鉴的过程中确立中华民族的地位。

---

① [美] 李点：《象征性族裔性与阿来的怀旧抒情诗》，见李敬泽主编《边地书、博物志与史诗——阿来作品国际研讨会文集》，陕西师范大学出版社2020年版，第141页。
② 阿来：《〈尘埃落定〉创作谈》，《芳草》2015年第11期。
③ 阿来：《有关〈空山〉的三个问题》，《扬子江评论》2009年第2期。
④ 阿来：《把握多元化现实，参与国家共识建设》，《文艺报》2014年11月28日。
⑤ 刘大先：《"边地"作为方法与问题》，《文学评论》2018年第2期。

郭文斌：抒情传统的赓续

1971年在美国亚洲研究学会比较文学小组致开幕词时，美籍华人学者陈世骧提出中国文学的"抒情传统"这一论述。后来讲稿翻译为中文，标题为"中国的抒情传统"。他提出："歌——或曰言辞乐章（word-music）所具备的形式结构，以及在内容或意向上表现出来的主体性和自抒胸臆（self-expression）是定义抒情诗的两大基本要素。""中国古代的批评或审美关怀只在于抒情诗，在于其内在的音乐性，其情感流露、或公或私之直抒胸臆的主体性。""侧重抒情诗的中国古典批评传统，则关注诗艺中披离纤巧的细项经营，音声意象的召唤能力，如何在主观情感与移情作用感应下，融合成一篇整全的言辞乐章（word-music）"①此后经过唐君毅、徐复观、胡兰成、高友工、陈国球、王德威以及海外汉学家普实克等几代学者的发扬，中国文学抒情传统的方向研究不断转轨，研究热点不断转移。综合这些研究，我们不难发现抒情传统论述的要义，不仅在于怎样抒情以及如何传统，更在于是一种尝试构建中国独特主体性内涵的文化实践。在革命和启蒙两大基调之外，抒情代表着中国文学现代性的又一个面向。由抒情传统理论进入被称为"北方汪曾祺"郭文斌的乡村小说，我们会发现他独特的审美价值。安详的审美主张对当下创作情义危机的反拨；小说语言的抒情性不仅是一种知识方法、感官符号，更是一种生存情境，诗意地想象西部乡村审美和伦理的秩序。而文

---

① 陈世骧：《论中国抒情传统》，见陈国球、王德威《抒情之现代性："抒情传统"论述与中国文学研究》，生活·读书·新知三联书店2014年版，第47、49—50页。

本间性将中国文学的抒情传统进行了创造性转化。郭文斌摒弃了部分西部文学展现边地异域景观，展示边地贫穷生活的惨烈书写方式，而是以顽强的意志，通过舒缓悠长的笔触，钩沉了中国文化的千年文脉，彰显了西部文学的主体性，折射了当下中国的人性世相。

一　"安详"的文学

郭文斌鲜明地提出"安详"的文学观。① 如小说为现实服务，为心灵服务。文学是对岁月、大地、恩人、读者的祝福等。郭文斌长于感性的表述而缺乏理性的归纳。什么才是"安详"也是语焉不详。但是，毫无疑问，这种文学主张是对文学创作伦理的呼唤与重申。他认为小说是一种"有情"的文学，"小说的首要使命是祝福，如果我们抛弃了小说的祝福精神，等于我们抛弃了人"，"善是动机，真是目的，美是手段"②。

孟繁华曾经在《短篇小说的"情义危机"》中以刘庆邦、黄咏梅、张楚、戈舟、邓一光等作家为例进行症候分析，呼吁"当代文学必须在无情无义的世界上写出文学的情义"③。虽然这种征候分析不可避免地具有某种片面性，没有充分考虑到这些作家特别是"70后"作家创作的发展性，但是这种结论却有鲜明的现实针对意义。他后来又重申："作为人学的文学之所以有特殊存在的价值，就在于文学是用文学的方式，表达和反映人的生存、精神状况的一种活动。而文学的方式，主要是诉诸人的情感和精神世界。""文学就是人类主情的活动方式"，"这个主情，主要是指人际关系中的情义、情感，是对他人与世界的价值尺度和情感态度。"④ 并且，以南翔的《绿皮车》，阿来的《蘑菇圈》，陈世旭的《老玉戒指》，马晓丽的《陈志国》为例，说明当下文学的情义危机正在松动和变化，"有情"的文学逐渐成为文学的主流。孟繁华的真知灼见源于丰

---

① 郭文斌：《寻找安详》（修订本），中华书局 2010 年版，第 2 页。
② 郭文斌：《文学最终要回到心跳的速度——答姜广平先生问》，见郭文斌《瑜伽》，中华书局 2015 年版，第 311、297、312 页。
③ 孟繁华：《短篇小说的"情义"危机》，《文艺争鸣》2016 年第 1 期。
④ 孟繁华：《写出人类情感深处的善与爱——关于文学"情义危机"的再思考》，《光明日报》2019 年 3 月 27 日。

富的在场文学体验。但是，他的分析也忽略了"有情"文学中郭文斌的创作。郭文斌以鲜明的文学主张、厚重的文学作品践行了"有情"的文学创作伦理。

　　当下乡村小说创作主要有以下几大类型。第一类作家群主要有莫言、贾平凹、阎连科等"50后"作家。他们的小说是新时期"新启蒙"和"思想解放"的结果，是乡村小说将西方现代主义和后现代主义的文学技法融入中国元素的文学尝试，如《生死疲劳》《秦腔》《受活》等。这类小说充分表现了农村中各类群体的"心灵史"。但是，当下农村结构日益松动，文化传统急需清理，而我们又处于风驰电掣的现代化进程之中。我们的乡村小说该如何调整？如何书写无愧于时代的作品？非常遗憾，当代作家暂时没有找到适当的方法和途径。我们看到的文学现状是莫言的"逃逸"、贾平凹的"重复"、阎连科的"放逐"。"聪明"的作家顾左右而言其他。第二类是底层写作，底层写作显然继承了左翼文学思潮，属于革命传统的一脉。陈应松、刘庆邦创作了《马嘶岭血案》《神木》等优秀作品，刘继明、李云雷也从左翼文学传统的角度给予这一创作潮流以理论概括。但是，近年来，底层写作逐渐陷入创作困境：思想资源严重不足，情节模式落入底层失败的俗套，书写内容上将苦难奇观化，叙事上新闻事件串烧化等等。这些作家无视十年来乡村的发展成就和农民生活满意度、幸福感的提升。随着陈应松、刘继明俩人矛盾的公开化，宣告了这一创作潮流走向衰落的必然命运。第三类是非虚构写作，这一创作潮流声势浩大，很多作家、学者裹挟其中，出现了梁鸿的《中国在梁庄》等非虚构作品，这是非常重要的收获。随着新媒体时代的到来，越来越多的人加入到非虚构写作行列，非虚构写作的"门槛"越来越低。对非虚构写作的内涵与外延目前学界还没有形成共识。这一潮流尚处于发展之中。但是，以上三类乡村小说不同程度上存在"文学的情义危机"。许多小说主题肤浅，如贫穷是万恶之源，人性之"恶"无处不在。字里行间充斥暴力物语，文学氛围戾气弥漫。显然，这违背了文学的初心。

先锋与常态：新世纪乡村小说论

　　郭文斌认为小说的首要使命是祝福，是"有情"的文学。郭文斌曾分析现代人焦虑和痛苦的原因：一是无家可归，一是找不到回家的路。他从自身生活和创作经历出发，提出"安详"哲学。"安详"意在让人回归质朴，回归自然，回归生命，回归内心，回归天性。郭文斌认为，天性"是和人性对应的一个词，这些年，人们过于强调人性，却忽略了天性"，而实际上，"作家的使命可能就是传达，传承这个'天性'。"①郭文斌在长篇小说《农历》的创作谈中说："作为一本书的《农历》，它首先是一个祝福，对岁月的，对大地的，对恩人的，对读者的。同时，我还在想，小说是要为'现实'负责，但更应为'心灵'服务。"②丁帆曾以郭文斌等人的乡村小说创作为例，分析认为"大地皈依""乡土亲和"是当下西部乡村小说的主旋律。"大地"是边地小说最突出的意象。③这种具有抒情倾向的主题显然源于对20世纪80年代启蒙乡村叙事中文明与落后愚昧冲突的反拨。而这种创作何尝不是对当下人们逼仄的生活空间、委顿的精神状态所作的现代性拯救。

　　郭文斌喜欢谈禅、论道、话圣，并且在诸子典籍中发现生活的智慧。在短篇小说《点灯时分》中他通过正月十五点灯这一民俗想到："正月十五的灯盏，很有一点神的味道。一旦点燃，则需真心守护，不得轻慢。就默默地守着，看一盏灯苗在静静地赶它的路，看一星灯花渐渐地结合在灯捻上，心如平湖，神如止水，整个生命沉浸在一种无言的福中、喜悦中、感动中。渐渐地，觉得自己像一朵花儿一样轻轻地轻轻地绽开。我想，佛家所说的定境中的喜悦也不过如此吧。现在想来，当时守着的其实就是自己，就是自己生命中的最深处。那种铺天盖地的喜悦正是因为自己离自己最近的缘故，那种纯粹的爱正是因为看到了那个本来。"小说家要从心底相信真情对于时代的救治是有意义的。这其实是常识。而"人被宣称为应当是不断探究他自身的存在物——一个他生存的每时每刻

---

① 郭文斌：《以笔为渡或者我们的"说"》，《当代文坛》2008年第3期。
② 郭文斌：《想写一本吉祥之书》，《扬子江评论》2011年第3期。
③ 丁帆：《中国乡土小说的世纪转型研究》，人民文学出版社2012年版，第259页。

都必须查问和审视他的生存状态的存在物。人类生活的真正价值,恰恰就存在于这种审视中,存在于这种对人类生活的批判态度中"①。郭文斌的长篇小说《农历》中五月、六月就像乡村的精灵,爹作为大先生,更是儒家传统文化的化身。作家不是将小说生活场景封闭化,而是在日常生活中体会感动,在"慢"的艺术中,对自然、传统和人心怀有敬畏之心。从这一维度,郭文斌超越了沈从文小说的抒情传统,也在一定程度上纠正当下小说创作的不足。

中国文学抒情传统的论述,发祥于英语世界,进而扩张到华语世界,由海外转向国内,并产生积极的影响。显然,这有华人学者反抗西方文化霸权的考量,同时,也有追赶西方现代文明的内在诉求。这是一种积极寻找主体性表述的文化实践。王德威试图从以往启蒙、革命,即国家——文学的角度构建中国现当代文学,转向以语言——文学构建中国现当代文学的雄心。而其抒情传统的论述关心的恰是边缘性思想,亦可被视为"微弱的思想"。郭文斌的乡村小说不仅仅在空间上具有边缘性,而且在题材上也具有民间性。他笔下的生老病死、婚丧嫁娶以及节日、节气、岁时等民俗,包含了仁义礼智信、温良恭俭让等儒家传统文化的核心内容。郭文斌在传统及民间文化中发掘安宁、吉祥、祝福等文化因素,从而践行了安详的创作伦理,"文学除了教科书上讲的认识、教育、审美、娱乐、批判等功能外,应该还有一个更加重要的功能,那就是祝福功能"②。

二 抒情的语言

陈平原认为,引入诗骚,突出情调与意境,强调即兴与抒情,必然会减低情节在小说中的地位和作用,从而开辟小说多样化发展道路的光辉前景。③ 在现代文学史中,乡村小说一直存在两条发展脉络。一条是运

---

① [德]恩斯特·卡西尔:《人论》,甘阳译,上海译文出版社1985年版,第8页。
② 郭文斌:《安全和精彩谁更重要——〈郭文斌精选集〉创作谈》,《博览群书》2016年第9期。
③ 陈平原:《中国小说叙事模式的转变》,北京大学出版社2010年版,第221页。

先锋与常态：新世纪乡村小说论

用现实主义创作方法的乡村书写，代表作家如鲁迅、王鲁彦、赵树理、柳青、路遥等。书写策略上着重小说的叙事性，注重人物形象塑造和社会主题的开掘，具有鲜明的时代印痕。这类乡村小说显然续接了中国文学的启蒙、革命传统。另一条脉络则主要采用浪漫主义创作方法的乡村书写，主要有周作人、废名、沈从文、萧红、汪曾祺、何立伟、迟子建等。这类乡村书写注重诗化意境的营造，淡化情节，语言清新，重视人物精神层面的塑造，创造性地继承了中国文学的抒情传统。

郭文斌被称为"北方的汪曾祺"，这种判断源于作品的阅读印象。这也在一定程度上说明了郭文斌乡村小说与抒情传统的关联。韦勒克、沃伦认为，文学作品"是一套存在于各种主观之间的理想观念的标准的体系"，包含有不同层面，主要有声音层面（谐音、节奏和格律）、意义单元、意象和隐喻，存在于象征和象征系统中的诗的特殊"世界"等。[①]从这一分层我们不难发现，语言的节奏和韵律是构建具象符号系统的基础，而意象和隐喻则是联结语言的具象符号系统和虚拟的诗性意象世界的重要通道。郭文斌乡村小说的抒情性主要表现在三个方面。

第一，空灵清幽的意境。意境说属于中国文学理论的重要范畴。刘勰在《文心雕龙·情采》中说："文采所以饰言，而辨丽本于情性。"它不仅仅适用于传统诗歌，而且适用于现代小说。这类小说不着重于人物形象的塑造，故事情节的编排，而在于意境、意象和感觉，具有鲜明的主体意识。"散文化的小说所写的常常只是一种意境"[②]，"强调作者的主体意识，同时又充分信赖读者的感受能力，愿意和读者共同完成对某种生活的准确印象"[③]。汪曾祺这里所说的散文化小说，也就是诗化、散文化小说的统称。他从自身创作实践中总结出意境、主体意识等因素是这类抒情小说的重要特征。

我国文学的抒情传统深得佛学文化的精髓。从古至今深受佛教文化

---

① ［美］勒内·韦勒克、奥斯汀·沃伦：《文学理论》（修订本），刘象愚等译，江苏教育出版社 2005 年版，第 173—174 页。
② 汪曾祺：《小说的散文化》，见《老学闲抄》，上海三联书店 2016 年版，第 283 页。
③ 汪曾祺：《关于小说语言（札记）》，《文艺研究》1986 年第 4 期。

影响的文人墨客举不胜举，如王维、苏轼、周作人、废名等。他们的作品空灵剔透，意境深远，具有鲜明的佛禅印记。郭文斌同样娴熟地运用各种禅语，从日常生活中参悟佛理，有些小说情节甚至直接来自对佛教文化的顿悟，如《生了好还是熟了好》。和其他作家不同，郭文斌小说创作与"大地"紧紧相连，具有鲜明的主体意识。郭文斌虽然来自宁夏"西海固"的西吉县，生存环境极其恶劣、物质条件极度贫困。但他"善以清新细腻、空灵飘逸又略带伤感的笔调叙写记忆中的多情乡土"①。如《农历·元宵》中"爹一边打扫牛圈一边说，'慎终追远'曾子的话，意思是一个人要想不做坏事，就要从心里不起做坏事的念头，用你奶奶的话就是众生畏果，菩萨畏因"。在《农历·干节》中又说，"又忘了，爹不是常说众生平等嘛"。这里的"众生"就是芸芸众生、世间生灵，人与自然是一个共同体。这一富有佛禅文化意味词汇的恰当使用，使小说具有了清幽空灵的意味。还有许多景物描写也真正达到了物我两忘、天人合一的境界。

同时，郭文斌小说语言淡雅，句子简短，节奏舒缓，语调舒朗，非常适合轻松对话的氛围，也符合汉语表达的习惯，伸展了大量的抒情空间。鲁迅、冰心、茅盾这批作家的创作虽然奠定了现代汉语表情达意的功能，但是也无意间遗漏了具体生活的书写方法。鲁迅的小说空间总是在公共场所，如酒楼、土谷祠等。这不能不说是一种遗憾。但是，郭文斌的小说语言具有丰富的历史信息和生活质感。也许我们从《陪木子美到平凉》这类小说还可以看到先锋小说对郭文斌的影响，也从《水随天去》中看到"水上行"的精神苦闷，而从《农历》中则看到郭文斌仁慈、安详背后的苍凉，在延滞的生活时间中看到历史的沧桑，在日常生活中看到大自然的生命情怀。如开篇元宵节就写五月、六月跟随娘学习做荞面灯盏，如何做主灯、副灯、灯胚、灯衣、灯捻等每个步骤都面面俱到；同时娘给两个孩子讲荞姑娘誓为人间找光明的典故；接着又是叙述送灯盏的民俗等。舒缓的节奏、舒朗的语调，生活的画面感跃然纸上。

---

① 李兴阳：《西部生命的多情歌者》，《文艺报》2005年2月1日。

第二，小说语言的诗化、散文化。"散文化小说是抒情诗，不是史诗。""散文化小说的作者十分潜心于语言。他们深知，除了语言，小说就不存在。他们希望自己的语言雅致、精确、平易。"① 关于郭文斌乡村小说的散文化和诗化倾向很多学者已有论述。这里主要论述郭文斌善于通过儿童视角，采取比喻、通感等修辞，进行诗情画意、清秀隽永的景物和人物描写。如《农历·端午》中"雾仍然像影子一样随着他们。六月的目光使劲用力，把雾往开顶。雾的罩子就像气球一样被撑开。在罩子的边儿上，六月看见了星星点点的人"。"雾渐渐散去。山上的人们一点点清晰起来，就像是一条条鱼浮出水面。六月东瞅瞅，西瞅瞅，心里美得有些不知所措。向山下看去，村子像个猫一样卧在那里，一根根炊烟猫胡子一样伸向天空。"这里通过儿童的视角、富有童趣的比喻或比拟，将贫瘠的西海固编织成闲适悠远、灵气通透的"异托邦"，成为人们向往的诗意栖居之所。郭文斌用缥缈、妙曼薄雾一般飘逸的笔触，通过比喻、象征、暗示、描摹等创作手法，开拓小说的意念和情绪，达到现实与梦幻水乳交融的诗化意境。梁实秋在《现代中国文学之浪漫的趋势》中，对情感弥漫的文学创作氛围进行了整体的勾勒。他认为"现代中国文学，到处弥漫着抒情主义，……浪漫主义者最贵重的是人心，……心是情感的源泉，里面包着热血"②。无疑抒情本质上是对理性的拒斥和反对，作为抒情所牵涉的东、西方精神谱系而言，真正指向的是生命体验全然的抒发和激荡。

有学者谈道："郭文斌的写作是一种几近纯美的劳动，就是因为它不但是一种描写的小说修辞学，而且是一种焕发出文字的全部潜能的小说修辞学，它是小说成为散文，成为诗，成为东方文字诗学的体现。"③ 郭文斌的文字焕发了新的美学活力，也具有诗歌、散文的美学神韵，从而使得他的小说呈现出鲜明的抒情特征。

---

① 汪曾祺：《小说的散文化》，见《老学闲抄》，上海三联书店2016年版，第283页。
② 梁实秋：《现代中国文学之浪漫的趋势》，《晨报副隽》1926年第54期，第61页。
③ 王政、晓华：《乡村教育诗与慢的艺术》，《黄河文学》2008年第11期。

第三，小说的日常生活化。"散文化的小说一般不写重大题材。在散文化小说作者的眼里，题材无所谓大小。他们所关注的往往是小事，生活的一角落、一片段。即使有重大题材，他们也会把它大事化小。散文化的小说不太能容纳过于严肃的、严峻的思想。"① 汪曾祺从题材上规约了抒情传统的方向。用日常生活题材置换革命、启蒙叙述的重大题材，成为抒情传统小说叙事的重要书写策略。

20世纪80年代，契合社会的世俗化潮流，新写实小说逐渐成为主潮。新写实主义的特点之一是书写普通人的日常生活，以此对之前的革命现实主义创作方法进行解构和置换。这种新的叙事范式以生活的意义取代生存的意义，此岸的价值取向取代彼岸的精神诉求。革命的现代性目标被日常生活的利益所置换，启蒙主义的伟大构想被经济和生存欲望解构。之后新写实主义的创作方法逐渐泛化，成为所有创作潮流不可忽视、积极借鉴的创作资源。风驰电掣的现代化列车不会为微弱的呼喊停留片刻。这时面向内心的写作、面向传统的写作就显得尤其为重要。米兰·昆德拉曾经在小说《玩笑》中指出，生活中发生的一切都有一种超过它自身的意义，都意味着某种东西，生活通过它每天发生的事在向我们讲述它自己。② 乡村的日常生活是什么？人们如何建立乡村之间的联系，主要是风俗和传统。风俗"反映了一个民族对生活的挚爱，对'活着'所感到的欢悦"。"所谓风俗，主要是指仪式和节日。"③ 风俗是历史，是一个民族的血脉，而传统文化则是一个民族的基因。渗透在风俗仪式之中的传统是中华民族历史的几千年积淀。越是历史悠久、阅尽沧桑的民族，它的血脉就越具有兼容性，它的基因就越具有丰富多样性。

乡村生活的日常场景主要依靠的就是风俗，以及所表现出的传统文化。郭文斌对乡村日常生活的描写主要体现在风俗与传统的书写上。《农历》直接以十五个节气作为章节，经营全篇。这里的节气不仅是农事和

---

① 汪曾祺：《小说的散文化》，见《老学闲抄》，上海三联书店2016年版，第280页。
② ［捷］米兰·昆德拉：《米兰·昆德拉如是说》，中国友谊出版社1993年版，第87页。
③ 汪曾祺：《谈谈风俗画》，见孔范今：《中国现代新人文论》，山东文艺出版社2005年版，第506页。

季节，更是乡村的日常生活和生命营养。如开篇元宵节中："有孝的人不但三年内不能做灯盏，还不能嫁女儿，不能娶媳妇，不能贴红对联，不能唱戏，如果是大孝子还不能吃肉，不能杀生，如果是更大的孝子还要每天做一件好事，一直做三年。"大年时，当六月提议把写错字的春联送给瓜子家时，遭到了爹的反对，并教育"咋能把一个错对联给别人家呢？"《农历》中作者用深情的笔触描写过年"分年"（分糖果）的情形，"五月和六月的眼睛顿时变成探照灯"。"整个屋子被糖果的味道充满"五月和六月"翻来覆去地数着，从未有过地感觉到数数的美好"，"如此反复了差不多一百遍。他们只有在这样不停地数着时才感到心里踏实，才觉得这些糖果是真实的，就像他们随时可能趁他们不注意飞走似的。"如果说乡村民俗是一个民族的历史，那么，大年具有"无与伦比的精神力量，情感魅力，有效调剂着现代人的危机感、失落感，缓解着超快生活节奏给现代人带来的同样无与伦比的压力和焦虑"[1]。郭文斌认为，相对于经典传统、精英传统，民间传统更牢靠，更有生命力。王德威说："抒情不仅标示一种文类风格而已，更指向一组政教论述、知识方法、感官符号、生存情境的编码形式。"[2]

意境的空灵、语言的诗化、内容的生活化，使得郭文斌小说流露出一种内在于心灵、外在于文本的诗情画意。郭文斌通过小说意境的编织、语言的锤炼以及题材的选择，书写了民间的生存状态和生活智慧，表现了乡村日常生活的恬静、平淡和安详。

三 文体的间性

文体间性是郭文斌乡村小说抒情性的重要表现。所谓文体间性，就是不同的文体参与叙事，形成我中有你，你中有我的叙事形式，从而丰富了小说的内涵。这主要表现在传统民间通俗文体与现代小说文体的结

---

[1] 郭文斌：《大年，中国人最浓重的乡愁》，见《永远的乡愁》，长江文艺出版社2018年版，第52页。
[2] 王德威：《"有情"的历史：抒情传统与中国文学现代性》，见《抒情传统与中国现代性：在北大的八堂课》，生活·读书·新知三联书店2018年版。

合，现代文体如诗歌、散文和小说等抒情和叙事文体的相互渗透以及不同媒介叙事的相互融合、彼此融会等。这使得郭文斌的小说叙述具有含蓄委婉、朦胧蕴藉的美感，从而对抒情传统进行了创造性转化。

周作人曾经在介绍西方小说时一再指出，柯罗连科"使诗与小说几乎合而为一"；显克微支"在理想的写实派以外，又是一个纯粹的抒情诗人"；而在1920年翻译库普林的小说时直接提出了抒情诗小说这一概念。他在《晚间来客》的译后记中说："在现代世界文学里，有一种形式的短篇小说，小说不仅是叙事写景，还可以是抒情。因为文学的特质，是在情感的传染，便是那纯自然派所描写，如 Zola 说，也仍然是'通过了著者的性情的自然'，所以这抒情诗的小说，虽然形式有点特别，但如果具有了文字的特质，也就是真实的小说。内容上必要有悲欢离合，结构上必要有葛藤、极点与收场，才得谓之小说。"① 周作人不仅仅提出了抒情诗这一概念，更重要的是指出了抒情传统所具有的文体间性的现象和特点。

中华民族文化传统主要由两部分组成，一部分是经典传统，另一部分是民间传统。相较于经典传统，民间传统更重要，"民间是大地，是土壤，经典是大地上的植物"。② 这些都成为郭文斌小说创作重要的文化资源。此所谓："据事以类义，援古以证今。"③ 郭文斌大量引用各类诸子典籍、佛经故事、民间故事，以及各类传说、戏曲、唱词等。如《农历》中先后引用主要有《朱子家训》《弟子规》《劝世文》《天官福词》《论语》《孝经》等儒家经典；也有《剃度偈》《心经》《药王经》《往生咒》等佛家典籍；还有《太上感应篇》、"阴阳五行"等道家经典及言论；也有观音点化荞姑娘、佛祖出家修行、佛度难陀、饿鬼道、地狱道、畜生道、十善业、目连救母等佛经故事；也有《孔子拜教》《目连救母》《天官赐福》《二十四节气歌》《春官求宿词》等民间戏曲；也有老天捏土吹

---

① 周作人：《晚间的来客·译后记》，《新青年》（1920年4月）第7卷第5期。
② 郭文斌：《想写一本吉祥之书》，《扬子江评论》2011年第3期。
③ 刘勰：《文心雕龙·事类》，王志彬译注，中华书局2012年版，第427页。

气造人、黑白无常收气、龙抬头、伏羲御驾亲耕、大禹治水、野魂投胎、沉香救母、母鸽断肠等民间故事；还有守孝三年、贴对联、送灯盏、点灯、采艾、泼撒、送梨、守岁、社火等民俗；有关圣大帝、金豆开花、牛郎织女、吴刚伐桂、王母娘娘等民间传说；以及节气歌、十字歌、引龙歌等民谚民谣。这样，郭文斌小说内容上表现出极大的包容性和丰富性，文体上则表现出模糊性、宽泛性的特点。

　　如果说，《大年》《点灯时分》《吉祥如意》《端午》还只是现代叙事与变文结合的尝试，那么《农历》则是小说与变文的有机融合了。这是郭文斌自觉向古代抒情传统学习借鉴的创造。在《农历·中元》中，郭文斌直接把《目连救母》这一世代传唱的民间戏曲录入文中，并且成为小说叙事的重要组成部分。这里目连所"救"的不仅仅是母亲，更是具有东方文化神韵的自然、仁义、伦理等传统文化。特别是小说的《农历·上九》一节，也是小说的最后一节，描写的是农历上九节气时社火的民俗以及皮影戏（灯影）的演出。六月担任议程，对社火的议程滚瓜烂熟，如请神、游庙，六月和改正的对诗、灯影中对皮影戏的《天官赐福》戏文烂熟于心，等等。父亲、五月、六月的合作天衣无缝，表达了天下吉祥的良好祝愿。这些议程和戏文本身就是以诗歌的形式出现，抒发了民间底层收获的喜悦以及对美好生活的向往。

　　郭文斌虽然在书写形式上采取了变文这一文体"散文及韵文交替"的形式，但是，在书写的内容却是乡村的传统节日及日常生活。《农历》显然借鉴了变文这一通俗文体。"变文文体是由散文及韵文交替组成，以铺叙佛经义旨为主。内容为演绎佛经故事（如目莲变文、维摩结经讲经文）及历史、民间故事（如伍子胥变文、王昭君变文）。"五月、六月既是故事的叙述者，同时也是故事中的主要人物。而父亲则是传统文化的代言人。小说没有贯穿始终的情节，而是依照中国农历旧俗的惯例，将一个个节庆的日子串连起来，呈现乡村的日常生活，抽象的传统文化叙事显得具体，富有生活质感，从而避免小说空灵、抒情而流于空泛、浅薄。郭文斌的乡村小说因为其他艺术魅力的渗透而显示出间性特征："文中有艺、艺在文中。"①

郭文斌的小说文体很难归类，《农历》中随意抽取某些篇章，叠加印象形成总体，似乎也不影响对作品的理解。甚至我们在读他的《永远的乡愁》等其他散文时，也能把握作者思考的碎片。这种拼贴，或者说随意的截断，其实恰好表达了作者以及现代人难以纾解的现代情绪——永远的乡愁。郭文斌的乡村小说创作表现出的抒情性或许源于沈从文、汪曾祺的影响。但是，郭文斌进行更为大胆的创造，完全没有贯穿始终的情节，只能靠语言的连缀完成乡村日常的书写。

诗化、散文化的特点，不同的文体融合相间，从而赓续了中国文学的抒情传统。郭文斌是当代少有的将散文和小说创作视为同等重要的作家。其实，贾平凹、阎连科等作家散文的艺术造诣不亚于小说，如《商州初录》《我与父辈》。但是，他们往往将散文写作当作小说写作的副业，是为了"练笔"或"保持状态"。郭文斌"多年来有一种用诗歌写日记的习惯"②，有诗集《潮湿年代》，同时著有《永远的乡愁》散文集。多种文体的创作实践，为郭文斌小说创作的突破提供了可能。《农历》中乡村日常生活充盈期间，乡村的生活空间得以诗意的扩张，并且在传统农历节日仪式的聚焦下熠熠生辉。这里的乡村时间几乎停滞，仪式感庄重又有生活实感，仪程丰富细腻，有条不紊。对联、诗歌、散文、叙事杂糅相间、错落有致。生活场景、礼仪程序混为一体，有机相融。

与追新逐异、瞬息万变的现代叙事不同，郭文斌的小说是一种慢的艺术。他笔下的世界仿佛静止不动，不像鲁迅等启蒙乡村小说，习惯于国民性的批判；也不同于柳青等革命乡村小说热衷于社会新人的塑造。郭文斌笔下的人物都是尊重传统、敬畏自然、内心善良的普通人。在富有诗意的日常生活描写中，在孩子饶有童趣的询问中，乡村的日常生活逐渐活络起来，人物形象逐渐变得生动有趣。这种丰沛无声的文化滋养

---

① 王一川：《回到语言艺术原点——文艺美学的三次转向与当前文学的间性特征》，《文学评论》2019 年第 2 期。

② 郭文斌：《一个人最为私密的家产》，见《潮湿的年代》（《郭文斌精选集（七）》），中华书局 2015 年版，第 2 页。

着读者的心田，让人变得安详宁静。就是说，通过这种文体间性的审美创造，郭文斌笔下的抒情主体日益变得丰满生动，活灵活现，富有朝气。

从周作人、废名、沈从文到汪曾祺、何立伟、迟子建等建立了一条20世纪中国乡村小说的抒情传统。这一创作传统通过淡雅的语言、空灵的意境以及诗化田园牧歌的民俗书写反思现代性生活。郭文斌将这种传统引入21世纪，并成功地融入了文体间性的艺术创新，聚焦乡村日常生活，在安详哲学的召唤下丰富了中国文学的抒情传统。同时，郭文斌闲适悠远、灵气通透的"异托邦"构建，与贫瘠、辽阔的西部大地形成鲜明的反差。郭文斌在祝福、"有情"情感召唤下，书写西部大地跳动的脉搏，这何尝不是一种修行。

近年来农村新人形象书写的三个维度

21世纪以来，特别是近10年是中国社会现代转型日益加速的时期，是全球化、市场化以不同速度冲击中国城市和乡村的时期。从"乡土中国"转向"城镇中国"的城市化进程依然是乡村现代化的时代主潮。在城市安家立业是部分农村人特别是农村青年的梦想；允许农村土地承包经营权流转的土地流转政策实施，乡村振兴及精准扶贫战略的开展，引发了当下农村社会深层结构的巨变。如何叙述当下鲜活的乡村经验，讲述"中国故事"？怎么描写农村新人形象成为当前小说创作的重要命题。客观地说，当前小说暂时还没有创造出具有时代共名的人物形象。但是，许多具有艺术抱负和历史责任感的作家在进城者、返乡者以及乡村干部（包括扶贫干部）等农村新人形象的塑造方面做出了可贵的艺术探索。

一 进城者的城乡悲歌

创造能够表达时代要求，和时代同构的人物形象是当代文学中国经验书写的重要内容。农村底层青年在城市奋斗求生是一个常写常新的题材。在价值多元、晕眩，阶层流动近乎凝滞的当下，如何书写与时代同构的人物形象，怎样发现农村新人的精神面貌，如何书写农村新人"心里有火，眼里有光"的精神内核？怎样描写进城者流动的生存状况和艰难的现实遭际？不同世代作家给予了不同的书写策略，塑造了不同的文学新人形象。

近年来，这类人物形象书写是从对20世纪80年代文学形象的征用开始的。路遥笔下的高加林、孙少平渴望逃离乡村土地，成为真正的城里人以及进行的富有激情的奋斗激励了许许多多的底层青年，这一文学形象成为许多进城者的精神偶像。更准确地说，高加林这一文学形象是与80年代生机勃勃的时代精神相匹配的。高加林对乡村的逃离和对农村恋人巧珍的抛弃，象征了乡土中国奔向现代文明的决绝态度，也喻示着传统中国在现代性追求道路上的艰难历程。尽管高加林最后回到了乡村，不得不面临着"失败"的命运。但是，他身上的这股"气"一直没有散去。他的命运一直牵动着读者的心，人们总是相信他会东山再起。"从高加林时代开始，青年一直是'落败'的形象——高加林的大起大落，现代派'我不相信'的失败'反叛'，一直到各路青春的'离经叛道'或'离家出走'，青春的'不规则'形状决定了他们必须如此。他们是'失败'的，同时也是英武的。"[①] 这也是为什么21世纪以来我们一直借用80年代人物形象的原因。高加林、孙少平一直作为精神偶像形塑了当下青年精神的建设。

表面看来，《涂自强的个人悲伤》[②] 中的涂自强似乎继承了高加林的精神遗产，可以作为当下进城农村新人的典型形象。涂自强内心善良，勤劳朴实，心胸开阔，自食其力，从不抱怨，但是命运还是没有放过他。一个努力奋斗好青年却没有成功，这难道只是他一个人的悲伤？这也是涂自强的个人命运牵动人心的情感基础。那么遏制涂自强成功的无形之手在哪里呢？假如没有因为父亲去世而失去了考研的机会；假如没有公司倒闭，老板失踪，奖金落空；假如没有母亲拖累，工作一再解聘；假如没有"晚期肺癌"，而失去奋斗的机会，涂自强是否就会成功进入城市，安家立业，成为农村青年羡慕的对象呢？我们不禁要问，要是涂自强在武汉成家立业了就不会有"个人悲伤"了吗？方方直面现实中存在的问题，描绘当下农村底层青年的命运和遭遇，这值得肯定。但是，方方没有对涂自强人生悲剧原因作深层次分析，而只是让主人公在悲伤与

[①] 孟繁华：《从高加林到涂自强》，《光明日报》2013年9月3日。
[②] 方方：《涂自强的个人悲伤》，《十月》2013年第2期。

希望的轮回中空转，看不见"城市貌似广阔的无限可能与其高度等级化的结构所导致的各种排斥，以及由此感到的无法进入悲伤之间的巨大张力"①。2013年5月，《人民日报》发表一篇题为"莫让青春染暮气"的短文，批评未老先衰的"青年观"。"对身处这样一个变革时代的年轻人而言，生活就像一部不断加速的跑步机。它一方面代表了某种值得追求的生活品质，另一方面也意味着不提速就要被甩下来。更令人担心的是，你跑了半天，却不知道目的地在何方，不断地奔跑，换来的只是显示屏上一连串的数字。"这是主流媒体对某些青年生存状态的担忧，并且寄予了殷切的期望，"青年在时代的召唤前应当奋起，更有担当和责任感"②。经典作家、主流媒体都看到了个人悲剧或社会悲剧的表象，但是，在深入分析悲剧的原因时却避重就轻，隔靴搔痒。

"50后"作家的方方是20世纪80年代新写实小说创作潮流的代表作家。她的《风景》《桃花灿烂》等小说几乎成为一代人的精神记忆。但是，一旦涉及当下乡村生活或青年题材时，方方就显得心有余而力不足，很难深入社会问题的内核，生活经验和表现的时代严重脱节，文本内容自相矛盾这些瑕疵不可避讳。如《涂自强的个人悲伤》中前部分写涂自强成为村里的第一位大学生后，村里的亲朋好友都来祝贺，并感到无比的骄傲和羡慕。上学离家时，"村里老少差不多全赶来为他送行"。去学校的途中打工，涂自强也被人们优待，甚至村长受人托付，竟给涂自强提亲。这种上学的温馨场面仿佛让人回到刚刚恢复高考不久的年代。而实际上从后部分的内容如手机、QQ等可以看出，涂自强属于21世纪的大学生，也就是1998年高考扩招以后的大学生。这时农村人读大学已不能马上彻底改变个人命运，信奉实用哲学的农民对大学生也没了之前的崇拜心理。从这可以看出，即使是像方方这样的优秀作家，也显露出艺术经验严重滞后或匮乏的不足。其他作家如贾平凹、王安忆、阎连科等都开始显露出艺术创新的疲态，极端化或烦琐化叙事难以掩饰这一世代

---

① 罗小茗：《城市结构中的"个人悲伤"》，《文学评论》2015年第2期。
② 白龙：《莫让青春染暮气》，《人民日报》2013年5月14日。

作家思想力日渐老态的现实。

同样是写进城的失败青年，"70后"作家石一枫的小说《世间已无陈金芳》①具有更多的时代信息。小说为我们塑造了陈金芳这一丰满的人物形象。石一枫"想表现经济高速发展的中国社会里一类典型人物的命运。他们在遍地机会的时代抓住了机会，在烈火烹油之后宿命地归于失败，但也有着令人唏嘘的悲剧意味和英雄色彩"。（第七届鲁迅文学奖获奖感言）石一枫试图剖析城市化进程导致的社会深层结构变化以及种种社会问题的沉疴。城乡冲突、贫富对立、阶层固化等社会问题内化为"我"与陈金芳之间的交往与遭遇。陈金芳出生农村，幼时投靠北京姐姐，在首都挣扎，初中到"我"的中学借读，同学们都因为她的土气和虚荣而鄙视她。长大以后，陈金芳委身于不同的男人，生活紊乱，骗取亲友的补偿款、非法集资、开厂破产、炒股失败以后，又进行艺术投资，摇身一变成为炙手可热的知名艺术家，最终彻底崩盘，自杀未遂。"只是想活得有点儿人样"的陈金芳最后被警方押回乡村。在陈金芳的命运变化中，隐含着时代的秘密信息。表面看来这个时代似乎都有机会，都有奋斗空间，但是底层青年就像刀锋上的蚂蚁，机遇与危险同在。短暂的成功与辉煌随时都会灰飞烟灭，马上打回原形，重新跌入人生谷底，日子过得就像坐过山车，刺激与危险共生，心跳和心痛并存。陈金芳一生的命运起伏形象地呈现了改革开放以后中国社会的变迁史。对财富的极度渴望，对阶层跃升的迫切向往，急不可耐的人们不惜把自己捆绑在时代列车上，最后不可避免地落下失败的命运。同样是写农村失败青年的命运，石一枫从个人命运中写出了历史的纵深感。当然，更重要的是，陈金芳这一人物形象深度地呈现了社会问题。

客观地说，"陈金芳们"都是这个时代具有勃勃生机的一类人，对阶层跃升充满渴望，"急吼吼地想要把自己变成贵族"。他们能吃苦，可以为此做任何事情，本应该得到一定程度的肯定和回报。但实际上，他们却受尽屈辱，得不到城市的承认。作为个体陈金芳在精神和肉体上都遭

---

① 石一枫：《世间已无陈金芳》，《十月》2014年第3期。

到城市的凌辱。石一枫深入而形象地记录了时代发展洪流下"人的缺席"。陈金芳这一进城者形象不仅折射了一位青年的奋斗史，而且反映了当下时代的精神力量，诸如生命的尊严、生活的艰难以及挣脱艰难的可能性。石一枫这种努力也为后来创作《借命而生》《心灵外史》做出了可贵的探索。

"70后"作家付秀莹则在长篇小说《他乡》中采用多声部的创作方法形象地书写翟小梨由乡村进入城市，最后又回归家庭的成长经验和情感道路。来自芳村的翟小梨读完大学以后借助同学男友幼通的帮助到S市工作生活，后来凭借坚韧的性格和吃苦的精神考取了北京的研究生，最后在北京站稳脚跟，安家立业。从表层上看，翟小梨和涂自强、陈金芳没有什么不同，这些人都来自"前现代"的乡村，渴望融入"现代"的城市，渴望从"乡土中国"走向"城镇中国"。从深层上看，翟小梨的个体命运形象地表现了农耕文明抵达城市文明的精神苦旅。2013年，《人民日报》刊发《莫让青春染暮气》一文之后，再次刊发同主题文章《命运，不相信娇气》，痛心疾首地直言："娇气，换不来同情，换不来爱护，换不来宽容。年轻就有机会，年轻需要奋斗。唯有'戒娇'，才能把命运掌握在自己手里。命运，不相信娇气。"① 显然，付秀莹在毫无"娇气"的翟小梨身上寄予了时代的厚望。在城市与乡村之间、传统与现代之间，翟小梨幽暗心事的自我舒展，凝聚了时代的巨大隐痛。付秀莹通过《他乡》致敬五四经典小说的"出走"叙事，也赋予了这一经典模式新的时代内涵。难能可贵的是，付秀莹在《他乡》的创作中烙下了鲜明的个人印记，坚守着《旧院》《陌生》等小说之古典文学的雅韵、现代意识的劲道。

如果说涂自强的命运呈现了当下农村青年悲苦的"新穷人"② 宿命，

---

① 徐隽：《命运，不相信娇气》，《人民日报》2013年8月6日。
② 汪晖曾经论述："就新穷人群体而言，他们并不是传统制度崩溃的产物，而是一个市场扩张中拥有一定教育背景的怀抱，上升梦想的消费不足的群体，他们对个人权利及相关政治变革的关注，与这个正在生成中的新的社会——经济体制的基本价值观没有根本性的冲突。"汪晖：《两种新穷人及其未来——阶级政治的衰落、再形成与新穷人的尊严政治》，《开放时代》2014年第6期。

陈金芳的命运直面城市结构的闭环现实，而翟小梨的奋斗之路则形象地书写了在传统与现代、乡村与城市、性别与社会的冲突中成长为具有鲜明主体性的农村新人形象。新世代作家试图重建中国乡村精神的努力，显示了年青作家的艺术勇气和创作雄心。

二 返乡者的乡村恋曲

土地制度变迁书写是乡村小说的主要内容。"制度化是指社会机制的突然出现，社会价值和规范、组织的原则以及知识和技能都是通过这些社会机制代代相传。一个社会的制度构成了社会的母体，个体就在这个母体中成长和社会化，结果制度的某些方面反映在他们自己的人格之中，其他的方面对他们来说似乎是人类存在的不可避免的外在条件。"而每次农村土地制度变化都会引发乡村社会权力秩序发生重大变化，乡村精英的谱系也会随之发生改变。这为小说创作提供了丰富的素材。像"土改"之于《太阳照在桑干河上》，合作化运动之于《创业史》，家庭承包责任制之于贾平凹的农村改革小说一样，土地流转这一农村土地制度的变迁也被《麦河》等小说给予了审美再现。与之相应的是一些生动立体的乡村精英形象得到了成功书写，特别是返乡者曹双羊这一形象。

我国百年来的乡村叙述取得了跨越式发展，并且随着莫言获得诺贝尔文学奖，这种题材日益被世界所关注、所熟悉，成为中国故事最主要的叙述方式。而这种叙事绝大多数是围绕农村土地制度变迁，书写转折期乡村的时代风云和精神裂变。这些作品往往着眼于当时的土地政策，致力于社会主义制度合理性的论证，具有鲜明的意识形态色彩。但是，政治或政策对这些作品的掣肘也是显而易见的，如《创业史》。表面上这些作品与乡村生活水乳交融，农民语言生动、地域描写鲜明、民俗精神丰富，而涉及现实的利益、情感的体验和交往的细节时却显得矫情而违背生活常态。这种以阶级的标准来衡量农民复杂心理的叙述自然难以真正走进农民的内心，难以企及乡村生活的内核。新时期以来，乡村小说逐渐摆脱了政治的桎梏，日益显现出题材的特色与成熟。当然，乡村风物的谙熟、人情世故的表现，这些都继承了既往乡村叙事的传统，乃至更加成熟。但是，遗憾的是，这些叙事对当代社会历史缺乏深层次的思考。人们往往满足于对乡村文化的眷恋，对乡村传统破败的惋惜，缺乏一种积极的态度和建构的责任，如贾平凹的"商州系列"。作家常常对时代、现实持怀疑的态度，对历史和传统容易感伤。知识分子的可贵之处就是对于理想的追求。但是，这种追求也容易耽于想象，在现实世界投射了太多的情感和心理暗示。当下乡村土地流转开展得热火朝天，部分作家在对乡村凭吊的叹息中错过了捕捉时代的脉动。当然，文学毕竟不同于社会学、政治学，对现实问题没有义务及时提出切实可行的方法和措施。

《麦河》的乡村图景显然不同于20世纪50—70年代农村题材小说中的乡村，那是革命者想象社会主义新农村的乌托邦；不同于寻根小说中的乡村，那是精英知识分子寻找民族文化之根；也不同于张承志、张炜等人笔下的乡村，那是部分作家在现代都市文明的冲击下守望精神家园。关仁山笔下的乡村积淀了几千年中国农民关于乡村的集体无意识，与农民的命运一脉相承，是中国农民生命的栖息地和精神的庇护所。关仁山没有采取知识分子的眼光审视乡村，批评乡村，也没有用悲悯或者激愤的眼光注视乡村，而是近距离地走访调查，以毫不掩饰的热情和焦灼的目光关注当下乡村土地制度变迁，关注转型期乡村的现状和农村精神的遭遇，书写乡村的社会现实和时代的精神面貌。

关仁山的《天高地厚》《麦河》《日头》即"中国农村三部曲"沿袭了一贯的乡村情怀和现实主义风格，记载了冀东大地几十年来的历史变迁。其中《麦河》以瞎子白立国的视角展开论述，同时借助苍鹰虎子和狗儿爷的鬼魂辅助叙述，对麦河流域鹦鹉村在中华人民共和国成立前后和改革开放后的发展史进行了全方位、整体性的描述，围绕曹双羊回鹦鹉村开展土地流转这一事件展开，描写了乡村的矛盾和冲突，具体细微地对中国近百年的农村土地问题展开纵深式复述。关仁山敢于直面现实，写出现实变化背后所敞开的种种可能，试图为新乡土中国的人心聚合寻找新的路径，同时也为书写当下乡村探索新的可能。

这种史诗性的追求不仅仅表现在广阔的生活画面的描写上，更表现在鲜活的人物塑造上。《麦河》在塑造人物形象时，更加注重人的精神和乡村情感的描写。曹双羊是一位非常鲜明的形象，他是邓小平南方谈话以后成长起来的乡村精英。所谓乡村精英，"就是村中掌握优势资源的那些人，因为掌握优势资源，而在村务决定和村庄生活中具有较一般村民大的影响"①。近年来，从乡村精英在现行组织体制中的位置来看，体制精英日渐式微，非体制精英逐渐崛起；从乡村精英在村庄中发挥影响所主要借重的资源来看，经济精英日渐中心化，非经济精英日渐边缘化。曹双羊就是属于体制外精英、经济精英的现代农民形象，是"既传统又现代的新农村建设中的农民英雄"②。

不同于以前部分作家对主人公的出身态度模糊暧昧，关仁山非常清楚地表达了人物内在血脉和活动的时代背景。曹双羊的土地意识是和时代发展紧紧相连的，是和现实利益合为一体的。这种合二为一显然不同于一般作家所津津乐道的那种沉浸于历史或悲剧的情绪中，将土地视为初恋，抱残守缺，成为寄托落寞或衣锦还乡的场所。曹双羊等现代农民眼中的土地既是生产资料，也是生活资料；既有物质属性，也有社会属性；既需要精耕细作，又需要现代技术和规模耕种。曹双羊等通过资本下乡的方式开发土地，获取极大的物质回报。曹双羊没有儒家文化的知识背景，但是他在白立国的精神启蒙中，日渐自觉地承担乡村发展的责任。曹双羊穿越于城市与乡村之间，是一位集正与邪、忠诚与背叛、高尚与卑鄙的丰满的人物形象。关仁山不厌其烦地描写了曹双羊三次蜕变。在这三次蜕变的过程中，他对人性、资本、爱情和土地的态度都发生了深刻的变化。如面对丰收的麦子，曹双羊对乡村的未来充满忧虑，决定出走与他人合伙挖煤，与豺狼共舞，完成原始积累。但当他资产达到一

---

① ［美］彼得·M. 布劳：《社会生活中的交换与权力》，李国武译，商务印书馆 2008 年版，第 63 页。

② 关仁山：《关注新农村是文学对时代的回应》，《文艺报》2006 年 5 月 25 日。

亿的时候，精神出现危机，对农民的未来充满绝望。"我痛恨自己，尽管完成了一个商人的原始积累，我还是瞧不起自己，表面上看我风光无限了，如今是人大代表、劳动模范、优秀民营企业家，可哪里知道，我每走一步都是血淋淋的……我的心是在厮杀中、揪扯中，破碎了。我迷惑了迷失了……"经过深刻思考以后，曹双羊决定回到家乡搞土地流转。用现代工业文明管理乡村，把麦河变成现代化的农场，把农民变成现代化的员工。

曹双羊的不断蜕变，是农民在现代化时代的自我寻找。某种意义上说，曹双羊在鹦鹉村土地流转中的作用与意义，与合作化中梁生宝的作用大致相同。但是，他们在性质上有着很大差别。梁生宝倡导的合作化主要是发展计划经济下的集体劳动的传统农业，而曹双羊发展的则是市场经济制度下的现代规模农业。在个人的人性品质上也有很大不同。梁生宝作为社会主义新人，"政治圣洁、道德崇高"。而曹双羊则是淳朴与狡黠、聪明与贪婪融为一体，是内心深处的土地情结唤醒了对善的追求。"过去那种心理结构在新的历史时代消失了，取而代之的是一种崭新的心理经验，而且心灵本身有了新的形态，也就是说，人类主观性的结构，精神本质的结构，或者说心理主体的结构，得到了彻底的调整。这种精神结构的改变产生出了新的人，就像在苏联有所谓'苏维埃新人'的说法一样。"[1] 曹双羊这种复杂的"新的形态"正是新时代复杂性的重要表现。

当然，对于曹双羊的形象塑造是放在乡村人物群像中进行的。《麦河》还塑造了众多的农民形象，有代表乡村文化守护者的白立国，乡村文化逃离者的桃儿，等等。其他还有被权力和欲望异化的陈锁柱、陈元庆之流，也还有像陈洪生、赵蒙这样的现代工业怪胎，当然还有郭富九这样的老一代农民形象……关仁山注重将自己浓郁的土地情结熔铸在人物形象的塑造上，这样使得《麦河》的人物画廊显得非常饱满。后来，

---

[1] [美] 弗雷德里克·杰姆逊：《后现代主义与文化理论——杰姆逊教授讲演录》，唐小兵译，陕西师范大学出版社1987年版，第41页。

关仁山继续创作了长篇小说《金谷银山》，塑造了范少山这一文学形象。这是一位酷爱《创业史》，以梁生宝作为自己人生楷模的返乡者。《金谷银山》延续了《麦河》的叙事模式。

每次农村土地制度重大变革都会促使乡村小说在题材、价值和美学形态等方面发生重大变化。关仁山等作家克服了知识分子观照现实的审视心态以及个人化叙事自说自话的叙事弊端，重新建立了文学与现实的联系，恢复了宏大叙事的尊严，积极思考乡村中国与现代性的关联与冲突，并且为构建乡村现代化进程的有效路径进行富有意义的探索。由于土地流转制度尚有一些争议，土地流转书写的优秀小说还不多见，曹双羊这样丰满的人物形象更是凤毛麟角，这不得不说是一种遗憾。

三 乡村干部的成长与蜕变

当前，我国精准扶贫正处于关键时期，乡村振兴处于战略起步阶段。精准扶贫和乡村振兴是围绕"三农"问题实施的重大举措，促进了当下乡村脱胎换骨的变化。精准扶贫书写续接了现当代文学乡村书写传统，塑造了富有时代特点的农村或乡镇干部形象，这里所说的农村或乡镇干部自然包括扶贫干部。

对于乡村干部形象，我们并不陌生，如梁生宝、邓秀梅、萧长春、高大泉等人物形象已经成为几代人的文学记忆。这些人物形象承载了构建社会主义价值观和文化空间的功能。新人的道路也就是社会主义新农村的道路。今天在乡村振兴战略实施的历史进程中，很多作家响应"精准扶贫"的时代召唤，饱含深情地书写乡村，取得了丰硕的成果。如滕贞甫的长篇小说《战国红》[1]，赵德发的长篇小说《经山海》[2]，韩永明的中篇小说《酒是个鬼》[3] 等。精准扶贫书写扬弃了中国现代文学乡村书写的挽歌式、浪漫式、野蛮式书写，积极寻找书写当下乡村的新路径。

---

[1] 滕贞甫：《战国红》，春风文艺出版社2019年版。
[2] 赵德发：《经山海》，《人民文学》2019年第3期。
[3] 韩永明：《酒是个鬼》，《芳草》2019年第6期。

滕贞甫的《战国红》书写了两代扶贫干部改造柳城这个著名贫困村的故事。前任扶贫干部海奇是一位理想主义者，年轻、有朝气，有闯劲。但是，由于猪瘟等天灾影响以及自身乡村工作经验的不足，最后失败，遗憾地离开乡村。以陈放为首的扶贫干部从海奇尚未完成的改造"天一广场"开始。陈放等扶贫干部带领、依靠当地村委、青年积极分子，展开了全面的文化生活建设、社会风气建设、经济建设和乡村政治组织建设，取得了极大的成就。更重要的是，扶贫工作为当地乡村的发展培养了新的力量，一大批青年骨干在乡村大地奋发有为，柳城不仅仅摘掉了贫困村的帽子，更焕发了新时代的生机。滕贞甫不断闪回老一辈解放战争的历史场面，新时代的扶贫工作和解放战争的故事有机结合起来，现实的故事和历史的故事相互映照，彼此激励，产生了良好的互动。作者抓住了精准扶贫工作"实打实，心换心"的精髓，从而使得精准扶贫书写表现了鲜明的时代感和历史感。赵德发的长篇小说《经山海》同样写出了精准扶贫的时代感和历史感。每章都用"历史上的今天""小嵩记""点点记"三部分组成"大事记"。"大事记"三方面的内容彼此联动，让读者得以窥见当下现实的过去与未来。小说通过书写吴小嵩这样一位基层乡镇干部的精神成长来完成这种历史的叙述，呈现21世纪乡镇中国复杂的政治生态和艰难的改革历程。和贾平凹的长篇小说《带灯》不同，赵德发更能在历史的纵深处打捞乡镇干部个体的精神成长。《战国红》《经山海》等精准扶贫小说通过陈放、吴小嵩在乡村空间脱胎换骨的精神蜕变，在改革事业的重重磨难中成长，构建新时代基层空间的全息生态图。

韩永明的《酒是个鬼》同样塑造了脱胎换骨的扶贫干部形象。"大用"指重要的用度、最有用的东西以及委以重任。而生活中的王大用却好像没什么用，在单位离领导的核心圈越来越远，越来越边缘，成为可有可无的人。他好酒、吹牛、爱发牢骚、工作责任感差、夫妻关系也不太融洽。在本命年中如何改变自己的命运呢？精准扶贫给他了机会，使他获得了新生，找到了生命的尊严。小说采用了重复叙事的方式，前后七次叙述王大用戒酒。但是，每次为了扶贫对象而破戒。如为了让石头盖房子、添家具；为了让石头能加入合作社；为了妻子郭翠莲能回到石头身边。王大用一次次打破戒酒誓言，为帮扶石头脱贫做了卓有成效的工作，更主要的是帮助石头确立了生活的信心，找回了生命的尊严。石头最后拒绝了宴请亲朋好友来送贺礼，庆祝自己住入了扶贫房。在物质和精神之间，石头最终选择了生命之光，重建了生活之志。而王大用也在扶贫工作中完成了自我蜕变，明白了自我的精神价值，成为单位里受人尊重的员工。精准书写扶贫工作干部的自我成长、自我蜕变、自我拯救成为韩永明为当下乡村小说创作做出的突出贡献。

梁启超最早提出了"小说救国论"，强调"今日之最重要者，则制造中国魂是也。"鲁迅在《我怎么做起小说来》曾经有过这样的表述："说到'为什么'做小说吧，我仍抱着十多年前的'启蒙主义'，以为必须是'为人生'，而且改良人生。"后来进一步深化，提出"改造国民性"的历史要求，试图在文学创作中以"立人"为目的，刻画沉默的"国民的魂灵"，以疗救病态的社会。改造民族的灵魂成为新文学总的主题。立人成为历代作家常写常新的主题。如在新时期文学初期，张一弓的短篇小说《黑娃照相》配合主流意识形态给予有效的文学论证。黑娃以生活的主人姿态显示了新时期农民主体性崛起和乐观自信的精神面貌，从而与企图清算历史伤害的反思文学区别开来。《战国红》《经山海》《酒是个鬼》等小说则打破了城乡二元对立的书写范式，在精准扶贫的伟大事业中聚焦个体的精神成长，特别是扶贫干部个体的成长。

100年来，"改造国民性""立人"的主题往往通过冲击—回应叙事模式实现。现代革命历史叙述中的十月革命送来真理说；新时期文化史叙述中的走向世界论，试图从"传统中国"向"现代中国"的转型，都是这种阐释模式的"中国故事"。但《酒是个鬼》拒绝了冲击—回应模式的叙事套路。与黑娃穿西装照相的心理动机相似，王大用试图借助西方的文化体系来确认自我的主体性。"他一横心花一千块钱买了件梦特娇"，不同的是，黑娃在镜像中得到了虚拟的自我满足，而王大用虽然穿的也是西方名牌服饰，但怎么穿也像"地摊货"；不"像个人样"，自我的主体性无从确立，大用成为无用。通过这种生活故事，韩永明宣告了冲击—回应阐释模式的破产，精神主体性只有在实实在在的生活中才能得到确立。

如何呈现不同的乡村特色，怎样表现不同的中国故事。诸多优秀精准扶贫书写做出了大胆的尝试，干部也是在工作生活中需要不断成长。无论是《战国红》《经山海》还是《酒是个鬼》，在农村干部形象塑造时，注重性格的复杂性和精神成长的曲折性。这种书写策略动摇了既往政治的权威性，从而扬弃了乡村小说革命叙事的局限；城乡不是对立的，而是相互融合，从而拒绝了乡村小说启蒙叙事高高在上的姿态。乡村生活场景也不是乌托邦的景观化，而是和城市一起不断成长、蜕变。历史与现实、乡村与城市、干部与群众，在不断交流对话中，不同的主体文化得到了自识和互识。

一代有一代的文学形象，塑造社会主义的文学新人是历代作家的梦想。梁生宝、萧长春、高大泉是新中国文学新人的代表，他们健康、阳光、活泼、生动的形象成为时代精神的象征和隐喻。这些形象改写了阿Q、华老栓、祥林嫂、老通宝等贫穷、愚昧的精神；同样，香雪、黑娃等新时期农村新人形象全身洋溢着时代活力，躁动的、蓬勃的时代气息跃然纸上。新时代不同世代作家，通过不同的叙事策略同样塑造了涂自强、陈金芳、翟小梨这样的进城者；曹双羊、范少山这样的返乡者以及陈放、吴小蒿、王大用这样的农村（扶贫）干部新人形象。这些人物形象的成长性和复杂性恰如其分地反映了新时代复杂却又孕育着勃勃生机的时代精神和面貌。

对话：中年写作、常态特征和先锋召唤

2017年前后，徐则臣、朱山坡、石一枫等一大批作家长篇小说的问世，标志着"70后"作家艺术上走向成熟。但是，相对于对莫言、余华等"50后""60后"的研究，评论界对"70后"作家的研究相对滞后。"70后"作家的发展历程如何？有怎样的世代特点？代表作家表现出何种艺术新质？有怎样的文学史意义？"70后"作家的可能性如何？这些都值得深入讨论。笔者与复旦大学中文系博士生导师陈思和教授就"70后"作家的创作发展、特点以及创作的可能性等问题展开对话。

一 "低谷"中的繁茂

陈国和：陈老师，您好！我最近在研究"70后"作家的时候，查阅相关材料时发现，您很早就在关注"70后"作家的创作了。您在2000年写有长篇论文《现代都市社会的"欲望"文本——以卫慧和棉棉的创作为例》，正面阐释了一度引起争论的"美女作家"现象；您主编的《逼近世纪末小说选》系列丛书（陈思和插话：还有《新世纪文学大系》10卷本），对，都选编了不少"70后"作家的作品，可以说是一种将"70后"作家作品经典化的尝试。可惜您当时的那些批评意见并没有被一般舆论所接受，学术界对"70后"作家的研究始终处于低谷状态，为此您又发表论文《低谷的一代——关于"70后"作家的断想》，呼吁学术界加强"70后"作家创作的研究。这些工作坚持做下来，需要极大的热情。现在能否请您谈谈为什么"70后"作家的创作以及相关研究都处于

"低谷"状态？

陈思和：《低谷的一代》是我在 2011 年写的论文，现在已经六七年过去了。当时我也没有很成熟的想法。"低谷"的隐喻来自我与何锐先生的一次谈话。当时我们说起，如果我们例举十位"50 后"或者"60 后"优秀作家的名字，尽管每个人的标准可能不同，但是可以大致无误地举出他们的名字，然而"70"作家的群像则要模糊得多，如果要例举"70 后"代表作家自然也感到困难。这困难来自各个方面，主要还是因为文学评论界对这一代作家比较忽视。为什么会被忽视？当然这一代作家自身还是有原因的。我在那篇文章里尝试用法国文学史家丹纳的实证主义思路和方法，来考察代际作家的幼年生长环境和接受教育环境所产生的影响。但我还是忽略了第三个环境的考察，就是这一代作家最初走上写作道路时的社会环境。在 20 世纪 90 年代初，我们过于相信知识分子的人文传统（陈国和插话：记得那时你们还特意发起讨论人文精神缺失的问题。）是的。我们那时候以为人文精神是一种知识分子的天然基因，忽略了后天教育及其教育体制的大背景。后来的事实证明，在市场经济大潮的冲击下，一切都变了。这种变化当然深刻地影响了文学。

陈国和："70 后"作家可以说是改革开放的一代。这 40 年中国社会发生了翻天覆地的变化，这种生机蓬勃的时代情绪应该对文学产生重要影响。

陈思和：这也是一个值得研究的现象，还是有点诡异的。如果我们回顾这 40 年来的文学发展道路，不难发现文学领域曾经出现过几次比较大的浪潮：第一次是"文革"刚刚过去的 20 世纪 70 年代末，那个时候真是百废待兴啊，"40 后""30 后"，甚至"20 后"作家集体登场，四代同堂，"伤痕"啊，"反思"啊，"改革"啊等等思潮此起彼伏。作家的社会阅历、内心经验都非常丰富，他们几乎亲历了中华人民共和国所有的重大历史事件，再加上作家都是在困厄中发奋，文学就成为思想解放运动的主力。第二次文学浪潮在 80 年代后半期，这与"50 后""60 后"作家的崛起有关。他们个性得到比较健全的伸张，他们多半借鉴了西方现代主义文学的经验，发起中国的寻根文学与先锋文学运动。但这个时候，文学与政治的关系不那么密切了，悄悄分离了。而第三次浪潮则是在21世纪初的"80后"作家借助文化市场来推动的，来源于《萌芽》"新概念"作文大赛，后来又利用了新媒体，崛起了一代新型作家。"80后"作家和网络文学有着天然的亲密关系，"粉丝"参与了文学的生产。我们不难发现，这三次文学浪潮都具有鲜明的先锋精神：要么是走在时代思想的前面，要么是走在文学思潮的前面，要么是在文学的生产方式和场域上打破传统模式。而值得研究的是"70后"作家，他们恰恰是处于这些文学浪潮之间，造成了相对乏力的"低谷"现象。当然，任何时代的文学都是以这个时代中最鲜明的差异性为标志的，而且，任何时代的文学都会存在具有个性的作家来穿透、超越时代。我们现在这样笼统地讨论"70后"作家的"低谷"，总是有些冒险。但是，90年代文学代际更换中出现这样一个"低谷"也是不容置疑的事实，我们必须面对。

陈国和：我们似乎也可以用"生不逢时"四个字来形容"70后"作家最初的尴尬境遇。造成这种低谷现象的原因，似乎是来自客观上不可抗拒的力量，对文学新生力量形成了遮蔽。其实，"70后"作家开始被关注的时间并不迟，大约是1996年。那年2月份出版的南京民间文学期刊《黑蓝》（陈卫主编）首先提出了"七十年代以后"作家群的概念。之后，国内有一批比较敏感的文学期刊也先后开设"70后"栏目，积极推介文坛新人。但是从文学生产方式上来说，之前依靠优秀编辑披沙拣金、慧眼识珠、发现新人的个人性行为逐渐被期刊策划、媒体炒作的集体性商业包装行为所取代。因财政拨款减少甚至"断奶"，美其名曰"尊重市场规律"。那时候文学期刊的正常发行举步维艰。面对困难重重的市场危机，文学期刊可以说是慌不择路。而以网络为媒介的新媒体文学迅速崛起，对仍然坚持用传统方式进行文学生产的"70后"文学形成了合围之势。媒体的迅速换代变化，形成了对"70后"作家的第一个层面的遮蔽。

其次是从1993年开始，文化市场以商业利润为动力，开始对文学生产进行了直接的干预。为了制造卖点、噱头，刚刚崭露头角的"70后"作家很快被标签化，甚至杂耍化，作家的创作个性被忽视，而"年龄""颜值"等具有市场卖点的因素被凸显出来。媒体炒作"70后"作家时，把他们简单、粗暴地定义为"欲望""身体""糜烂"等标签化符号，并且诱惑、引导、形塑其他急于走向文坛的新人。像卫慧、棉棉等作家虽因媒体传播而获得了极大的名声，同时也因为媒体的误导而受到伤害。我认为这是对"70后"作家的第二个层面的遮蔽。

陈思和：卫慧、棉棉等属于第一波崛起的"70后"作家，都是极有才华的女作家。很可惜，她们的才华刚刚展露出来，就被市场所包围，然后利用媒体制造出所谓"美女作家"等等，好像她们全是靠颜值而不是靠才华。这种过于市场化的出场又引起了意识形态部门的警惕和遏制，最后使一场本来具有先锋性质的文学思潮被扼杀在摇篮里。卫慧、棉棉事件对后来"70后"作家的负面影响，至今还没有引起研究领域的重视。

陈国和：还有第三个层面的遮蔽：我们不难发现，"50后""60后"甚至"80后"作家都是与同代批评家一起成长起来的。作家的身边都有一批相应的批评家，这些作家每有新作问世，就有同代批评家及时评论、阐释、研究，不断将之经典化。而"70后"批评家的成长相对滞后，而且在学院的环境里，他们更加偏重对"50后""60后"等已经被经典化的作家的研究，而相对忽视对同代作家的关注与批评。按理说同代人具有类似的成长经历、情感体验和知识背景，批评家进行同代作家研究具有得天独厚的条件，也有很强的代入感。但是，"70后"批评家都是高校里培养出来的，学院遮蔽了还处于萌动状态的作家与文学，这也造成了"70后"作家长期缺乏自己的阐释者和批评者，这是第三个层面的遮蔽。

但是"低谷"并不等于凋谢。在创作实践上，被遮蔽的"70后"作家早已是中国当代文学的劲旅。自2004年魏微的《大老郑的女人》获得鲁迅文学奖以来，田耳、李浩、乔叶、李骏虎、徐则臣、张楚等"70

后"作家已经是这一重大奖项的常客,徐则臣的长篇小说《耶路撒冷》也曾入选茅盾文学奖的提名。特别是近一两年,"70后"作家的长篇小说创作日益成熟,一大批作家已经表现出成熟的创作个性和较高的艺术水准。"70后"作家的创作成果已然是中国当代文学的重要组成部分。

二 常态中召唤先锋

陈思和:在对待"70后"作家创作的认知上,我与你还是有差异的。我们如果仅仅从一般的写作特征来考量,那么,每一代文学总是有它自身的特征,每个作家的创作都可以说出他们的优点与成绩;但从文学史发展的角度来考量,那就需要我们关注其是否提供了某种不同于前人的因素,或者是把前人的成果更加推进,提升到一个新的高度。这也是我考察代际作家的标准。既然是从代际的角度来考量,当然是着重于文学史的价值而非关注个别作家的意义。我之所以要指出"70后"作家的创作存在低谷现象,不是说他们中间没有优秀作家,也不是说他们的创作不如前人。我想说的只是,我们还没有找到这一代作家对时代生活的特殊感受,没有把他们这代人世界观中最富有文学性的因素阐发出来。

什么叫文学性?最重要的一点就是作家鲜明的个性因素。即使同代作家中,作家的个性因素也是不可取代的。譬如说,你去读贾平凹、莫言、阎连科的农村叙事,读余华、苏童的小镇叙事,读王安忆、方方、林白等女性叙事,首先读到的就是鲜明的个性,这是绝对的差异。为什么?就是因为他们的感情饱满,在创作文本里展示的是完整的自我,一个作家就是一个世界,都是独立的生命呈现。其次才可以从抽象意义上来综合把握这些截然不同的叙事风格所呈现出相似或相近的意义,这种意义主要是在精神气质上的,这样我们才能看到"50后""60后"作家的某种代际特征。我们再进一步作具体考察:"50后"作家起步于伤痕文学,那种受伤害感、那种绝望感,一开始就与"反思文学""改革文学"拉开了距离,在随后的寻根文学思潮中真正亮出了属于自己的旗帜,与前辈——忙于干预生活的现实主义文学——划清了界限;而"60后"

作家从起步开始就具有实验性，在先锋文学思潮中崭露头角，后来到了 90 年代初，又有一批"60 后"作家如韩东、朱文等发起了"断裂"的先锋运动。他们提出的文学观念、审美趣味，都是与主流的流行观念不一样，含有强烈的时代情绪以及对当下生活的特殊理解。我觉得这是形成代际作家概念的核心部分。代际作家的概念并不是指包含某一代的所有同龄作家，而是指某一代作家中最有个性特点、最能够表达他们对时代生活情绪的那部分。

陈国和：我们之间对"70 后"作家的看法有差异，大约正好是"50 后"与"70 后"作家生活经历、社会阅历的差别。对此，我是这样理解：您是从 20 世纪 80 年代就开始参与见证了文学的发展道路，您又偏重于文学史的研究，所以您总是从文学史的角度来考量作家创作的意义，刚才您着重提到的文学思潮及其所产生的新因素，都是从先锋精神方面来界定文学的意义。"先锋"与"常态"是您提出来的研究五四新文学经验的理论话语，也是您考察中国 20 世纪文学史发展变化的两种形态，但是您在有关论述中似乎一直偏重"先锋"的维度，却很少论及文学发展的常态性。您也说过，所谓常态的文学，也就是随着社会生活发展而逐渐发生演变的文学现象，它包含传统文化因循沿革的传承（如旧体诗词、古典白话小说、文言文、骈体小说、传统戏曲的改良等等）、相随现代器物技术更新而出现的新的文学形式（如电影、新派戏剧、报纸副刊、翻译文学等等），以及与大多数市民的审美习惯相符合的通俗文学，甚至包括这些文学所隐含的权力运作下的意识形态宣传。常态的文学是大多数人能接受的文学，因为受众包含了多层面的接受者，所以常态文学也是多层面的，它的最高层面与新文学可以是一致的。您所说的"常态"的文学，指的是五四时期的文学状况，发展到今天，像网络文学、各类新媒体文学艺术、流行文学等都应该算入常态的文学。常态文学是文学史的基础。

还有一个考察文学史的维度，也是您提出来的研究理论话语："青春情怀"与"中年危机"。您的看法是：从五四开始的新文学传统，基本上一直处于"青春期"阶段,其特征就是时代剧变走在文学运动的前面,强烈推动文学不断发生变异,以适应剧变中的时代需要。所以文学总是处于动荡不定的自我否定和变化之中,作家的代际冲突也变得很激烈。差不多每隔10年就会在时代的变换中产生一批新的青年作家取代原来的作家,成为文学的主流,"各领风骚十来年"的现象就是一个证明。但是到了新时期以后,改革开放给中国带来了稳定的社会环境,尽管社会变化也很剧烈,但对文学没有产生特别大的冲击力,由此为文学创作带来了三四十年的稳定发展,于是文学的进展也到了"中年危机"阶段。中年时期的作家耗其一生来坚守创作,慢慢形成了坚实成熟的个性风格;同时,因为成熟作家的文学趣味已经成为主流的艺术趣味,对于后来者形成了另外一种压力。"80后"作家走市场、活跃在网络上,成为新时代的弄潮儿,而"70后"作家正是在这样两股压力之间,提前进入了中年时期。

陈思和:"先锋"与"常态"是现代文学史的两种发展模式,构成了20世纪不同阶段的文学特点。而"青春情怀""中年危机"是我从贴近生命的视角来探讨100年以来中国文学发展的特点。

陈国和:我觉得"先锋"与"常态"、"青春"与"中年"这两组概念在某些场合是有交集的。在"青春情怀"为主打的文学态势里,先锋性因素往往能够成为推动文学发展的主动力;但在"中年危机"的阶段里,文学史处于平稳发展态势,因此"常态"往往是文学的主要形态。两者在不同的文学环境下不可偏废。如果说"70后"文学还具有"不同于前人新的因素",就是它的常态性。与"50后""60后"作家比较,"70后"作家的常态性表现在:

第一,"70后"作家的创作与生活的关系不再剑拔弩张,尖锐冲突转变为温和妥协。"70后"作家创作不是指向未来生活的预兆,而是平静接受并描写现实生活中的变迁。像朱山坡的乡村小说以平和的态度、舒缓的语调叙述乡村破败、城乡对峙、农民苦难这些现代化进程中的沉重话题,在轻逸的个人化叙事表征中包含着向社会现实妥协与和解的心态，城乡对峙转向城乡融合。

第二，"70后"作家的创作从思潮性的写作向日常生活书写的转变。他们拒绝承担写作之外的意识形态功能。这些创作目的并不是祛魅传统的现实主义精神，也不是为了逃避政治意识形态的挤兑，而是写作内容本身，是自己的园地，甚至是"伟大的捕风"的"胜业"。这也是为适应世俗市场的需要。乔叶、盛可以、魏微、金仁顺就是这种创作路径。

第三，"70后"作家以平和的创作姿态，与自我和解，礼赞人性的美好，呈现出乐观、积极的文学精神。从新写实日常生活书写开始，很多作品把日常生活场景写得破碎凋敝，文学的天空灰蒙蒙的，看不到幽暗时刻的人性之光。"70后"作家则以平和、温暖的书写方式，描述生活的无序与纷乱。李师江、付秀莹、肖江虹都在这方面做出了富有成效的尝试。

说到底，"70后"作家的创作是一种"顺变"的文学。它与社会氛围、文学潮流以及自我内心是和解的，与文化市场是和谐而不是断裂的关系。因而这不是先锋性的写作，而是常态性的文学表达。我在《论"70后"作家乡村书写的常态性特征》一文中有深入的论述。现在看来，这种常态性，不仅仅局限在乡村书写中，而且是"70后"文学的一种显著特征。

陈思和：你对"70后"作家创作一般态势的分析是有道理的。但是我总觉得，对于以研究"70后"作家为己任的批评家来说，首要任务不是解读他们创作文本的一般性特点，其实这种特点在别的代际作家那里也是存在的，文学的常态性所呈现的特征一般来说是差不多的。我觉得重要的是批评家要敏锐发现文本中不同于前人的主流审美观念、超越性的因素以及新的审美特点。这种新的因素，如果得不到批评家的敏锐发现和及时弘扬，就很可能被湮没在一般流行观念之中。但如果得到了批评家高屋建瓴的支持与阐释，新的因素就可能慢慢地扩大影响，形成新的文学思潮来推动文学的发展、变化。

在文学史考察的视角下，"先锋"与"常态"并不是交替式进行的，

先锋与常态：新世纪乡村小说论

而是同时并置于文学史上的两种形态。我确实对常态性研究不够，你把"70后"作家的常态性创作归之为"中年危机"时期的文学特征，也是有道理的。但是，我们难道不应该对这批已经四十奔五的"70后"作家提出更高的要求吗？他们的创作道路已经过了成长期、爆发期，正在沉淀下来，进入浑然从容的成熟期，正在调动他们的所有创作经验和积蓄，准备酝酿出真正的代表作，他们此时正需要批评家及时指出如何摆脱那些习以为常的传统因袭的负担。如何把他们真正的优势（也就是作家的真正个性）在文学创作中呈现出来，批评家应该与作家一同来完成孕育伟大作品的工作，使作家能够创造出真正无愧于当下时代的优秀作品。

常态的文学也会产生受读者欢迎的优秀文学作品。但是我们如果面对一部称得上真正优秀文学的文本时，一定会发现某些不同于前人的新的因素，也就是个性化的风格。换句话说，常态的文学也可能产生先锋性因素。我举一个例子，十年前，我主编《上海文学》的时候，发过一篇张学东的短篇小说《送一个人上路》。我至今还认为这是一篇绝佳的短篇小说。张学东是"70后"作家，那个时候他很年轻，小说写的是一个曾经的生产队队长为另一个绝户的老饲养员送终的故事。故事发生在20世纪90年代以后，当时农村人民公社制度已经解体。老队长当年向一个为集体而身体残伤的饲养员保证，公社会为他送终，可现在公社没有了，老队长只能竭尽个人的微薄之力，忍受百般侮辱与困难，坚持照料疯癫的老饲养员，最后完成了自己的承诺。内容是沉重的，送终的仪式也是庄严的，但是叙事风格异常轻松。叙事者是从一个孩子的眼光来看这段故事，他完全不明白两个老人之间究竟发生了什么，所以他的眼睛里，一段沉重的历史所导致的结果非常可笑。我原先赞扬这篇小说是因为它表现出浓重的中国民间道义，但我最近又重新看了一遍，才注意到张学东是"70后"作家，从这篇小说里可以看到某些带有普遍性的因素：这一代作家表达历史观的方法。

中国当代文学中"历史"是特别重要的元素。每一代作家都有自己的历史元素："30后"作家擅长写1957年"反右"到"文革"这段历史;"50后"作家善于写"文革"和知青下乡的历史;"60后"作家出生晚,能够写好的多半是"文革"后期的故事;而"70后"作家创作中的历史元素更薄弱,1990年以前的历史对于他们来说基本上是盲点,这也是20世纪90年代以来的教育所致。但是,只要真正关心当下生活的作家一定能够找到当下生活现象中历史留下的无法磨灭的痕迹。《送一个人上路》篇幅极短,可以说,只是现实生活中的一个碎片,但从碎片中可以窥探到近40年农村社会制度变化的沉重缩影。这样的历史叙事可以说是张学东的独创,但无意之中也创造了"70后"作家叙述历史的特殊方法。我最近读了朱山坡的长篇小说《风暴预警期》,非常好。作者创造的那种在现实生活碎片中呈现历史信息的叙事给人焕然一新的感觉。这让人马上又联想起《送一个人上路》。朱山坡这篇小说在叙事上有点像余华的《在细雨中呼喊》,但更加碎片化。小说叙事者是一个懵懵懂懂的女孩,小说里的台风、洪水、摇摇欲坠的蛋镇等意象,都给人一种面对分崩离析的末日感,而庞大的历史隐喻则隐藏在生活碎片之间,传递出非常丰富的信息。关于这部小说的意义和价值,我以后再找时间专门写出来,在这里我只是想强调一下。像《送一个人上路》《风暴预警期》那样表现历史的叙事方法和文学性因素,都具有先锋性因素,他们对现实社会的批判也非常尖锐。而这些作品混同在"常态"的汪洋大海中,如果不及时把它们挑选出来,则很容易被湮没,得不到社会的支持和重视。

三 历史重构与主体性生成

陈国和: 从您的分析中,我懂得了"先锋"对"70后"作家的意义,同时也深切地感受您对"70后"作家的期望。我觉得要谈"70后"作家的创作发展史,有三个值得注意的时间节点,即1997年左右,棉棉、卫慧等作家进入读者的视野,标志着"70后"作家的精彩出场;2004年,魏微的《大老郑的女人》获得鲁迅文学奖;2017年前后,徐则臣、乔叶、叶炜、李师江、朱山坡、石一枫、李宏伟、梁鸿、阿乙等一大批作家长篇小说的问世,标志着"70后"作家在艺术上走向成熟。这些作家走出之前常被批评有诸如创作同质化、历史感缺乏、过度迷恋日常生活等不足，现在逐渐形成宏阔的视野和史诗的气象。一批优秀的"70后"作家以不折不挠的书写态度，观察生活，思考生活，确实如您所期待的"提供了某种不同于前人的新的因素"，体现了新的当代性和公共性，"70后"作家的历史主体性得以建立。

两年来，"70后"作家对当下现实题材的开掘取得较大进步，他们的创作具有越来越鲜明的当代性，作家的主体性也得到确立。如朱山坡、肖江虹等人的乡村书写，由城乡对峙转向城乡融合，这是"70后"乡村小说鲜明的特点之一。有的作家聚焦当下人的情感世界，如戈舟的非虚构长篇小说《我在这世上太孤独》采访一个个"空巢老人"，坚信"相对于物质力量对于我们的压迫，人类心灵上巨大的困境，更为强烈地作用在我们的生命中。"徐则臣的《耶路撒冷》塑造了初阳平这一形象。在漫长的时空转换中，主人公的各种生活经历和生命体验得以呈现，同时各种社会问题和精神困惑都得以书写。惶惑与挣扎、寻找和梦想成为"70后"的"心灵史"。《王城如海》的精神体悟与生命意识探索则有了"70后"的"中年危机"，表现出焦灼的时代特点。

其次，历史题材的拓展，作品日益显得厚重。近两年，"70后"作家开始处理一些相对宏观的社会历史题材，从日常生活场景进入历史大场景，从表现自我走向描写广阔社会，这种转变值得肯定。与其说这种转变是对外界批评的迎合，倒不如说是源于"70后"作家内在的成熟。任晓雯《好人宋没用》中以小人物宋没用从民国到世纪末的生活经历折射社会历史的变迁。底层小人物的经历似乎不能驾驭历史长河的风风雨雨和曲曲折折，叙事也略显琐碎。但是，我们可以看到"70后"作家在历史叙事上的积极尝试。石一枫的《心灵外史》《借命而生》以史诗性的笔触，关注半个世纪以来的重大社会现象，诸如告密、气功热、矿难、矿区污染、国有企业改制、城市化进程、传销、乡村传教等等，思考当代人的心灵信仰等宏大命题。李宏伟的《国王与抒情诗》以类科幻小说的形式，以诗人之死为线索，描述人在时间之下的处境以及现实背后的可能性，富有哲学意味。梁鸿的《梁光正的光》以当下视野烛照家族文化之根，升华父辈困顿、热烈的生命之魂，具有历史纵深感。乔叶的《藏珠记》借助穿越的形式，对底层社会进行全方位的透视，将当下与历史、现实与理想、世相与心灵进行对照，呈现出女性作家独到的文化思考。鲁敏的《奔月》则双线并行，书写日常生活的戏剧性，展现世俗的无奈与个体的挣扎；路内的《慈悲》将工业题材叙事重新焕发了新机，复活了20世纪六七十年代工厂的生活状态和历史场景。

第三，"70后"作家基本上都受过完整的文学教育，可以借助古今中外各类文学资源，有条件将各种外来的或传统的文学经验内化到自己的创作实践中去。这与"50后""60后"作家有很大不同。"70后"作家创作的文化资源中尤其值得注意的是来自20世纪中国新文学的传统。如何借鉴各种文化资源提高自身的叙述技巧和语言表现力，"70后"作家表现出强烈的自觉性，20世纪文学的经典作家如鲁迅、沈从文、张爱玲、孙犁、余华、王朔等都是他们模仿的榜样。戈舟、李晓对先锋文学的借鉴，付秀莹对孙犁小说的学习，都值得注意。以前好像是余华说过，他们这代先锋作家比较注意对西方现代主义文学的学习，而怠慢了我们自己的五四新文学传统，余华后来重新认识鲁迅，从鲁迅的创作里吸收了不少的营养。这个问题在"70后"作家创作里得到比较充分的弥补。

陈思和：你说的三点我基本上都同意，但关于第二点历史题材与厚重的问题，我还是想重申一下我的感受。当然我不是要"指导""70后"作家应该如何写历史题材，只是从我的阅读经验里谈一点感受。正因为"70后"作家与前几代作家的历史经验不一样，所以在处理历史题材的时候，也要相应地改变原来历史题材创作的审美习惯。过去我们老是强调历史的厚重感，因为我们经历的事情太多、太沉重，一讲到民国史，就是几代人两党争斗，《白鹿原》就是这种模式，似乎只有这样的作品才有厚重感，才可以获得茅盾文学奖。如讲到中华人民共和国的历史，那就是"反右"、大饥荒、"文革"这么一路下来，也都成了固定模式，真是生命中不能承受之重。但是到了"70后"作家，或者更加年轻的作家的创作，由于目前历史教育缺乏科学精神与历史唯物主义的态度，真实历史几乎都成了传说，对于在20世纪90年代以后的学生来说，都成了道听途说和语焉不详的传闻，你不可能要求他们再正面表现这些历史场面，他们的作品也不可能再产生那样的厚重感。批评家在这个问题上不能不切合实际地要求作家做出与上几代作家同样的历史表达。作家只能忠于自己的记忆，在"70后"作家的记忆中，他们更加直接的感受就是改革开放的艰难道路、家乡田园的荒芜变异、新的城乡关系等。他们处理这类题材时都是直面现实生活的，而一写到历史题材就马上露怯。我这么说不是鼓励作家有意回避重大历史题材，有意忘记过去的惨痛历史，但是我们必须与作家一起找出适合于他们写作的创作方法。我前面讲到像《送一个人上路》和《暴风预警期》就是很好的经验。尤其是后者，作家使用了台风预警和小镇破败的"散架结构"，仿佛这个世界顷刻破碎，而所有的历史经验都在恍惚中变成碎片，与现实的碎片经验混同在一起，像天女散花一样呈现出来。也许从期望史诗的要求来说，这还是不够沉重，但它很丰富，展示出来的书写经验非常好、非常新，能够把小人物碎片的当下生活经验与历史因果关系衔接起来。你如果不留神，还分不清许多细节究竟写的是历史还是现实，但它表现社会生活的容量却极为厚实富饶。我们还可以谈一谈石一枫的中篇小说《借命而生》。这部作品写的是当下的生活经验，如国企倒闭、矿难惨案、商场恶斗、司法无力、弱势群体受到伤害等，但作家通过一个通缉越狱逃犯的通俗故事框架把所有的社会问题都串联起来，使作品拥有丰富的信息量。我特别注意到作家称这部作品为"史诗"，并且提醒读者要注意这一点。我想，如果把这部小说称为描写改革开放40年道路的一部"史诗"也未尝不可，但这不是指以往那种对"史诗"的理解方式，而仅就小说的社会容量和顾及的历史事件而言。我读这部小说时联想到雨果的《悲惨世界》，也是一个警察与一个逃犯的恩怨故事，只是《借命而生》的人物性格更加饱满，没有概念化。小说以破案为线索结构叙事，写的却是小人物的无助与挣扎，内涵扎实富有历史感。这种新的叙事形态要比为写历史而写历史的传统叙事更加生动且平易近人。在我看来，这些作品可能是我接触到的"70后"作家有关历史题材创作的最好的叙事方法。

陈国和：最后，我们简要谈谈"70后"作家研究。刚才我们已经谈过，"70后"作家在近几年取得很大成绩，鲜明地表现出文学史上的价值。那么，您觉得我们在"70后"作家的研究上有哪些地方值得深入开掘？

陈思和：你愿意潜心研究"70后"作家的创作，是一个非常好的选择。我以前说过的"低谷"现象，只是一种隐喻和解释。"70后"作家的创作本身确实存在一些问题，那也是历史环境所造成的，个人无法做出选择。"70后"作家应该清醒认识到这一点，只有认识到了，才会警惕，才会有意识地去弥补。任何一代人的主体性都是不可湮灭的。文学艺术是表现主体性最精致、最有效的手段。我指的还不是作家个人的主体性，而是代表了一个时代的人们的主体性高度。所以，在这个意义上，我们选择优秀的、有个性的作家加以研究和阐发，其实就是研究了"70后"这一代际的最重要的精神特征和文学风貌。

我曾经撰文希望青年学者要做同代人的批评家，我不是说要做同龄人的批评家。不是说，"70后"批评家只能做"70后"作家，我只是强调了批评家必须关注现实，关注你自己身边的生活和文学，同代人对时代生活的经验比较接近，批评家能够从同代人的文学创作中激发起自己的相似经验，希望批评家与作家通过文学创作与文学批评来交流对时代、生活的看法，创作也可能走在批评家的前面，给批评家许多启发，批评家也可以从作家的创作中了解、学习当代生活的经验。只有互相取长补短，才能完成作家与批评家共同建构当代文学的责任。这里根本不存在谁高谁低，或者谁指导谁的问题，我这个话是针对学院批评而说的。所谓学院派，有很多毛病，其中最大的毛病就是自以为是，用知识砌起来的高墙把知识与社会实践分割开来。作为文学批评这样做是不行的。我当时在文章中说，要当好一个学者，研究章太炎、甲骨文都可以，但如果想当一个有社会责任的文学批评家，那就要与同代人做朋友，密切关注社会的变化发展。如果在这个问题上冷漠、怯懦或者没有责任心，那是做不好的。

　　至于说到具体研究，我的主张还是要从个别作家的研究出发。你如果深入研究了十几位你认可的"70后"作家，你就会慢慢清楚"70后"创作的全貌。当然，我是指一批最优秀的作家。那么，你怎么界定"优秀作家"？我以为这是见仁见智的，你认可某位作家，说明你从他的创作中可以获得很多你所认同的信息，能够激发你对当下生活的认知。你解读他的作品其实也就是在帮助自己从不自觉到自觉地认识你的生活和时代。这样，就可能渐渐地建构起你与作家相似的文学场域。建立这种场域对一个批评家来说是很重要的。当然，你不必要认同别的批评家的选择，另外一些批评家也可以建构他们与对应作家的文学场域。这样，关于"70后"作家的研究就可以渐渐多元、丰富起来，进而会达到普遍的认同。

　　作为研究作家的第一步，我还是要强调解读文本。在我看来，"70后"作家的创作文本存在着普遍的残缺和缝隙，这是对批评家基本功力的锻炼。你要把文本作为一个完整的艺术世界来讨论其中存在着什么问题。有关"70后"作家的生命密码，都可能在解读文本中获悉。从文本出发，从具体出发，由文本细读到作家论再到整体研究，我觉得是一条最可靠地研究文学的道路。这只是我的经验，供你参考。

第三辑　中间与中坚

朱山坡的新南方书写

"70后"作家朱山坡的文学创作以诗歌起步，之后转向小说创作上。2005年朱山坡首次在《花城》公开发表《我的叔叔于力》《两个棺材匠》，2016年公开出版长篇小说《风暴预警期》。他以米庄、上津、蛋镇、高州为文学空间，创作了大量个性鲜明的优秀作品。朱山坡独具风格的小说不仅在"70后"作家中独树一帜，而且在中国当代文学史中也有特殊的风景：创作题材上既注重城乡关系、时代社会问题书写，也注重生存困境和人性等精神层面的关切。叙事上融合了各种文化资源，既吸收传统文化留白艺术的资源，又创造性地运用了现代性碎片化技巧，同时具有鲜明的南方地域特色。这种融合叙事在常态[①]中执着地进行先锋书写。

一 从城乡关系书写到为时代立传

朱山坡出生于广西玉林北流一个小山村，大学毕业以后长期在乡村工作。由于长年生活在底层，他对社会有着深切理解和独特体验。2005年《花城》第六期"花地出发"刊发了朱山坡的小说《我的叔叔于力》（中篇）和《两个棺材匠》（短篇）之后，朱山坡开始为一般读者所熟悉。他也被《文学报》评为"2005年文坛新面孔"。这期刊登的两篇小说分别叙述的是城乡关系和人性精神问题，这刚好规约了朱山坡后来小说创作的方向。这期杂志同时刊有上海《东方早报》记者孤云对朱山坡

---

① 陈国和：《论"70后"作家乡村书写的常态性特征》，《文学评论》2018年第3期。

的长篇访谈《不是美丽和忧伤,而是苦难和哀怨》。从某种意义上说,这篇访谈更像是朱山坡的文学宣言。"引言"中说朱山坡的文学领地是粤桂边城,"是两个世界的交界处:一边是城市,一边是农村;一边是现代化,一边是落后蒙昧。在这一块最具开发价值的文学地域,冲突与渗透无时不在发生,人性与尊严、生存与挣扎,撕咬着、吞噬着每一个置身其中的苦难灵魂。并引领着朱山坡走进这一条能够洞悉这一时代真相的文学密道"[1]。也就是说,朱山坡开始从事小说创作时就以"米庄"为文学据点,在城乡交错中构造自己独特的文学想象。毕竟乡村小说是中国现代文学最为成熟的题材,鲁迅、沈从文、萧红、柳青、汪曾祺等作家都为后来的创作者提供了诸多可以模仿的经典。

  乡村破败、城乡对峙等一直是20世纪乡村小说常写常新的题材,在不同历史阶段呈现出不同的书写方式。五四以来,主要有以鲁迅为代表的启蒙现代性传统和以沈从文为代表的审美现代性传统。前者站在改造国民劣根性的立场上想象乡村,后者则站在人性美的立场上想象乡村。中华人民共和国成立以后的乡村书写主要有以下几种类型:乡土中国的革命想象、以寻根小说为代表的乡土文化的浪漫想象,以及20世纪90年代以来对乡村现实问题的追问。这种对乡村的想象和表达方式无不打上各种意识形态的烙印,同时想象的结果具有某种一致性:城市和乡村处于对立状态。也就是说这些乡村要么是古老的、封闭的、凋敝的、与现代化生活格格不入;要么就是纯朴、浪漫、桃花源式的;要么就是组织起来了的,具有明确革命目的的。这几种约定俗成的乡村书写范式对后来作家产生了极大诱惑或桎梏。走出"影响的焦虑",写出与时代相匹配并具有个人气质的乡村形象,成为当下作家的一项重大任务。

  《我的叔叔于力》中于力是一名自私、猥琐、普通的农民。他最大的愿望就是能"找到一个四肢齐全的女人"过日子,同时抚养生活无依的侄儿能早日小学毕业。为此,他与苦难进行了艰苦卓绝的抗争,可最终

---

[1] 孤云:《不是美丽和忧伤,而是苦难与哀怨——朱山坡访谈》,《花城》2005年第6期。

难逃悲剧的宿命。于力经过了"米贱伤农"的悲惨遭遇后,意外捡到一个来历不明、精神失常的女人(田芳)。刚开始于力只是将这个疯女人当作"性工具",后来逐渐有了爱意,燃起了生活热情。他抬棺材、抬死尸,极力讨好自己的女人,尽心经营自己的家。在要不要给田芳治病的问题上于力非常纠结。一方面他希望能治好田芳的病,被女人疼爱,像其他农民一样正常生活。另一方面则担心田芳病治好以后会离开自己,回到城里去。由于对生活殷切的期望和对田芳由衷的爱意,于力决定不顾一切进行治疗。可是病好以后的田芳不辞而别,回到了城市。于力立刻被打回生活原形。病愈后的田芳对米庄的这段经历毫无记忆,不可能和于力对话。田芳的丈夫江进步也根本不屑于和于力碰面,不同世界的人根本无法进行平等对话。被抽空了生活希望的于力彻底丧失了信心,差点被逼成疯子。朱山坡形象地写出了底层生活的粗粝和冷酷以及农民内心深处的悲观和绝望。其他的"米庄"系列也是"关注底层,透视苦难",表现底层人物的悲剧命运。如《两个棺材匠》(《花城》2005年第6期)、《山东马》(《青年文学》2006年第2期)、《米河水面挂灯笼》(《小说界》2006年第2期)、《空中的眼睛》(《山花》2006年第3期)等。我们不难发现,朱山坡的"米庄"系列粗粝、残酷,对世界充满怀疑和忧愤。这是朱山坡早期小说的鲜明特点。

但是,朱山坡的米庄显然不同于贾平凹的商州,也不同于莫言的高密乡、阎连科的耙耧山脉。米庄有着鲜明的粤桂边地的地域特色,更有独特的改革开放的时代风格。商州、高密、耙耧山脉的乡村是封闭、落后、贫穷的乡村,具有农业时代或前工业时代特点;米庄则是开放的,是深受前现代、现代和后现代多种文明影响的乡村,是在城市文化影响中发展的乡村。朱山坡提供了中国现代化进程中城乡冲突、城乡相生的样本。当然,朱山坡的乡村书写也不同于沈从文的桃花源式乡村想象,"不是美丽和忧伤,而是苦难与哀怨"。

朱山坡说:"农村是我的乡土,是我心灵的故乡,是文学的根,是底层人物最集中的地方,在那里可以看到很多触目惊心和使灵魂震撼的现实，那里繁衍着我们这个时代的原生态。"① 毋庸讳言，朱山坡早期作品有着鲜明的"底层写作"痕迹。他是顺应同时代文学创作潮流自然而然的继承，而不是具有先锋意识的断裂书写。他也从不掩饰这一文学创作潮流对自己产生的诱惑和影响。但是，经过短暂的模仿和训练以后，朱山坡表现出极大的文学雄心和社会责任感。朱山坡通过一些非正常的边缘人的经历，表达了一位有担当的知识分子和作家对社会深重的忧虑和关切。朱山坡的创作题材逐渐变得更为广阔，创作空间日益扩张，以文学的方式积极应对当下中国经验。如《跟范宏大告别》（《天涯》2007年第3期）、《陪夜的女人》（《天涯》2008年第5期）、《喂饱两匹马》（《小说界》2009年第5期）等。其他的题材还有如书写下岗工人的《中国银行》（《广西文学》2006年第5、6期合刊）、生存寓言的《喂饱两匹马》（《小说界》2009年第5期）、知识分子题材的《驴打滚》（《江南》2012年第3期）等，以及长篇小说《懦夫传》（《小说月报原创版》2013年第8期，后由江苏文艺出版社2014年7月出版）、《马强壮精神自传》（原名《我的精神，病了》，《江南》2011年第1期，单行本改为现名，由漓江出版社2017年8月出版）等。同时，精神病人的艰难挣扎成为朱山坡小说的残酷风景，如《我的叔叔于力》中的田芳，《两个棺材匠》中的沈阳，《山东马》中的"山东马"，《空中的眼睛》（《山花》2006年第3期）中的麻丽冰，《中国银行》（《江南》2007年第4期）中的冯雪花，《响水底》（《中国作家》2007年第10期）中的桂娟等等。

正是这种积极应对当下中国经验的创作姿态使得朱山坡的小说超越了一般"70后"作家的题材限制，创作了一系列具有开创意义的小说。如《回头客》（《上海文学》2011年第7期）就叙述了一个"右派"（实为"逃犯"）的故事。"反右"期间，一对"右派"夫妇逃难到与世隔绝的浦庄，得到了当地人的热情款待。在艰难的岁月，夫妇获得了知识

---

① 孤云：《不是美丽和忧伤，而是苦难与哀怨——朱山坡访谈》，《花城》2005年第6期。

分子最为珍惜的体面和尊严。三年后，妻子病逝，丈夫遵循妻子遗愿，再次来到浦庄感恩，为每户村民制作一件家具。由于村民的贪念和妒忌，最终被告发。丈夫只好驾船逃跑并最终沉下湖底。这是一个罪与罚、爱与恨、救赎与报恩的故事，具有丰富的社会历史内容。对这段特殊历史的书写，朱山坡既不同于杨显惠的《夹边沟纪事》那样富有纪实性，也不同于阎连科的《四书》那样具有寓言的特点。毕竟"70后"作家离这段历史相对久远，缺乏亲身经历的体验。朱山坡在碎片化的，甚至不乏诗意的叙述中完成对中华人民共和国历史的书写。《懦夫传》是一部"底层写作"与"宏大叙事"结合的长篇小说。朱山坡通过冷峻幽默的笔调书写刻骨铭心的苦难，以小人物命运折射时代风云。马旦天生胆小，为了练胆挑战地主恶霸洪冲而丢了祖业，穷困潦倒，却收获了爱情，娶了一个馋痨的女人——康姝。为了能养活家人，马旦烧掉恶棍的阁楼，只身逃亡，阴差阳错参加了李宗仁部队，从此走南闯北，先后参加军阀混战、抗日战争、解放战争。马旦身经百战，战功显赫，成为孤胆英雄。后因思念家人，厌倦战争，解放前夕向解放军投降回到家乡。马旦历经解放后的各种政治运动，又变得谨小慎微、胆小如鼠，最后被生生吓死。马旦富有传奇的一生形象地演绎了底层小人物渴望做懦夫小民，愿一生平静而不得的困境。小说通过个人命运烛照历史的荒诞，具有寓言色彩。朱山坡突破了"70后"作家热衷于日常生活叙事的窠臼，积极介入历史风云，从而拓宽了"70后"作家的书写空间。朱山坡既不像"50后"作家如陈忠实的《白鹿原》那样构建重大历史叙事的冲动，也不像"60后"作家如苏童《妻妾成群》那样去历史化的企图，而是通过再现历史化方式重新关注我们这个多灾多难民族的历史。这种叙事有着史诗的框架，但是对重大历史事件却一笔带过，不刻意铺陈，而是着眼于底层人物命运的起承转合以及人性的善恶幽微。

朱山坡越来越热衷于"回望"，以他过人的虚构才华编织既往的历史故事，如"反右"（《回头客》）、饥荒（《捕鳝记》，《红豆》2010年第9期）、"文化大革命"（《单筒望远镜》，《大家》2008年第4期）、越战

（《鸟失踪》，《天涯》2009 年第 3 期），等等，并"认为自己走在一条宏大叙事的路上"。① 显然，朱山坡同情底层，但不是一味纵容底层；书写苦难，但不以苦难为由放弃灵魂的追问；他的怜悯，更多与救赎相伴，萦绕着人文的关怀。同时，朱山坡视野开阔，在历史的纵横捭阖中捕捉卑微的灵魂，个人和时代、国家和民族都纳入他的文学视野，使得他的创作比一般的"70 后"作家更为宏阔。

二 精神困境与人性叩问

2007 年，朱山坡到南京大学中文系作家班学习后，他对小说的理解有了质的飞跃。朱山坡不再局限于对底层写作的模仿，不囿于苦难生活故事的描写，开始描述底层人民的善良、真诚的美好人性。朱山坡的文风也相应发生变化，叙述变得从容淡定，以豁达包容的姿态重新审视乡村伦理，在粗粝的乡土中注入了悲悯的情怀，在暗淡的世界中看到了生活的亮色。

南帆曾经说过："对于作家来说，地理学、经济学或者社会学意义上的乡村必须转换为某种文化结构、某种社会关系，继而转换为一套生活经验，这时，文学的乡村才可能诞生。土质、水利、种植品种、耕地面积、土地转让价格、所有权、租赁或者承包，这些统计数据并非文学话题；文学关注的是这个文化空间如何决定人们的命运、性格以及体验生命的特征。"② 确实，文学并不是简单的社会记录，更主要的是关注苍茫大地上的芸芸众生，关注文化状态下人的心理和命运，进而寻找生命的价值之所在。朱山坡说："孤独、饥饿、绝望、恐惧和死亡是我思考的主方向，也是小说的主题，同时，我对快乐、爱情、美好和甜蜜趋之若鹜。我希望自己成为一个有情怀的作家。因此，希望自己不仅能写出人世的苍凉和人性的复杂，还能写出悲悯、宽恕和温暖的力量。"③ 朱山坡更加

---

① 唐诗人、朱山坡：《成为一个有情怀的作家》，《创作与评论》2015 年 11 月。
② 南帆：《启蒙与大地崇拜：文学的乡村》，《文学评论》2005 年第 1 期。
③ 唐诗人、朱山坡：《成为一个有情怀的作家》，《创作与评论》2015 年 11 月。

着重文学的"向内转",着重生存精神困境的描写,试图穷究人性之微。

如《两个棺材匠》描写了两代人不同的命运:上一代人为争夺村长的职位处心积虑,下一代人为争取运动员名额明争暗斗,最后都摆脱不了命运的安排。朱山坡把乡村政治的斗争写得毛骨悚然,命运书写富有哲理。而《最细微的声音是呼救》(《文学界》2010年第6期)这篇小说中,我们可以看到美国短篇小说家雷蒙德·卡佛"简约主义"的某些影响,情节上也和《我可以看见最细小的东西》《学生的妻子》有相近之处。小说讲述了一个老太太多次听到呼救声并报警,却找不到声音的源头,最终民警经过排查找出声音来自老太太自己。世间呼救的声音此起彼伏,甚至每个人的内心里都在呼救。这种声音也许是来自邻居或远方,也可能是来自我们的内心深处。小说写出了现代人内心的寂寞与孤独,叙述摄人心魂,寓言意味深远。《灵魂课》(《收获》2012年第1期)则深谙五四以来小说叙述的艺术韵味,注重人物灵魂的勾画。迷恋城市与财富的少年阙小安不愿意再回米庄,以假死摆脱母亲的纠缠。母亲忍受不了对儿子的思念,来城市寻找而不得。最终,谎言不幸成为现实,阙小安在大楼做工时摔死了。但儿子的灵魂也不愿再次回到乡村,滞留在城市寿衣店客栈的骨灰盒寄存处。小说表面上写城乡之间的二元对立,如母亲抽打财富广场的金元宝,实际是深入思考当下中国狂飙突进的城市化进程,"让人们看到了光鲜社会生活之外荒凉、沉暗的一面。"(朱山坡语) 小说因此具有了震撼人心的艺术效果。《灵魂课》的结尾也具有丰富的寓言性:"这是一个平常的午后,一只气球消失在空中。"诗化的语言象征着当下中国民族灵魂的不安,精神无处安放。《惊叫》(《文学港》2013年第12期)这部短篇小说构思精巧,故事一波三折。小说用姐弟之间的心灵感应、案发现场录像、"我"与孟兰的另类对话、孟兰以死赎罪等多种沟通方式,完成了对底层人物的书写,折射出社会转型期打工生活的艰难。沟通的艰难与和解成为小说叙事的潜在动力。在罪与罚、罪与恕的辨别中,表现出作者对灵魂的拷问,从而在对卑微生命的体恤和关怀中透析出丰富的社会内容。朱山坡说:"孤独、绝望、恐惧、死亡是文学永恒的主题，也是人类的精神困境。有时候，为了对抗孤独、绝望、恐惧、死亡，他们会做出很多匪夷所思、荒诞无稽的事情来，有些是故意的，有些是下意识的、本能的。周而复始，是无法制止的轮回。然而，这恰恰也是他们的日常生活。"① 通过这些小说，我们可以发现朱山坡在社会百态的描写、现实的讽喻，以及情节的铺垫、细节的勾勒等方面深受鲁迅影响，更主要的是在创作精神上继承了鲁迅传统，透过社会现实的描述，深入人的内心和灵魂。甚至可以说，朱山坡在这方面已经超越了鲁迅的简约和节制，显得更为丰满和深刻。

"70后"作家成长于"后革命"时代，经历了改革开放的蓬勃发展，见证了国家和社会的全方位转型。这种全方位的转型激荡着每一位中国人的心灵。在这种狂飙突进的现代化进程中，许多人左支右绌、进退失据，灵魂无以安顿。通过极具个性的作品表达这种时代情绪成为每一位作家的艺术诉求和价值所在。朱山坡的长篇小说《马强壮精神自传》叙述农村青年马强壮的城乡突围生活：保安王手足的一耳光给马强壮以重创，马强壮从此在精神困境的迷途中逃亡，在城市里走上了一条自救与自弃的道路，触摸到那些脆弱而模糊的生命边界和精神底线。马强壮在工地干过泥工，在酒店干过保安，也试图干厨师，等等，但是屡战屡败，最终放弃。他的脑子总是"兵荒马乱"，自己不能掌控自己的命运。小说以精神病人的视角进行叙述，描写了人们内心的狂乱和躁郁，折射了深刻的社会和精神问题，形象地呈现出"兵荒马乱"——破碎、荒诞的时代体验。这是一部纷繁芜杂、无名浮躁时代的精神荒诞史。最能体现朱山坡特点的是长篇小说《风暴预警期》（上海文艺出版社2016年8月）。这部小说表面上是为蛋镇几位小人物立传："我"执拗地要逃离蛋镇去寻找母亲；荣春天在战场上失去一条腿后立志要做出世界上最好喝的汽水；段诗人有狂热的文学梦，撰写了无数与台风有关的诗歌；只会用手风琴拉《莫斯科郊外的晚上》的李旦坚持在小镇传播"艺术"；……这些小人物性格偏执，具有很强的理想主义色彩，都有自己的生命

---

① 张丽军、朱山坡：《无隐喻、不成小说》，《文学报》2017年5月8日。

诉求并不断为之努力。小说因此具有更高的主题追求：探讨人类的生存状态。朱山坡说："世界藏污纳垢，人心也并非纯洁无瑕。顽固的一切无法自己消融，撕裂的人心无法自己痊愈，唯有等待台风和洪水。如期而至的台风是蛋镇的'宿命'，台风洪水与每一个人息息相关，与生俱来，人心或许被摧残，受破损，被扭曲，已麻木，已颓败；然而，也有可能相反，风暴唤醒了良知，重塑人心，整合支离破碎。"① 《风暴预警期》中的荣季润五个兄妹实际上是来历不明的弃婴。荣耀将这些孩子抚养成人却一直没有享受到父亲应有的尊严。直到最后，风暴狂扫蛋镇，河水浩浩荡荡涌入每一个角落，"世界又一次陷入末日一般的绝望和悲凉，这是周而复始的轮回，漫长而哀伤。"通过荣耀的葬礼，我们才体会到，小人物也有小人物的光辉，他们身上也有着一种不可思议的生命力。小说中台风、洪水、摇摇欲坠的蛋镇等意象，都给人一种分崩离析的末日感，而庞大的历史隐喻则隐蔽在生活的碎片之间，传递出丰富的信息。

面对种种时代困境，许多"50后"作家如陈应松等与时代和社会始终保持着一种紧张的关系，这表现出"50后"作家理想的自信和理性的光辉。而"70后"作家朱山坡则卑微得多，他的创作与生活的关系不再剑拔弩张，尖锐冲突，更不进行激烈的批判，而是积极介入，温和妥协。他平静接受并描写现实生活中的变迁，见证人性的善恶。

三 融合叙事的常态表征

朱山坡在常态的叙述中，常常保持先锋的姿态。他一方面敏感于当下社会的狂热与躁动，另一方面又继承了先锋作家的探索精神。朱山坡对古典主义、现实主义、现代主义等创作方法采取兼容并蓄的态度，立足本土现实，建构自我的文学世界。这使得朱山坡的叙事艺术具有融合的特点。这种融合首先是一种创作姿态，朱山坡与本土融合，以具有鲜

---

① 张丽军、朱山坡：《无隐喻、不成小说》，《文学报》2017年5月8日。

明南方特色的本土经验,建构中国文学的"世界性因素"。① 其次,这也是一种创作方法和手段,朱山坡以现实主义为基础,继承、借鉴、融合了古典主义和现代主义等创作方法的艺术资源,形成了自己独到的创作特点。

丹纳在《艺术哲学》中认为,物质文明与精神文明的性质面貌都取决于种族、环境和时代三大因素。朱山坡小说的南方气质是他展现中国经验的重要方式。不过,朱山坡对地域气候、风俗等本土描写不是通过展示民族的伤痕,满足部分读者特殊的需要,而是以独特的艺术面貌,丰富世界文学内容。"地域文化的自然景观(山川风物、四时美景)与人文景观(民风民俗、方言土语、传统掌故)是民族化、大众化的一个重要标志,是文学作品富有文化氛围、超越时代局限的一个重要因素。"②

朱山坡的小说具有浓郁的粤桂地域的文化色彩,充满了原乡况味和野性隐忍的小说气质。他在小说中苦心孤诣打造南方氛围,如潮湿阴郁的场景、飘忽不定的魅影、捉摸不透的人物、亦真亦幻的天气、沉郁鬼魅的故事等都具有鲜明的南方特征。朱山坡说:"我和林白所处的'南方',又有特别的东西。我们那里跟广东接壤,华侨多,客家人多,受港、台、粤和南洋文化影响很大,又有诸如鬼门关、南越等文化底蕴,还受到巫文化的浸润,对少数民族文化的耳濡目染,我们的底色变得比较繁杂、斑驳,所以我们笔下有些习以为常的东西,在别人眼里却觉得神神道道,或觉得吃惊、将信将疑。"③ 虽然朱山坡和林白是同乡,都具有鲜明的南方特色。但是,林白往往将南方作为一种边缘姿态或方法进行叙事。林白小说中时常提到的"B镇",其实就是现实中的广西北流。她通常借助主人公的回忆,把B镇的原貌如实地在作品中还原,一些富有特色的建筑成为林白笔下的故乡意象,如沙街、天井、青苔、骑楼、

---

① 陈思和:《20世纪中国文学的世界性因素》,见《中国文学中的世界性因素》,复旦大学出版社2011年版,第100页。
② 樊星:《当代文学与地域文化》,《文学评论》1996年第4期。
③ 朱山坡、王迅:《血液里流淌的和储存的都是南方的记忆》,《青年报》2018年7月29日。

阁楼等。这些具有地方标志意义的场景要么象征着狭窄的空间，要么象征枯萎的生命。如《青苔》《同心爱者不能分手》。而朱山坡则常常将南方作为小说的叙事动力。如《风暴预警期》中的"风暴"不仅仅是一种故事氛围的烘托、象征和隐喻，更是推动故事发展的动力。每年风暴肯定会来，却又不知准确时间，这构成了小说神秘莫测的整体气氛，从而使得小说富有魔幻主义色彩。朱山坡运用南方特有的天气资源作为背景，这既是一种氛围的隐喻，同时也是推动故事发展的动力。因为台风，荣耀的故事才为人所知，"风暴唤醒了良知，洪水洗刷着人心。"作为同龄人的"70后"作家，肖江虹的小说也具有鲜明的贵州地域特色，但是，他更是将民风民俗作为治疗缓解现代精神困境的药方，或接通"此在"与彼岸的一种有效通道，如《百鸟朝凤》《傩面》等，这种美好愿望未免有些乌托邦色彩。虽然，随着社会的发展，南北的差异越来越小，但是在文学艺术上依然顽强地保存了南方的差异性和丰富性，形象地展示中国本土性的丰富与多彩。朱山坡这种本土性写作融入当下，真实地表现当下生活。显然，这种融合叙事自然也不同于当下某些作家那种钟情自我的、经验主义的"小时代"写作。

朱山坡不仅融合地域文化资源，同时，融合古典主义的艺术元素，向传统文化致敬。留白是中国古典主义艺术创作方法，是传统绘画的重要范畴，指的是书画家在创作时为使整个作品画面、章法更为协调精美而刻意留下相应的空白，给读者预留一定的想象空间，从而达到虚实相生的审美艺术效果。汪曾祺作为一位具有鲜明文体意识的作家，特别强调小说创作不应该把故事和盘托出，要给读者留下想象的空间，以便读者共同参与小说创作，通过读者参与扩大小说叙事主题的社会容量，丰富小说的文化内涵，希望"在小说里创造一种意境"，形成一种"有画意的小说"。[①] 所谓的"画意"就是对小说的叙事结构、人物塑造、情节设计、故事结局等"留白"的经营，形成舒缓的节奏、隽永的意境，从而

[①] 汪曾祺：《美国家书七》，见《汪曾祺全集》第8卷，邓九平编，北京师范大学出版社1998年版，第111页。

达到一种悠远流长的艺术氛围。小说家的留白创作实践更加注意从本土文化内部生发展开，以契合中国文化精神的艺术方式进行。在数字时代，读者的阅读习惯是碎片化的。他们可能没有耐心阅读线性的文字叙述。因此在叙述的过程中不断设置一些叙述空白，让读者有阅读的惊喜，以便有兴趣阅读下去，这已成为许多作家创作技巧的自然选择。朱山坡继承、吸收了中国传统文化资源，在叙述结构、情节处理和结尾艺术等方面融合了留白艺术技巧，呈现出鲜明的个人特点。

朱山坡通过设置悬疑形成留白，并且这些悬疑常常没有提示、没有介绍，甚至最终也不告诉读者答案。读者只能通过一些场景、对话、神态、动作去揣摩猜测，从而形成各种不同的解读。如在《一个冒雪锯木的早晨》（《上海文学》2015年第2期）里，作者将笔墨集中渲染那场漫天飘舞的大雪，故事时间也只有半天，而叙事中却有许多像陷阱一样的留白，让读者们陷入迷茫之中，诱惑着读者进一步思考，激励读者去探索发现。如故事发生在怎样的时代背景？镇上为什么突然建监狱？爸爸为什么被监禁？爸爸妈妈之间的感情如何？妈妈为什么无缘无故地失踪？郑千里的儿子犯了什么罪？郑千里的"画地为牢，助纣为虐"是什么意思？突然出现的陌生男人是谁？妹妹又为什么会惊叫？这一连串的问题都没有明确的答案，留给读者的是大量的推测和想象。读者只能从小说人物的神态、对话中猜测，从而得到各自不同的答案。小说因此具有了开放的艺术效果。通过留白技巧的大量运用，使得朱山坡小说具有无穷的魅力。《懦夫传》以小人物折射大时代，用短篇的语言写长篇。但是朱山坡"没有把人物和故事写得很满，留白很多，叙述节奏很快，让读者听得到小说里时间流逝的声音。"① 其他的小说如《鸟失踪》《小五的车站》（《上海文学》2009年第10期）、《回头客》《爸爸，我们去哪里》（《上海文学》2012年第5期）、《送我去樟树镇》（《雪莲》2013年第4期）等都有大量的留白叙事，并取得了良好的艺术效果。这种留白创作实践直接继承了新文学的传统，如沈从文的《边城》、萧红的《呼兰河

---

① 唐诗人、朱山坡：《成为一个有情怀的作家》，《创作与评论》2015年11月。

传》、汪曾祺的《大淖记事》等。冲淡的时代背景，质朴的生活情状与本应聚焦的故事情节形成了互动的意蕴丰富的空白。这种融合古典主义文化资源的叙事，使得朱山坡的小说具有硬朗的中国文化风骨。

在20世纪80年代文学的先锋实验中，余华的语言实验、马原的叙事圈套、格非叙事迷宫等对叙事形式形成了巨大的冲击。但是，脱离自身民族文化基础的艺术实践是不可能永远处于先锋状态的。后来的余华、格非、马原相继完成自我现实主义转向，才有了《活着》《许三观卖血记》《江南三部曲》《黄唐一家》等当代文学经典。"70后"作家是先锋文学的直接继承者。朱山坡曾直言不讳地说自己服膺于80年代的先锋文学，对余华的小说艺术更是顶礼膜拜。"主要是他的叙述让我着迷，他的理念影响了我，他简单但有力量，直接也不乏迂回，应该猛攻的地方决不节省弹药，应该放弃的东西决不拖泥带水。他的语言、人物对话、情景设计都有独到之处。"① 2004年的冬天，朱山坡因为阅读《余华文集》而激起了创作欲望，从此不顾一切地投入小说创作之中。像其他"70后"作家一样，朱山坡似乎无意驾驭混乱、多元的时代，放弃对时代进行整体性叙事的诉求，更愿意打破线性结构，彰显生活的无序，热衷生活碎片的拼图，形象地书写多元融合的时代，从而使作品具有碎片化特点。这种碎片化叙事融合了现代主义创作方法的精髓。朱山坡小说的碎片化叙述主要表现在三个方面，即非常态视角、反情节结构以及开放式结尾。

非常态视角是指小说采取痴傻、弱智、精神病患者等非正常人作为叙述者，以独特的视角传达对生活和社会的认识。这些叙述者由于精神或智力上存在缺陷，所感知的世界是无序、错乱而零散的，呈现出碎片化特点。如《马强壮精神自传》通过"颠佬"马强壮的癫疯叙事，展示底层生活的真实和心灵的真实。"农民进城"是大家耳熟能详的题材，如老舍的《骆驼祥子》、贾平凹的《高兴》、陈应松的《太平狗》以及"70后"作家陈仓的"进城系列"。这些小说一般都是采取代表底层发言的方

---

① 唐诗人、朱山坡：《成为一个有情怀的作家》，《创作与评论》2015年11月。

式，通过现实主义创作方法展现城市的奢靡与堕落，底层个体是沉默的。而朱山坡则采用了现代主义的创作方法，让底层自己发声，将底层置于前景，展现底层内心的幽微曲折。朱山坡似乎更愿意为一些傻子、精神病人树碑立传，甚至让这些人成为故事的叙述者，通过它们特殊的视角来观察社会、透视人生和审视人性，"记录、见证、认识、评价、展望新的时代"。①另外，朱山坡时常采用反情节结构，颠覆传统的线性结构和整体性的叙事，从而达到碎片化的艺术效果。《我的叔叔于力》《感谢何其大》（《江南》2006年第3期）斑驳的碎片化状态，多头并进，枝蔓丛生。《小五的车站》《捕鳝记》（《红豆》2010年第9期）、《爸爸，我们去哪里》《送我去樟树镇》等小说，故事情节虚实相生，悬念迭出。当然，朱山坡也往往采用开放性结尾，故事呈现广阔的延展性和开放性。如《鸟失踪》《骑手的最后一战》（《作家》2012年第2期）等。这种叙事技巧在《风暴预警期》中得到了综合的运用。朱山坡通过不同侧面的折射和碎片化拼凑来完成对世界真实的描述。

大部分"70后"作家都受过先锋文学的诱惑，又饱受现实主义的熏陶。朱山坡显然继承并超越了20世纪80年代的先锋小说，直接与中国传统文化的留白艺术传统相结合，吸收汪曾祺等小说留白及其"虚实相生""意境""旨远"等传统艺术精神，使得自身的小说叙事呈现出融合特点，更具有本土精神和丰富的艺术表现力。同时，朱山坡在冷酷、奇崛的现实主义叙事中融合了很多魔幻现实主义的因素。这种神秘的南方地域文化、传统留白艺术和现代主义的创作技巧三者相互融合，拼凑出一幅野性蓬勃、杂草丛生的潮湿阴郁的南方画卷。这种融合叙事是一种立足中国本土现实，建构一种独特世界文学的创作实践。

四 常态中的先锋追求

表面上看，这种融合叙事以平和的创作姿态与自我和解，和世界兼容，顺应社会变革；同时与各种创作思潮和方法保持了内在一致性，顺

---

① 刘大先：《必须保卫历史》，《文艺报》2017年4月5日。

应创作流变,朱山坡和其他"70后"作家一样呈现出常态性特征。① 而从上文的分析中我们不难发现,朱山坡小说内在的先锋性和差异性。朱山坡在常态中坚持先锋探索突破了常被诟病的"70后"作家群体的"沉默"② 状态。这无疑具有重要的现实意义和文学史意义。

对于"70后"作家的考察,我们不能仅仅考量这一代际作家的一般特征,更应该从文学史发展的角度来考量。这些作家"某种不同于前人的新的因素",分析这些"新的因素与文学本体是接近了,还是更遥远了"。③ 从城乡对峙书写到为时代立传、聚焦精神困境和人性叩问,这是朱山坡小说书写主题的两个层面。朱山坡以融合的叙事艺术,用平和的态度、舒缓的语调叙述乡村破败、城乡对峙、农民苦难这些现代化进程中的沉重话题;在诗性的个人化叙事中包含着向社会现实妥协与和解的心态,城乡对峙转向城乡融合;以饱蘸深情的笔触书写底层的精神困境和心理绝望,通过边缘人物的命运呈现了人性的变迁,反映当代底层的境况和命运。丹纳说:"艺术的目的是表现事物的主要特征,表现事物的某个突出而显著的属性,某个重要观点,某种主要状态。"④ 朱山坡对于留白艺术和碎片化叙事的独到理解和运用,使中国文学传统以先锋名义得以延续。同时,他的小说具有鲜明的南方特色,粗犷潮湿的南方故事、荒诞不经的市井传奇,使得他的小说与同代人比较有着鲜明的识别度,和前代作家比较也有明显的异质性,具有鲜明的先锋特点。

这种融合叙事,融合了民族特点和地方性知识,既有古代文学传统又有新文学传统,同时兼顾中西文化资源,先锋与常态并存,是世界文学体系的一个独特单元。这种写作范式越来越成为"70后"作家的追求,并成为"70后"作家成熟的标志,如石一枫的《心灵外史》《借命

---

① 陈国和:《论"70后"作家乡村书写的常态性特征》,《文学评论》2018年第3期。
② 李敬泽:《穿越沉默——关于七十年代人》,《当代作家评论》1998年第4期。
③ 陈思和:《低谷的一代——关于"七零后"作家的断想》,《当代作家评论》2011年第6期。
④ [法]丹纳:《艺术哲学》,傅雷译,生活·读书·新知三联书店2016年版,第31—32页。

而生》以史诗性的笔触，关注半个世纪以来的重大社会现象，思考当代人的心灵信仰等宏大命题。这表明了"70后"作家日益成熟的创作才能和艺术潜力，更表明了这一代作家的历史担当和社会责任。第七届鲁迅文学奖揭晓，"70后"作家在中、短篇小说，诗歌，散文以及文学理论评论等方面全面丰收，石一枫、肖江虹、戈舟、李修文、黄发有、刘大先等多人获此殊荣。朱山坡的《推销员》(《雨花》2015年第3期)也入围了初审提名。这是主流话语体系对"70后"作家的进一步肯定。"70后"这代作家已经成为中国当代文学的重要组成部分。从这一层面上说，朱山坡的小说创作以及经典化研究都具有文学史的历史意义。

肖江虹：人性之光与贵州书写

"70后"作家肖江虹的贵州书写主要分为两个系列，即"底层系列"和"民俗系列"。前者是以《阴谋》（《雨花》2007年第4期）、《求你和我说说话》（《山花》2008年第8期）、《平行线》（《天涯》2009年第6期）、《天堂口》（《山花》2009年第12期）、《喊魂》（《山花》2010年第10期）、《内陆河》（《乌江》2011年第3期）、《我们》（《中国作家》2011年第5期）、《天地玄黄》（《中国作家》2013年第7期）等为代表，以城乡边缘人物为主要角色的底层书写；后者则是以《百鸟朝凤》（《当代》2009年第2期）、《当大事》（《天涯》2011年第3期）、《蛊镇》（《人民文学》2013年第6期）、《悬棺》（《人民文学》2014年第9期）、《傩面》（《人民文学》2016年第9期）等为代表，主要以贵州民俗文化作为书写内容，构成民俗系列。当然，两个系列作品并非泾渭分明，而是有许多交集，如《喊魂》。肖江虹顺应了底层写作创作潮流，从寻根文学、先锋文学等20世纪文学资源中汲取艺术营养，守正创新，通过大量的田野调查，依靠地方文化知识，构建新的贵州书写范式，书写当下人心和人性的力量，重新思考乡村现代化的进程。

一 和解中的底层书写

肖江虹"从小在乡村长大，熟悉乡村生活"，"在乡村完成了自己心灵的原始构建"，于是，他"与普通人命运相息，为他们的喜怒哀乐、悲欢离合而歌"。[①] 肖江虹在小说中塑造了众多独特的底层人物形象，其中

---

① 余岸木、肖江虹：《作家要与普通人的命运相息》，《贵州日报》2010年3月10日。

包括铁匠、道士、杀猪匠（《当大事》）、骗匠、麻糖匠、赤脚医生（《犯罪嫌疑人》）、蛊师（《蛊镇》）、唢呐匠（《百鸟朝凤》《天地玄黄》）、棺材匠、接生婆、草药道士（《天地玄黄》）、喊魂师（《喊魂》）、木匠（《内陆河》《蛊镇》《悬棺》）、攀岩师（《悬棺》）、屠户（《内陆河》），以及传统的教书匠（《犯罪嫌疑人》《天地玄黄》）、傩师（《傩面》），等等。这些人物形象涉及人们日常的生老病死、衣食住行等各个方面。不过，肖江虹无意渲染底层的苦难，而是以悲悯的情怀、平和的心态书写底层的人性。

《阴谋》中麻绳厂下岗工人赵武到工地挑灰浆摔断了腿，落下残疾。赵武渴望得到邻人的尊重，获得的却是捉弄，因而更为自卑。小混混毛毛怂恿赵武出1000块钱为弟弟赵文报仇被拒绝后，侮辱赵武"要钱没钱，要胆没胆"。刘麻子给他50元假币下注斗鸡，识破后被人狠揍。赵武渴望家庭温暖却也让人绝望，老婆柳香认为他是窝囊废，"丢人现眼"，不允许他参与家里的卤肉生意，最终离婚；孩子赵林认为父亲是连鸡都不敢杀的"日脓包、胆小鬼"，不愿意叫"爸爸"。赵武被妻儿排除在家庭之外。邻居的羞辱、亲人的绝情让赵武的心理扭曲，总是痛苦地诘问自己："我还算是个人吗？"为了证明自己，他铤而走险，计划通过杀掉打死弟弟的警察来找回尊严。慌乱中，赵武打死了警察所住小区的一位保安，投案自首进了监狱，渴望妻儿探望而不得。赵武不但没有得到认可，反而断送了自己的性命。小说深刻地揭露了赵武所处的严峻生存环境，形象地书写了赵武这类底层边缘人内心的苦闷和挣扎。固然，他们身体的残疾给生活带来了毁灭的打击。但是，更主要的原因或许是自身性格的弱点，亲人和邻居的精神伤害、情感折磨，正是这些因素促使他走上了毁灭的道路。底层如此恶劣的生存环境让人触目惊心。

《求你和我说说话》是一个关于乡村失语的故事。农民王甲乙在一次煤窑坍塌之后成为残疾人，流浪到城市以捡破烂为生，住在立交桥的桥洞里。有一次，王甲乙捡到一个充气娃娃，他将充气娃娃当作自己的孩子，每天幻想着和她说话。在一次见义勇为的行动中，王甲乙被劫匪杀伤，彻底丧失了讲话的能力。当警察发现王甲乙"居住地"的情况时,却将王甲乙当作一位猥琐的独身老头。人性的光辉马上变得暧昧,城市与乡村的隔阂油然而生。王甲乙是无声世界里的孤独者,没有人理解他内心的凄凉和孤寂。《我们》叙述的是一个矿难故事,弟弟徐老二死于矿难,三个月后老大来矿上寻人,矿友不敢说出实情,煤矿办公室人员反而将老大痛打一顿。因拉煤货车司机及其相好的救助,老大才免于一死。最后,老大铤而走险,绑架煤矿老板一家三口,得知老二已死,要求老板派人挖出老二尸体,最后却被警方狙击手击毙。小说的叙事者分别为母亲、煤车司机、挖煤工、司机相好、煤矿老板的孩子、煤矿老板的妻子、狙击手以及村长。围绕老二罹难这一事件,不同的叙事者阐释自身言行选择的合理性和必然性,以及这些个体涉及的家庭和社会。肖江虹以慈悲之心写出了底层生活的艰难与不易。肖江虹不是通过展现苦难的方式来书写底层,而是通过深刻描写这些人组成的"我们"行为选择的合理性,写出了底层人物生活的艰辛和内心的酸楚。同样是写矿难,"60后"作家刘庆邦的《神木》,聚焦谋财害命的唐朝阳、宋金明等矿工,书写在传统伦理道德和惩戒力量双重缺席的窑洞里底层的欲望、挣扎和罪恶,故事情节直抵现场,触目惊心。而《我们》的故事情节松弛有度,直扎人心。同时,《我们》的书写范围更为宽广,反映的社会问题更具普遍性。

某种意义上说,底层经验是我们民族伤痛的深层记忆,是中国本土文化顽强的遗存。唐代诗人杜甫就有"三吏""三别",而20世纪90年代以来,乡村矛盾日益尖锐,群体性事件时有发生,社会逐渐"失衡",[1] 如何书写当下现实呢?文学的批判性[2]和人民性[3]逐渐成为学界讨论的热点。2004年曹征路的《那儿》、陈应松的《马嘶岭血案》的发

---

[1] 孙立平:《90年代中期以来中国社会结构演变的新趋势》,《当代中国研究》2002年第3期。

[2] 李陀:《漫说"纯文学"》,《上海文学》2001年第3期。

[3] 《中国现代文学研究丛刊》2002年第1期推出"左翼文学笔谈"特辑。参与讨论的学者有旷新年、李继凯、冯奇、萨支山、王富仁、英溪、张大民、李今、黎湘萍、王培元、孟繁华、张梦阳等;陈晓明在《"人民性"与美学的脱身术——对当前小说艺术倾向的分析》一文中也提倡文学的"人民性"。(《文学评论》2005年第2期)

表标志着底层写作正式成为一种创作潮流。可以说，底层写作是寻根小说的递进。不过，寻根小说是寻文化之根，而底层写作是寻现实之根。当然，底层写作也从新写实和先锋小说中吸取了养分。另外，底层写作对社会问题和底层生活不是暧昧、含糊的展示，而是勇猛、冷峻的批判。毋庸置疑，肖江虹小说顺应了底层写作创作潮流。但是，肖江虹与陈应松、刘庆邦的底层写作有很大的不同。首先，肖江虹的底层书写是温暖、柔和的，并不刻意暴露尖锐和寒光。肖江虹无意渲染底层的苦难，无意通过血腥和暴力来满足部分读者嗜血的欲望。如《天堂口》就是写底层的温暖。火葬场工作的范成大对死者充满了悲悯和尊敬，总是将火化场清理得干干净净，对尸体也是不分贵贱，细心处理。他认为火化炉就是天堂的入口，任何人都得干干净净地去。他为此设计一套具有仪式感的程序。在修剪发须、擦拭身体、裹好白布后，范成大要为死者念一遍《增广贤文》，焚化启动后还要吆喝一声"上天咯！"《天堂口》写出了底层的生死观和生命伦理。其次，肖江虹对底层的艺术观照范围更为宽广，并不是仅仅局限于当下。如《天地玄黄》以少年的视角书写20世纪80年代改革开放初期的乡村记忆，展现乡村社会所经历的动荡和分化。三位拒绝成长的少年许歪歪、金卯卯和王桂荣，对老师的"革命教育"非常厌恶，对陈述忆苦思甜的"诉苦"充满不解，对父辈权威战战兢兢地挑战。随着以港台音乐、武侠电视剧为代表的大众文化日益成为人们的日常生活，乡村道德秩序日益崩溃，为民除害的"除暴安良"正义却来自侠义文化的滋养。乡村历史的总体性逐渐消解，日益走向碎片化。以赤脚医生王明君所代表的乡村道德独木难支，岌岌可危。小说形象地呈现了改革开放初期乡村社会的精神贫困与文化危机。笔者曾经将这类创作特点概括为"70后"小说创作的常态性，就是指他们的创作与文学潮流的关系是顺应的而不是断裂的，与当下社会的关系是顺变的而不是批判的，创作的情感立场是平和的而不是紧张的。①

---

① 陈国和、陈思和：《中年写作、常态特征与先锋意识——关于"70后"作家的对话》，《文艺研究》2018年第6期。

肖江虹作为"70后"作家,顺应了底层写作这一创作潮流,有着坚定的创作立场和审美诉求,挚爱底层,洞悉社会。与底层"命运相息,为他们的喜怒哀乐、悲欢离合而歌"。同时,肖江虹扬弃了某些底层写作依靠展示底层的创伤和苦难,依靠狠劲满足读者猎奇心理的写作套路,以平和的姿态、悲悯的情怀,书写底层的人性和人心。当然,最能代表肖江虹创作特点的作品还是他的"民俗系列"。

二 断裂中的文化坚守

民俗(folklore),一般认为是美国学者威廉·汤姆斯(Willian Thoms)在1864年向《雅典娜神庙》杂志写的一封信中首先提出的概念。汤姆斯试图用"撒克逊语合成词"来表示"民众的知识学问",认为民俗就是"被忽略的风俗习惯""正在消失的传说""地方传统"以及"片断的歌谣"。① 民俗文化是特定地理区域内的民众在长期生息繁衍中形成的包括文化气质、性格心理和价值取向的文化模式。民俗叙述在五四新文化运动以来的文学创作中占有很大比例和重要地位。不过,许多民俗叙述只是承担指示性功能,如故事地点的标识、氛围的营造和地方色彩的渲染,而典仪风俗、民歌舞蹈、饮食文化等往往不能成为他们审美观照的对象。但是,肖江虹的"民俗系列"直接以民俗事件或民俗事象来构建叙事框架,饱含深情地展示多彩神秘的贵州风土人情,充溢着淳朴自然的诗性魅力。

肖江虹往往将"典仪民俗"作为叙事的主要内容,以民俗的仪式、程序作为小说的情节,每一个文本主要聚焦一种民俗文化,逼近偏远边区底层的生活现场,形象地呈现丰富的底层乡村生活内容。孟子说:"养生者不足以当大事,惟送死可以当大事。"(《孟子·离娄下》)贾平凹曾经在《秦腔》中写到夏天智死后,抬棺的八位年轻后生都凑不齐,他们要么出去打工,要么已在县城生活。农村没了精气神,走向衰败已是必

---

① [美]阿兰·邓迪斯编:《世界民俗学》,陈建宪、彭海斌译,上海文艺出版社1990年版,第7页。

然。肖江虹在《当大事》中也同样写到这一题材，松柏爹死后，"年纪加起来三百多岁，牙齿凑起来五六颗"的五位老者，反复多次才将门板卸下来，在抬松柏爹入殓时却因体力不支，尸体"摔了一脸灰"；年轻时铁匠一个人都能背半边的石磨，现在四个人都抬不动；道士也是"老得皱了皮"，连念经、举灵幡的力气都没有；退休后的乡村教师转行当杀猪匠，结果猪都抓不住，追着猪满村跑。因没人抬棺材葬到山上，最后只能在死者房间挖个洞穴潦草地埋掉。《当大事》中以松柏爹的突然离世作为故事的开端，详细地书写了老人去世、入土的各种仪式和步骤。如"卸门板"，"人落了气，要趁身子还有点热和劲儿，迅速卸下大门板，在堂屋里用两条凳子把门板支上，将逝者移到门板上停放好。亲人要抓紧趁逝者还没有完全僵硬，洗擦穿衣，捋直手脚，遇上腰弯背驼的逝者，还要在身子上放上沉重的物事，将身子压直，免得入馆时碰天磕地"。"无双镇的规矩是，人要死在床上，但不能凉在床上，据说那样就赶不上接魂的牛头马面了。牛头马面死脑筋，只按规矩在神龛前的门板上接魂，时间也掐得死死的，不等的，飘飘荡荡进来，看见神龛前没有人，掉头就走，这样死人就惨了，三界进不去，五行入不了，终年只有在一个阴惨惨的地头过日子。"其他的民俗还有设灵堂、定掌事、请道士、起灶做饭、杀猪等。这些风俗成为"大事"的主要内容，是乡村日常生活肌理。乡村的丧葬仪式是乡村文化中非常重要的传统，承担、维系着乡村文化伦理，反映了乡民的生活态度和生活方式。

　　肖江虹的"民俗三部曲"（《蛊镇》《悬棺》和《傩面》）都是以贵州边地民风民俗为题材。这也许不算新鲜，许多作家尤其是少数民族作家都写过。肖江虹的过人之处在于能够在民俗题材中融入对现实生活、现实人生的观察和思考，并用完美的语言、语境呈现出来。肖江虹说："这三个作品对我的写作意义重大，它们让我看到了文学更为丰饶和开阔的那一部分，同时也让我找到了汉语叙事的优良传统。我记录这些消逝或即将消逝的风物，不是吟唱挽歌，而是想努力把曾经打动我们的乡村诗意记录下来，让读者能看到祖先们在遥远的过去曾经拥有的伟大的想象力和诚挚的包容心。"① 蛊是巫的一种，传说将许多毒虫放在器皿里使它们相互吞食，最后剩下的毒虫就成为蛊，将蛊磨成粉末，放在食物里害人。其实，是蛊的毒性使人的思维和行动发生异常的变化。《蛊镇》中远古的蛊镇人为了规避祸害，于是背井离乡，蛰居在交通闭塞、深山老林的镇，保全性命，生育繁衍。蛊镇人信蛊、制蛊、用蛊、敬蛊，并且敬有蛊神祠。蛊镇曾因神秘、凝重的巫蛊文化而兴旺。然而时过境迁，当下年轻人因有了更多选择而背井离乡，奔向城市，蛊镇只剩下一些老弱病残的留守者。蛊师王昌林一生最大的愿望就是能用脆蛇制作幻蛊，为此整天奔波寻找制蛊的材料。他不忘师傅的遗愿，承担恢复蛊镇文化的重任，即使年老体衰也还是组织修葺蛊神庙，但是个人之力无法抗拒历史的现代化潮流，最后也只能是为自己找块墓地安葬自我的肉身。西崽每天去敲门，避免那些迟暮老人永不醒来而无人知晓；西崽期盼脸上的胎印早日消失，父亲四维就能带他到城里去。四维的妻子赵锦绣得知老公在城里出轨，以西崽学蛊师为条件要挟王昌林制作了情蛊，并让四维服用，导致四维阳痿，最后跳楼自杀……《蛊镇》的故事相对简单，但是，巫蛊文化贯穿始终，并且成为小说的重要内容，完成了主题的表达。蛊镇这些老弱病残的人，经过了生活的磨难，命运的不幸，但还是非常坚强、隐忍而又从容地活着。如赵锦秀经历了丈夫的出轨以及丈夫、儿子的去世，在和瘸腿木匠的感情纠葛中也是发乎情、止乎礼。这群老弱病残的乡村留守者依然讲究长幼有序的乡村伦理，无怨无悔地修葺具有文化象征意义的蛊神祠；辈分较高却非常年幼的西崽满口黄话，但是和孙辈却年龄很长的王昌林是忘年之交，陪他到处寻找制作蛊的材料。显然，这种民俗的书写不同于贾平凹等"50后"作家书写乡村文化衰败时的绝望态度，在肖江虹的乡村书写中，我们能看到哀伤，但是我们更能感受到面对这种命运时的坚毅的立场、从容的态度以及豁达的憧憬。"民俗三部曲"其他小说如《悬棺》《傩面》都是这种类似的书写方式，

---

① 肖江虹：《人与这个世界的和解》，见 https：//mp.weixin.qq.com/s?＿＿biz=MzA5NjIw NjEyNw%3D%3D&idx=3&mid=2650955992&sn=39e192dfca7a263289fa01c7562213a6。

传统的民俗文化成为医治现代病的理想选择。原本粗粝、朴素的民俗文化在肖江虹的现代观照下，显现出诗性的光辉。

残雪、林白、陈应松等南方作家都是将巫术文化、地域特征和个性追求科学地结合的作家，不过，他们更多地关注巫术的神秘色彩。肖江虹在书写民族文化时摒弃了既往某些书写流于民俗陋习展示的范式，将乡风民俗融入底层的现代生活，在城与乡、生与死的冲突中复活民俗文化的活力。同时，以平和的态度和从容的姿态审视乡村现代化的进程，表现出了"70后"作家内心的从容、豁达和自信。

三　顺变中的守正创新

从上文的分析中我们不难发现，肖江虹的小说创作和底层写作、寻根文学等创作潮流有着千丝万缕的关系。他虽然从这些创作潮流中吸取了20世纪中国文学资源，但更为重要的是，和这些创作潮流比较，他以独特的艺术创作实践表现出鲜明的创作特色。

肖江虹曾在简要回顾创作经历时说："现在想来，前面的作品更多的是对抗，城和乡之间的对抗，传统和现代的对抗，如此等等。到了《傩面》就没有那么激烈的对抗，似乎人和这个世界、人和人之间、人和自然之间达成了一种默契，就是完成了某种和解。"[①] 肖江虹所谓的"对抗"其实主要源于之前他对底层写作创作精神和技巧的模仿，而"默契"和"和解"则是有鲜明主体性的生命体验和艺术实践，这也是他独特的创作个性之所在。在中国现当代文学中，很多时候，农民和农村大多情况下只是被征用的对象而已。某些作家为了确立自身的优势——知识上的优越、道义上的高尚等，在乡村书写中或理性批判，或诗意礼赞，或残酷展示，将农村描写成为一种弱势的存在。其实，农民既不是愚昧落后，也不是暗无天日，也不见得具有先天性的优越，更不是"真善美"的代名词。农村和其他空间一样是鱼龙混杂、泥沙俱下的"民间"，农民

[①] 赵毫：《贵州作家肖江虹斩获鲁迅文学奖："我只是那个摘果子的人"》，《贵州都市报》2018年8月13日。

也和其他群体一样,小奸小诈的人不在少数。真正值得同情的是在城乡二元对立体制下,农村、农民在政治和经济地位等方面被损害,甚至被剥削的命运。"70后"作家没有太多曲折的社会经历,不像部分"归来"作家、"知青"作家那样热衷于以社会学、政治学的命题来代替文学的思考,甚至痴迷于文学之外的社会效应。"70后"作家对当下社会的发展是发自内心的认同,而不是批判的。肖江虹的可贵之处在于不是简单地将城乡关系理解为"冲击—回应"模式,而是理解、同情甚至认同乡村积极融入城市的迫切愿望。肖江虹的作品包含了现代人对现实社会深刻的思考和体悟,因而具有现代性和当下性。如《蛊镇》表现的就不是通俗的地域文学,而是现代人对内心精神的诉求;《傩面》所写的也不是单一的傩文化,而是现代人对现实社会深刻的思考和体悟。"追根到底,我们需要的不只是地方知识,我们更需要一种方式来把各式各样的地方知识变为它们彼此间的相互评注:以来自一种地方知识的启明,照亮另一种地方知识荫翳掉的部分。"①

　　肖江虹的底层书写不是满足于底层苦难的展示,也不是面对疼痛的底层一筹莫展,徒添叹息,他情有独钟的是在文化、人性和历史上进行艺术开掘。"其实所有文学作品所依托的外物只是一个手段,最终的指向还是人。文学说白了,就是写人的困境。在精神上,我觉得谁都可能成为弱势,这和你的地位、财富是没有关系的,和你是城里人还是乡下人更没关系。我理解所谓的文学胸怀,就是作家的笔下不该有假想敌,作家应该写出万物平等,写出属于全人类共有的精神苦痛。作家用笔讲述人类在时代里面的困境。我们每个人都有困境,作家需要发现困境、讲述困境,应该让大家感受到的不光是消失掉的东西,还应该让大家看到天边的亮光。"② 聚焦人性,写出人类共有的精神痛苦使得肖江虹超越了早期对底层写作的模仿和借鉴,从而了有独特的艺术魅力。

---

① [美]克利福德·格尔茨:《地方知识——阐释人类学论文集》,杨德睿译,商务印书馆2016年版,第366页。
② 肖江虹:《人与这个世界的和解》,见 https：//mp.weixin.qq.com/s?＿＿biz＝MzA5NjIwNjEyNw%3D%3D&idx＝3&mid＝2650955992&sn＝39e192dfca7a263289fa01c7562213a6。

先锋与常态:新世纪乡村小说论

在 2016 年第 9 期的《人民文学》卷首语中,施战军称肖江虹的《傩面》是"具有工匠精神的小说",认为肖江虹在"从沈从文、汪曾祺到王润慈、李杭育"的这条民俗小说的文脉上。这也是从创作潮流上将肖江虹归类为寻根小说的一脉。新时期的寻根小说与世界范围内的文化认同与海外儒学复兴潮流遥相呼应,产生了许多优秀的作品,在世界范围内具有深远的影响,如贾平凹"商州系列"、李航育的"葛江川系列"。但是,不得不说,某些作家对传统文化、民风民俗做静态甚至庸俗的理解,部分地方文化被不断劫持和征用。① 这些作家往往沉迷于古、俗、粗、野的民间元素,无视现代人的生存焦虑和文化困惑,许多作品的思想性缺乏理性的光辉。

作为"70 后"作家的肖江虹则对传统文化和民风民俗有着独到的认识。肖江虹对传统文化在当下消失的命运进行了深入的思考,表现出深深的惋惜之情,如《百鸟朝凤》。不过,肖江虹并不是沉迷于民俗文化,或者过多地关注文化危机和命运的问题,而是着重于对中国农民的生存困境和命运的书写。他站在底层的立场,展示普通老百姓的生存现场,描绘普通老百姓的生活命运,为底层奔走呼吁。《家谱》(《天涯》2009 年第 6 期)中肖江虹以儿童视角,探访家族秘密。那个在家谱中出现却没有任何文字介绍的许正文,"幼时蛮横好斗","为祸乡里",是"无双二霸"之一,后因作恶,被村人乱棍打死。显然,许正文是家族的"败类"。小说书写了乡村为尊者讳、隐恶扬善的家谱文化特点。值得注意的是,推动故事发展的是民俗文化力量——七月半给先人写包的民俗。其他的如《百鸟朝凤》《喊魂》《蛊镇》《悬棺》《傩面》等一系列具有代表性的中短篇小说中,肖江虹描写了一幅幅质朴而神秘的民俗画面,并成为他小说创作鲜明的特点。不过,传统文化或民俗书写只是肖江虹的一种创作手段,他的目的在于书写中国改革开放以后,城市的扩张和乡村的萎缩,以及这种现代化进程中个人命运裂变和精神的纠结。与其说

---

① 何平:《被劫持和征用的地方——近 30 年中国文学如何叙述地方》,《上海文学》2010 年第 1 期。

肖江虹在书写民俗文化，倒不如说是让个人激活传统文化。

茅盾认为："单有了特殊的风土人情的描写，只不过像看一幅异域的图画，虽能引起我们的惊异，然而给我们的，只是好奇心理的餍足。因此在特殊的风土人情而外，应当还有普遍性的与我们共同的对于运命的挣扎。一个只具有游历家的眼光的作者，往往只能给我们以前者；必须是一个具有一定的世界观与人生观的作者方能把后者作为主要的一点而给予了我们。"① 这里的"世界观""人生观"，在革命年代当然有特殊的含义。但是茅盾这种论断也为我们分析肖江虹的小说创作提供了思路：既然肖江虹有意识地借鉴了底层写作、寻根文学丰富的创作资源，为什么又表现出如此的不同呢？说到底是肖江虹的精神立场发生了巨大的变化。"70 后"乡村小说作家一般出生于传统的乡村，成长于城市化进程中的城镇，生活于现代化的都市，经历了前现代、现代和后现代转型的中国。他们是改革开放 40 年的亲历者和参与者，感受了中国社会结构转型的剧烈变化。他们并不像寻根文学作家那样追求民族、国家的身份认同，而是更多地在感同身受中书写社会的剧变。肖江虹等"70 后"作家慈悲、怜悯地书写乡村，与自我、社会和解，礼赞人性，在传统文化中寻找人生价值的支撑。

四 随俗中的重塑贵州

贵州书写是中国现代文学的重要组成部分。现代文学时期的蹇先艾、寿申，新时期的何士光、李宽定、石定，以及近年来活跃于文坛的欧阳黔森、冉正万、王华、肖江虹构成了一条贵州地方书写的文脉。贵州因为地理位置、文化的形塑而给人以贫穷落后、封闭保守的形象。"夜郎自大"就是将贵州污名化。成语"夜郎自大"出自蒲松龄《聊斋志异·绛妃》中的戏笔："驾炮车之狂云，遂以夜郎自大，恃贪狼之逆气，漫以河伯为尊。"之前，司马迁在《史记·西南夷列传》中记载，西汉元狩元年

---

① 茅盾：《关于乡土文学》，见《茅盾全集》第 21 卷，人民文学出版社 1991 年版，第 89 页。

中，由于丝绸之路受到匈奴骚扰，汉武帝接受张骞的建议，派王然于、柏始昌等出使西南，欲开辟南方丝绸之路。汉使来到西南，滇王问："汉孰与我大？""以道不通故，各自以为以州主，不知汉广大。"从汉使的中原中心立场出发，认为一州之地的夜郎国竟然敢和汉王朝比较，显得无知、自大甚至可笑。蹇先艾以来的历代作家以质朴的心理追求对贵州一方乡土民间文化内质的艺术把握，同时以艺术的方式形塑大家对贵州的想象。

蹇先艾和许杰等被鲁迅称为五四乡土小说的代表。蹇先艾说："我的短篇小说取材于贵州的较多，因为我对故乡的人民生活、语言、风土人情一般比较熟悉。虽然对有些题材写来并不见得都那么得心应手，但我坚持一条：写自己熟悉的生活，不熟悉的不要勉强去写。"① 如《水葬》《初秋之夜》《乡间的回忆》《到家的晚上》《到镇溪去》《山城的风波》《酒家》《盐巴客》《在贵州道上》《乡绅》《倔强的女人》《赶驮马的老人》《安癞壳》等都有着鲜明的贵州特点。蹇先艾站在启蒙的立场上，对贵州落后山区的封建陋习进行批判，同时，对那些"看客"的麻木和冷酷进行了辛辣的抨击。不过，这里贵州的乡风民俗和传统文化只是被蹇先艾所征用的对象而已，成为彰显现代文明的镜像。蹇先艾笔下的贵州是沉默甚至失语的。

贵州作家何士光，得到了蹇先艾的大力提携。20世纪80年代初期，何士光像同时代作家一样，对城市充满热烈的期待，在"文明与愚昧的冲突"中洋溢着乐观主义精神。《乡场上》《种包谷的老人》和《庄稼人轶事》分别塑造了冯幺爸、黑老奎和刘三老汉三位农民形象。何士光站在人道主义立场，从这些底层人物精神面貌的变化颂扬农村政策的改革，敏锐地捕捉乡村伦理关系的细微松动。尽管当时这些作品产生了轰动的社会效应，也确实推动了现实主义文学的发展，在新时期文学初期一定程度上满足了人们对文学的期待。但是，无可避讳，这些小说也具有了

---

① 蹇先艾：《蹇先艾短篇小说选·后记》，见宋贤邦，华介编《中国当代文学研究资料蹇先艾、廖公弦合集》，贵州人民出版社1985年版，第39页。

鲜明的时代烙印，如图解政策、情节简单和人物单薄等等。我们不难发现，无论是蹇先艾，还是何士光都有劫持和征用贵州古旧、偏远和落后形象的嫌疑。贵州作为边地而进入文学现场，贵州的地方差异性应受到尊重和支持，而不是被各种政治、文化等力量劫持，成为制约文学想象力的重要障碍。正如批评家王尧在和莫言的对话中谈道："文学中的地域、空间，应该超越地理学的意义。"① 如何书写健康、阳光、充满希望的贵州，构建新的书写范式，成为当代作家、特别是贵州作家无法回避的命题。

肖江虹对贵州地域风俗有着独到的见解和认识，对脚下的土地有着炽热的情感，其作品悲天悯人，有独特的审美取向，在同时期的青年作家中尤为突出。和福克纳的约克纳帕塔法县、马尔克斯的马孔多小镇、莫言的高密东北乡、贾平凹的商州以及阎连科的耙耧山脉一样，肖江虹的小说大多发生在无双镇。肖江虹不仅仅写这里底层的生老病死，也写这里传统职业下的民俗，更写这里的民间匠人匠心。

《悬棺》中来畏难"我特别怕那种无序的喧闹，听久了就会心慌。不愿去河边，又不甘于寨上的百无聊赖，总得找一些生趣才行"。他曾先后几次登上祖祠崖，每次都在洞内看见几百年前的祖先，看见那些燕子峡先人去世后的亡灵。这富有梦幻性质的情节强化了作家对于生命终极意义的拷问。来高粱因为攀岩摔断了腿，而无法进入悬棺，为了完成这一夙愿，他装疯卖傻甚至威胁来畏难请求帮助都没有成功。因规划修建水电站，燕子峡村人不得不搬迁，来高粱没有同行，而是"背着翅膀的剪影从朝阳里踯躅着走出来。在山顶立了片刻，那面剪影双臂展开，鹰燕般从高处飞下来。"来高粱最后还是通过自己的努力奔向了燕子峡人的终点，在自己的悬棺中结束了一生。他找到了自我精神和生命的归宿，他也以生命捍卫了悬棺民俗文化。悬棺不仅仅是生命结束的终点，也是精神升华的起点，这一具有殉道性质的悲壮行为形象地阐释了生与死的意义。为了能有效深入了解贵州的民俗文化，肖江虹常常通过田野调查深

---

① 莫言、王尧：《莫言王尧对话录》，苏州大学出版社 2003 年版，第 202—203 页。

入文化现场，进行了大量第一手资料的收集、整理和研究。如在《傩面》创作期间，肖江虹先后到道真、德江、安顺登记采访傩面艺人，傩戏的唱词也是艺人唱一句，他整理一句，"资料就有七八万字"。[①] 正因为扎实的田野调查，丰富的地方知识，才使得肖江虹的小说有了鲜明的辨识度。

与蹇先艾、何士光相比较，肖江虹的贵州书写实现了对既往贵州书写模式的反拨，他不再固守于现代人性论的立场，批评贵州的愚昧和落后，消费边地野性的民俗文化；也不执拗于人道主义立场，悲悯地俯瞰贵州底层蝼蚁般的人生经历，审视地方文化传统。而是从地方文化知识出发，通过大量的田野调查，努力发掘贵州本土文化中积极因素和有效资源，并进行了创造性转化，写出了人心和人性的力量，形象地描绘人性之光。

肖江虹"既不对乡村苦难进行极致的渲染，也不对人心不古愤愤不平，更不在城乡对峙中呼天抢地控诉，而是放逐内心的紧张，冷静、平和地描写这种纠结、坚守的悲剧宿命"。[②] 他关注底层，悲悯底层，不是与创作潮流、社会现实断裂和对抗，而是顺时随俗，在感同身受中书写社会的剧变。同时，肖江虹对贵州的民俗民风情有独钟，通过田野调查，以艺术的方式使这种民俗文化焕发活力，重建贵州想象，书写传统文化断裂中的人性之光，在城/乡、传统/现代、物质/精神的纠结与冲突中，在坚守与溃败中完成对乡村现代化进程的思考。

---

① 赵毫：《贵州作家肖江虹斩获鲁迅文学奖："我只是那个摘果子的人"》，《贵州都市报》2018年8月13日。
② 陈国和：《论"70后"作家乡村书写的常态性特征》，《文学评论》2018年第3期。

蔡家园：乡村书写的先锋与常态性

当代小说艺术成就最高的无疑属于乡村题材，莫言、贾平凹、张炜、阎连科等作家以极大的热情投入到文学创作，同时他们先锋的艺术探索、悲悯的土地情怀和高超的艺术水准代表了新世纪文学的高度。而"70后"等新世代作家则在常态性书写中寄托自己对乡土中国现代化进程的思考。先锋与常态是笔者借用的一个概念，陈思和认为先锋与常态是20世纪中国文学的两种基本形态。[①] 笔者认为"50后""60后"作家的乡村小说主要表现为先锋性，即产生先锋意义的文学。"70后"作家的乡村小说主要表现为常态性，是随着社会生活发展而逐渐发生演变的文学。"70后"作家的乡村小说在乡村破败、日常生活和乡村文化书写上顺应社会和文学创作潮流，向社会妥协；合乎时宜的日常生活审美观开拓了乡村小说的文学空间，同时也是遵循文化市场的结果；在乡村文化的重新发现以及悲剧命运冷静平和的书写中寻找人生价值，放逐内心的紧张。[②] 蔡家园的《松塆纪事》作为非虚构作品，表现出先锋与常态的特点，即在常态书写中表现出先锋精神。他有意识地对"70后"历史文化主体身份进行构建，从而使得这一非虚构写作具有可贵的特殊意义。

一 土地制度与社会变迁

土地是农民的核心生产资料，更是一种文化体系。土地制度的变化

---

① 陈思和：《有关20世纪中国文学史研究的几个问题》，《文学评论》2016年第6期。
② 陈国和：《论"70后"乡村书写的常态性特征》，《文学评论》2018年第3期。

必然引起乡村文化深层次的变化。当代土地制度变迁主要有土改、合作化、家庭承包责任制（大包干）和土地流转四种。书写土地制度对乡村生存世态的影响是当代乡村小说的重要课题。《暴风骤雨》《创业史》《平凡的世界》《麦河》等都是这一题材的优秀之作。《松塆纪事》的书写跨度时间为1949—2009年的60年，但是作者似乎无意用宏大的结构和史诗的笔法去描述乡村，而是在一年又一年的年轮变换中描写乡村的日常生活进程，这是《松塆纪事》常态性特征的重要表现。

《松塆纪事》共有22节，每节篇幅不长，情节冲突也不明显，即使像土改、三年困难时期、"文化大革命"时期的乡村也很难见到日常生活剧烈的变化。作者在平静而又克制的叙事中书写时代风云和政治变迁。《松塆纪事》大部分章节都采取田野调查的方式书写某些特殊年份的乡村故事。作者也没有设置什么中心式人物和故事以及冲突，但在一篇篇故事叙述中揭开一个又一个人物的内心焦虑和渴望。松塆村中有年龄最长的乡村知识分子疯爷，乡村政治家汉明，嗜酒如命的满仓、光宗父子，木匠师傅长胜，乡村企业家红军（地主安财的孙子），隐忍好强、勇于担当的宝红等富有个性的农民群像。作者还着重介绍了渴望离乡离土的木匠永福。他辗转全国医院推销药品，生意越做越大，最后成为欲望的祭品。聪明、好学、漂亮的燕子先是为五个弟妹放弃继续求学，外出打工挣钱，后来父亲骨折，拖拉机变卖，燕子被迫在南方卖淫维持家庭的生活、弟妹的学业。燕子回乡以后却遭到丈夫的抛弃，离婚后经营影像小店。"懂事早，晓得担当，吃过不少苦"的燕子以自己的生活经历得出结论："世界上只有一个东西最可靠——钱！有了钱，人就能独立，也有了自由。"虽然人生经历艰辛，岁月蹉跎，但是处于底层的农民得出的人生结论却有着诸多的偏差。这些故事串联在一起，整体地描写了当代农村土地制度变迁的过程以及对乡村生活的深层次影响。蔡家园深谙中国古典小说的叙述传统，采取似断实连的缀段式叙述结构，将每个故事、每个人物的活动空间串缀起来，展示出一幅宏大、生动、蓬勃的当下乡村生活画卷，真实地再现生活的复杂性，执着地探索叙事的可能性。

第三辑 中间与中坚

时代的变革、历史的转型对中国乡村的日常生活产生了巨大影响，诗意闲适、乌托邦式的乡村日益破败。但是，遭遇激荡变革的乡村是否就是闭塞、贫穷、破败的宿命呢？如何把握乡村变化的整体性经验？《松塆纪事》表现出文化的先锋性。蔡家园以先锋的艺术探索、悲悯的土地情怀表现出"70后"学者的责任与担当。

随着土地制度变迁，农民的土地意识日益稀薄。土改时划分家庭成分，松塆一共划了7个地主。许瀚儒家因有103亩田地，12间青砖瓦房，当过乡长，被划为最大的地主。他首先被捕，不久县政府宣布他"罪大恶极、立即正法"。许瀚儒临行前找人借草帽戴，念宋代词人郑重初《乌夜啼》的"无限青青麦里、菜花黄"。人们不理解许瀚儒这一维护自我尊严的行为。"人要死了，还这么讲究脸面。"谁又会想起《乌夜啼》的后半句"今古恨，登临泪，几斜阳。不是寄奴住处、也凄凉？"在历史风云的剧烈变化中，谁又能思考这位乡贤对命运多舛的无奈喟叹，对无家可归的苍凉叹息。老支书汉明感叹："六十岁以上的人大都还守着老传统，以土地为命根，往往精通农活；四五十岁的人基本都在外面打过工，有一些见识，多半留恋故土，年龄大了还是愿意回来种点田地糊口，'80后''90'后就完全变了，从学校毕业后，肩不能扛、背不能驮，又怕吃苦，没有人愿意学习干农活。""偌大个村，现在变空了。"农民快要绝种了。"土地无语、历史无言。"如今土地流转在神州大地开展得有声有色，蔡家园以一位人文学者的情怀思考历史的变迁，凝听时代的回响，思考当下的问题。

而当下乡村生态也不容人乐观。随着国家资源的输入、地方资源的资本化，乡村利益的争夺和斗争日益激烈。

如松塆花岗岩墓碑虽然逃过了"破四旧"红卫兵的打砸，但是最后还是毁于大兴水利时工地的需要。每年清明，致远以河边的大青石为方位标志，确定父亲最后被枪决的地方，祭奠父亲。可是，青石也被包工头挖去卖到城里当风景了。从此，致远再也不到河边，再也不去祭奠自己的父亲。先是政治资本对乡村伦理进行物质的伤害，现在经济资本对乡村伦理进行精神的掠杀。城市对乡村资源进行疯狂掠夺，将各种垃圾食品、水货商品甚至假冒种子拿到农村倾销，乡村日益变成荒芜之地。

　　同时，基层组织社会职能缺席，不能有效地组织乡村的日常生活。村干部一代不如一代，合作化期间的集体主义、理想主义在世俗化潮流面前溃不成军。建国等乡村干部缺乏信仰，基层组织处于瘫痪状态。行政执法简单粗暴，甚至与小混混同流合污，"混混怕干部，干部怕农民，农民怕混混"。干部搞工作，靠"混混"冲锋陷阵，极大地败坏了党风。如推行计划生育时上房揭瓦，推行火葬时掘坟抛尸等。村干部改选，贿选成风，"农民如果没有觉悟，基层民主说得再好，也没法真正实行。"农业税取消以后，特别是土地流转以后，国家资源配置下移，地方资源资本化加快，利益争夺和斗争日益激烈。松塆像其他乡村一样，出现了许多激进的谋利型钉子户、上访户，边缘群体大量崛起成为一种不可忽视的力量。这些钉子户、上访户借助媒体的力量，调动各种社会资源，行走在法律的边缘，成为典型的机会主义者。欲望成为游走在乡村上空的幽灵，"更可怕的是，人心慢慢变坏了"。

　　中国现代乡村书写模式主要有三种模式。一种是启蒙现代性书写，即以知识分子的视角，观照乡村生态，这类乡村的场景是封闭、贫穷和破败的。当下梁鸿、黄灯等人非虚构写作其实都属于这种模式。叙事主体与客体之间的关系紧张甚至对立，叙事者成为理性的象征和代表，表现出先锋的一面。另一种模式是革命现代性书写，如《太阳照在桑干河上》《创业史》《艳阳天》等，以未来的期许召唤乡村向前，激励着农民昂扬的斗志。《麦河》等也属于这类小说，这是从左翼文学思潮逐渐发展起来的小说。还有一类审美现代性书写，这是以废名、沈从文、孙犁等为代表，不仅仅写出了土地制度变迁对乡村全方位的影响，同时也写出了乡土文化内在无声的裂变。蔡家园显然吸取了这几种书写范式的精华，同时进行了创造性转化，从而表现出新的先锋与常态性特点，这使得《松塆纪事》具有了鲜明的辨识度。

二 乡村文化的重建

《松塆纪事》是一部关于乡村文化记忆，慰藉故乡的非虚构作品，更是一部回馈乡村母亲，重建文化家园的泣血之作。

狂飙突进的工业化进程和城镇化导致乡村文化记忆日益陷入危机。拆迁的破坏、建设的趋同、文化的同质、方言的消失等都导致乡村记忆的失忆、错忆、残忆、断忆的危机。传统村落文化记忆承载着文化传统和乡愁情感，具有文化规约、社会认同、心理安慰与心灵净化的功能。[①]作家方方在这套"家乡书长篇散文丛书"的"序言"中以"我一直是一个没有家乡的人"，作为自序的开篇语，发出"没有家乡的人，内心深处经常会怀有莫名的痛楚"之类的感叹。

贺雪峰把21世纪的乡村社会称为"半熟人社会"，"第一，村社社会多元化，异质性增加。村民之间的熟悉程度降低。第二，随着地方性共识的逐步丧失，村庄传统规范越来越难以约束村民行为，村庄中甚至出现了因为信息对称而来的搭便车，并因此加速了村庄内生秩序能力的丧失。第三，村民对村庄的主体感逐步丧失，越来越难以仅靠内部力量来维持基本的生产生活秩序，村庄越来越变成外在于村民的存在，二者的社会文化距离越来越远"[②]。乡村秩序日益混乱，旧的规范逐渐失效，而新的规范尚未形成。整合乡土中国失序、松散的乡村现状，讲述乡土中国"发展的故事"成为诸多作家矢志不渝的书写动力。

蔡家园八岁就离开家乡，从此成为家乡的过客，即使偶尔回乡也是行色匆匆。故乡对于"70后"的蔡家园来说是越来越陌生的温馨记忆。蔡家园之所以要重新发现故乡，走进故乡的历史深处，是为了寄托自己的那份乡愁，是为了给那正在日益凋敝的乡村留存一份历史档案。随着年龄的增长，功成名就的蔡家园再次回到家乡，对故乡的认识和理解更

[①] 杨同卫、苏永刚：《论城镇化过程中乡村记忆的保护与保存》，《山东社会科学》2014年第1期。

[②] 贺雪峰：《新乡土中国》（修订版），北京大学出版社2013年版，第9页。

加深入。蔡家园说："这种返回的心理过程微妙而复杂，混杂着迷茫、焦虑、迷恋、欣悦、苦闷，甚至还有反思……但这一切最终又融化在时光的熔炉里，变成了一种温情和动力。""我所能做的唯有努力抗拒流行价值观的强大惯性，在多元的视域中尽可能返回历史现场，在多声部对话中重现松塆曾经的生活。""希望通过自己的笔重建一座纸上的村庄，纪念那些普通而又不寻常的岁月。"按照写作构思，《松塆纪事》由三部分组成："一部分是几位老人的口述，我在整理加工时尽量保持原貌；一部分是我对村庄历史和人物的叙述，以及比较'个人化'的关于我们家族的简史；还有一部分是我和老五的对相关问题的讨论。"蔡家园通过多声部的协奏深入乡村现场，发现乡村的丰富性。而乡村文化则是他关注的重点内容。乡村文化的前世今生、来龙去脉、扬弃重建等都是他聚焦的重心。乡村文化主要包括家族文化和乡贤文化。我们在这里不妨分析《松塆纪事》中关于乡贤文化的书写。

乡贤文化是中华优秀传统文化的重要组成部分，是扎根于中华文化母体的富有鲜活生命力的文化。在中华民族漫长的历史进程中，一些在乡村社会建设、风习教化、公共事务中贡献力量的乡人都可成为乡贤。乡贤文化是一个地域的精神文化标记，是联结故土、维系乡情的精神纽带，是探寻文化血脉、弘扬文化传统的精神原动力。"在松塆，地主和穷人之间的矛盾没有那么尖锐，地主有地出租，穷人耕种交租，代代如此，似乎天经地义。对于村里公益性的事务，譬如筑路、建桥、修庙，地主们捐的钱往往比较多；遇到饥馑灾年，他们也会主动做一些善事。"如1934年湖北大旱，许多地方颗粒无收，许瀚儒召集地主开仓放粮，轮流施粥，帮助穷人渡过难关。同时，许瀚儒热心乡村教育、开办学校、开启民智。即使小地主旺财也是勤扒苦做，省吃俭用，攒地攒房，对土地比对自己的儿子还亲。土改运动时，在重新写地契的前夜，旺财到他的土地上从南到北，一寸一寸走过，用手去摸去捏，甚至用嘴去啃，一只鞋子也不知掉到哪里去了……"先贤的人生际遇、命运沉浮也是中国历史风云变幻、起起伏伏的写照。

由于革命运动和市场经济的冲击，乡贤文化的传统逐渐解体，传统的乡贤日益离开乡村，并且逐渐失去影响力。"松塆就像一个舞台，一波又一波的人走马灯似的来去。历史的剧变正好给台上的人提供更多表演机会，也使生活变得更加富有戏剧性。"重构传统乡村文化，需要一批有奉献精神的乡贤。从乡村走出去的精英，或致仕，或求学，或经商，而回乡的乡贤，以自己的经验、学识专长、技艺、财富以及文化修养参与新农村建设和治理。他们身上散发出来的文化道德力量可教化乡民、反哺桑梓、泽被乡里、温暖故土，对凝聚人心、促进和谐、重构乡村传统文化大有裨益。

晋文、老五和"我"是作者寄予厚望的新乡贤。这些人受过高等教育，出过国，具有国际化视野和理性的思辨能力。建筑公司老总晋文作为经济资本的力量试图回乡"搞生态农业"，社会学博士老五则认为："中国农村未来的出路只有一条，那就是再次把农民组织起来，借助资本的力量发展规模农业，重新释放土地的活力。"通过土地流转把土地集中起来进行规模化经营。而"我"渴望"在纸上重建一个松塆"。忠厚传家远，诗书济世长。忠厚是讲家风，诗书是讲安身立命之本。

显然，蔡家园继承了五四文化传统，具有家国情怀和历史使命。现代乡村文化重建的各种路径也有可取之处，但是，如何落实这些美好的设想？乡村重建或许更需要生于乡村长于乡村的农民参与其中才能取得成功。将蔡家园富有先锋精神的真知灼见置于乡村振兴国家战略背景，或许更能显示出他作为知识分子的担当和责任。

三 历史主体文化身份的重构

某种意义上说，写作是一种自我表达，是表达作家自我的全部。只有将自己的生活带入其中，那个故事才能成为自己的版本。"每一位作家都必须遵循自己感到最惬意的路径。""更愿意写有关自己生活的题材，或者自己有能力写的题材。""它是通向生活的窗户，很像在构图上具有高度选择性的照片。它看起来像是在随意，甚至任意地回顾往事，实则不然，它是有意的建构。"①《松塆纪事》的题记显示了蔡家园的艺术雄心，他既为日渐陌生的故乡立传，更为"70后"作家进行历史主体文化身份的构建，这也是《松塆纪事》先锋与常态性特征的又一重要表现。

蔡家园写作《松塆纪事》的时候，正是很多作家、知识分子饱蘸悲情，追忆童年往事，喟叹"故乡沦陷"的时候。"做旧故乡"②这种乡村书写套路伴随着20世纪中国现代化的进程，这是二三十年代以来乡村小说创作的重要范式。那些寓居在北京大都市的如作家鲁迅、蹇先艾等以乡村的荒凉、时间的永恒、童年的纯真、人性的诗意与都市的繁华、成年的苦涩、人生的无常、社会的变迁进行对比，迷茫与困惑油然而生。这种书写范式弥漫着浓浓的乡愁。这些似乎被历史遗忘了的乡村存在于封闭时空，被作者以都市的视角重新观照。乡村的景观呈现出贫穷、落后、封闭、凝滞的特征，是"萧索的荒村，没有一些活气"③。当下，"做旧故乡"借助文化资本，通过网络等媒介，呈现出多种形态，也隐含着各种文化信息。如被证明是假新闻的"上海女孩和江西男友回乡过年，吃第一顿饭就要分手"，《一个农村儿媳眼中的乡村图景》，快手网站中乡村的野蛮生存，还有各学科硕士、博士的返乡书写。这种叙事的方式成为一种套路，情绪的表达隐藏着傲慢的偏见。"回不去乡村，融不进城市"成为这些作者的文化特征。身份的迷茫、情感的迷失很容易被情绪左右，甚至被其他资本如某些媒体所利用从而丧失历史的主体性。发现故乡、书写故乡，简单粗暴地呈现显然应让位于悉心的整理分析。悲情化的叙事往往遮蔽了乡村靓丽的风景，看不见乡村新鲜的活力。这种书写模式是在乡村和城市双重碰壁以后的迷梦呓语，是"消费乡村"的不友好行为。

过度美化和盲目唱衰乡村都是一种缺乏理性的情绪行为。田园牧歌、

---

① [美]威廉·津瑟（William Zinsser）：《写作法宝：非虚构写作指南》，朱源译，中国人民大学出版社2013年版，第3、17页。

② 袁国兴：《乡愁小说的"做旧故乡"和"城里想象"》，《中国现代文学研究丛刊》2010年5月。

③ 鲁迅：《故乡》，见《鲁迅全集》第1卷，人民文学出版社2005年版。

衰败凋敝都是乡村在现代化进程中特定阶段的存在，无论做何种判断都不能涵盖当下乡村的全部，都是遮蔽了乡村的部分文化信息。城乡对立本身就是一个现代化的悖论，乡村的城市化也是现代化的陷阱。任何一位有历史担当的学者都应该静下心来，给予城乡平等的地位，触摸乡村的肌肤，凝听乡村的脉搏，为乡村的发展和出路寻找接地气的方法，这种出路的寻找也就是知识分子自我的寻找，是自我历史文化身份的构建。

从消费主义的角度来说，欲望是刺激社会发展的主要动力，锦衣玉食是普通人的主要追求和生活意义之所在。其实，农民除物质欲望之外，还有精神需求和审美需求。当前乡村不仅是物质条件的不足，更主要的是精神生活的荒芜。随着消费文化的刺激发展，农民的生活条件日益改善，但是，农民的主体性也有丧失的危险，生活的意义逐渐虚化，生活的意义被放逐，不知道如何看待和追求人生的价值。如何让农民在闲暇的时候日子过得有意义，怎样让农民获得文化主体性日益显得重要。蔡家园做出了自己的思考。

让农民获得主体感、价值感和尊严感，让他们对未来具有一定的预期，这是乡村文化精神的重要内容。蔡家园认为乡村文化的重建更为重要，乡村历史记忆的重建更为急迫。重塑文化与灵魂的工程，显然比制度、经济、法律层面的建设更为复杂。作为执政党的共产党对新社会有整体的设计，与土改同时进行的是扫盲运动。我们不能将扫盲简单地看为识字运动，更应该看到扫盲运动是对农民进行集体主义和共产主义的改造和教育，是乡村文化灵魂的重塑。只是乡村文化整体性、系统性的建设被一次又一次的政治运动冲击得支离破碎。

农业合作化运动开展不久，松塆的扫盲运动也就拉开了序幕。潘组长一手抓生产，一手抓扫盲。致远被潘组长任命为夜校校长，负责全村的扫盲工作。致远运用象形、谐音以及借助实物，以日常生活为案例进行教学。梅松采取措施由小孩督促父辈、爷辈学习。经过两年扫盲，松塆基本消除了"睁眼瞎"。更主要的是，夜校成为人们日常生活的空间，成为人们情感寄托的场所。而"70后"的新世代晋文作为建筑公司的经理，更愿意优化乡村空间，在乡村环境的建设上进行规划，有序推进。小说特意写到他与蔡家园在村头垃圾场，也是停车场上商量乡村的重建。显然，这是具有象征意义的神来之笔。

像蔡家园这代人，少年时代阅读过大量红色经典，如《暴风骤雨》《李家庄的变迁》《艳阳天》《创业史》等，它们按照"革命"逻辑叙述历史，为"70后"世代提供了一种乡村记忆；新时期之后，像《白鹿原》《丰乳肥臀》等按照新历史主义的逻辑，竭力解构"革命"，为"70后"世代呈现了另一种乡村记忆。蔡家园以自己独到的生命体验、悲悯情怀和责无旁贷的担当意识"返回到历史现场，返回到社会大众，返回到社会底层之中去深入批判的精神和态度"书写乡土中国"发展的故事"，为乡村书写提供了新的范式，从而完成了"70后"历史文化身份的主体建构。《松垸纪事》在常态书写中表现出了先锋精神。

"70后"作家乡村书写的常态性

一 被遮蔽的常态性

大约是从1996年开始,国内有一批思想活跃、锐意进取的文学期刊先后开设"70后"栏目,积极推介文坛新人。如《小说界》的"七十年代以后"(1996年第3期始),《芙蓉》的"生于七十年代""重塑70后"(1997年第1期始),《山花》的"70年代出生作家"(1998年第1期始),《作家》的"在路上"(1998年第3期始)、"七十年代出生的女作家小说专号"(1998年第7期),等等。① 在短短两三年时间内,"70后"② 作家群迅速成为一支引人注目的文坛新兴力量。也许这种文学命名方式源于《青年文学》从1994年第4期开始设置"60年代出生作家作品联展"栏目的灵感。但更主要的原因是20世纪90年代以来,"主流文学始终形不成主潮",不得不采用这种命名的方式。

在创作实践上,"70后"作家早已是中国当代文学的劲旅。魏心宏

---

① 事实上,1996年2月出刊的南京民间文学期刊《黑蓝》(陈卫主编)最早明确提出"七十年代以后"作家群的概念。参见李安《重塑"七十年代以后"》,《芙蓉》1999年第4期。

② 需要指出的是,同一世代作家之间具有较大差异性。当我们根据某一类作家分析归纳"70后"作家的特点时,马上就会有人举出另外作家的例子得出相反结论。但是,为了论述方便,笔者不得不暂时借用"70后"这一临时性概念。本篇的目的不是关于"70后"小说的本质分析,而是以个案作家为中心,描述、捕捉一种创作倾向。特此说明。

等主编的《"七十年代以后"小说选》①、何锐主编的《新世纪文学突围丛书》②、安徽文艺出版社出版的《新力量原创小说大系》③ 都重点关注"70后"文学；孟繁华、张清华主编的《身份共同体：70后作家大系》④有魏微、乔叶、徐则臣、朱山坡、付秀莹等近三十位"70后"作家入选。自2004年魏微的《大老郑的女人》获得鲁迅文学奖以来，田耳、李浩、乔叶、李骏虎、徐则臣、张楚等"70后"作家已是这一重大奖项的常客，徐则臣的长篇小说《耶路撒冷》也曾入选茅盾文学奖的提名。近年来，"70后"作家的长篇小说更是呈现出井喷的态势。显然，"70后"作家丰硕的创作成果已然是中国当代文学的重要组成部分。但是，"70后"作家总是给人一种"低谷的一代"⑤ 的印象，创作的同质化、历史感的缺乏、史诗性的不足等常为人诟病。"70后"作家成长于"后革命"时代，经历了改革开放的蓬勃发展，见证了国家和社会的全方位转型。他们的精神资源和艺术气质有着鲜明的特征。为什么"70后"作家会给人"低谷"的印象？是不是我们的评价体系、研究模式发生了偏差呢？

陈思和认为，代际作家创作中所形成的某种区别于以往写作的根本性质和共同点的考察，"是我们考量所有代际文学交替发展的关键性的标识，如果我们仅仅从一般的写作特征来考量，那么，每一代文学总是有它自身的特征；但从文学史发展的角度来考量，那就需要我们关注其是否提供了某种不同于前人的新的因素，而这些新的因素与文学本体是接

---

① 《"七十年代以后"小说选》，由魏心宏等主编，上海文艺出版社2000年版。
② "新世纪文学突围丛书"由何锐主编，江苏文艺出版社出版，从2010年开始，共出版四辑。每辑各有一部关于"70后"文学或评论集，合计四部。
③ 《新力量原创小说大系》由安徽文艺出版社2015年出版，入选的作家有乔叶、魏微、李师江、苏兰朵、戈舟、李浩、徐则臣、滕肖涧等。
④ 《身份共同体：70后作家大系》由孟繁华、张清华主编，山东文艺出版社2015年开始出版。首批入选的作家有戴来、东君、付秀莹、黄咏梅、计文君、金仁顺、李师江、李修文、李云雷、鲁敏、娜彧、乔叶、石一枫、瓦当、魏微、徐则臣、张楚、哲贵、朱山坡、朱文颖等。
⑤ 陈思和：《低谷的一代——关于"70后"作家的断想》，《当代作家评论》2011年第6期。

近了，还是更遥远了"①。先锋与常态是同时并置于20世纪中国文学史的两种基本形态。先锋是指在"文学发展中产生先锋意义的文学因素"，"强调对现实的批判和斗争，企图通过对文学自律的调整推动社会生活的目的"。而常态的文学"是随着社会生活的发展而发展逐渐发生演变的文学现象"。时代变化必然发生与之相适应的文化和文学上的变化。"常态文学是大多数人能接受的文学，常态文学的对象包括了多层面的接受者，常态文学也是多层面的，它的最高层面与新文学是同一性的。"②"常态文学的发展，总是与市场和读者紧紧结合在一起的。"③ 陈思和主编的《中国现代文学史教程》（待出版）中，"先锋与常态"是贯穿整个文学史论述的一条主线。"先锋与常态"不仅仅是文学史阐释范式，更是文学发展形态。这种理论的提出有利于打破既往文学史研究新/旧、中/西、雅/俗等二元对立的阐释模式，有效地描述了文学形态的复杂性与丰富性。这种理论为我们研究"70后"作家的乡村书写提供了新的思路。笔者认为，从社会层面看，常态性文学是顺应社会变迁，与社会是和谐的，而不是激进的；从审美层面看，常态性文学是适应文学潮流，延续文学传统的，而不是断裂的；从情感层面看，常态性文学的精神立场是悲悯、宽容的，而不是批判的。"70后"作家的乡村书写与其说是被遮蔽的文学，倒不如说是当下文学的常态形态。

二 乡村破败书写的常态性视角

文学创作的常态性决定了文学与生活的关系不再是剑拔弩张的，尖锐冲突转向了温和与妥协。常态性文学不是先知预言式的，不是指向未来生活预兆，而是平静接受并描写出现实生活中的变迁。"70后"作家乡村书写的常态性首先表现为"顺变"，是顺应社会和时代变革的文学。

乡村书写在不同的历史阶段呈现出不同的表达方式。"五四"新文学

---

① 陈思和：《低谷的一代——关于"70后"作家的断想》，《当代作家评论》2011年第6期。
② 陈思和：《有关20世纪中国文学史研究的几个问题》，《文学评论》2016年第6期。
③ 陈思和：《先锋与常态：现代文学史的两种基本形态》，《文艺争鸣》2007年第3期。

的传统中，以鲁迅为代表的作家在现代性的参照下，站在改造国民性的立场上想象乡村，形成了现代性启蒙的传统；而废名、沈从文等作家则站在美好人性的立场上想象乡村，形成了现代性审美传统，这类乡村书写中的乡村是优美、健康、自然而又不悖乎人性的人生形式，现代田园牧歌情调浸润着更多的个人经验和文化记忆。左翼文化崛起以后，乡村书写又出现阶级斗争为主导的农村革命想象，直到20世纪80年代以寻根小说为代表的乡村书写，才回到鲁迅与沈从文的两种传统之下，在90年代直接导致了"50后"作家的民间乡村书写，对乡村现实的深刻追问。尽管这些乡村书写策略各有不同，但无一例外，他们都勇立潮头，对社会、时代进行批判和规训，或试图建立某种另类的乡村想象。

"50后""60后"作家在20世纪80年代就已经登上文坛、呼风唤雨，掀起了此起彼伏的各种创作潮流。但是，这种潮流主要是呼应政治上的诉求，文学发展的动力主要源于观念激进作家的先锋实践。而20世纪90年代的标志性事件是邓小平南方谈话、市场经济体制的建立，作家与传统权力政治的关系开始疏远，与市场的关系却日益接近。在"无名"时代，文学的发展逐渐丧失了批判既往文学的热情，丧失了保持先锋状态的动力，文学上的"继续革命"无以为继。经过百年现代化进程的跌宕起伏、柳暗花明，中国社会秩序日益平稳，走向常态化，日常生活成为时代的主要内容。在这种时代背景中成长起来的"70后"乡村作家，自然而然对宏大叙事的解构与建构都缺乏热情。

乡村破败、城乡对峙、农民苦难等是乡村书写日久弥新的题材。乔叶、魏微、鲁敏、徐则臣、张楚、叶炜、计文君、张学东、肖江虹、朱山坡、付秀莹等"70后"作家都曾涉足过这些重要题材。乔叶的《盖楼记》《拆楼记》是《人民文学》推出的"非虚构"写作的代表作品，讲述"我"个人所见到的"拆迁"景象，形象地描绘了各方势力为了利益残酷地角力与斗争。但值得注意的是，叙事人"我"似乎无意于渲染城乡的对峙，乡土的溃败，而是着眼于呈现这种进程中人性的裂变。乔叶不是单纯写社会问题，而是主要写社会背后的人、人性以及更为深广的生活背景。而"50后""60后"作家总是以批判的姿态，热情地介入当下。如贾平凹在20世纪90年代以来对中国乡村一直进行跟踪式书写，笔下的乡村图景日益荒原化。如《土门》写城市化进程、《秦腔》写乡村文化的破败、《极花》写城乡之间的逆向流动，始终徘徊在彷徨与失落之间，为日益破败的乡村招魂。

不妨以朱山坡为例进一步分析。朱山坡是广西继林白、鬼子、东西以后最专注于苦难书写的"70后"作家之一。他以"米庄"为文学据点，以原始而粗粝的笔调坚持书写底层生活，关注苦难人生。《我的叔叔于力》《米河水面挂灯笼》《空中的眼睛》《山东马》《两个棺材匠》等小说关注在现代化和城市化进程中底层农民的生存惨状，展现乡村日益破败的命运。这些小说的基调深沉，血腥暴力时有发生，残酷物语不时显现。但"米庄"不同于鲁迅笔下的"未庄"那样愚昧、麻木和落后；不同于莫言笔下的"高密"、贾平凹笔下的"商州"等有着前工业时代乡村的神话或神秘；也不同于阎连科笔下闭塞、贫穷和绝望的"耙耧山脉"所具有的象征意蕴。"米庄"是当下中国西南部乡村的一个缩影，与现代化进程中喧嚣、奢华的"高州"比肩而立，与城市文明紧张对立又彼此相依。朱山坡"试图把一座村庄和一座城市建立某种联系，让他们产生冲突和戏剧性"①。2007年《跟范宏大告别》公开发表以后，朱山坡逐渐走出了对文坛流行范式的模仿，开始积极寻找具有自我特色的创作风格。朱山坡小说的审美追求发生转移，逐渐远离血腥和暴力，更多地发掘底层人物、"懦夫"们身上的善良、真诚人性，更多地关注底层的生存状态、精神面貌，为"草根"人物立传。在不动声色的诗意叙事中，他执着地追求乡村的重建。如《跟范宏大告别》《陪夜的女人》《喂饱两匹马》《鸟失踪》等小说，乡村苦难依旧，但是温情长存，幽暗的叙事中常常看到生活的亮色。《陪夜的女人》中，孩子在南方打工，儿媳不愿照顾行将就木的方正德老人，他经常在深夜里痛苦呼喊离世的妻子，以反抗孤单和恐惧。陪夜女人的到来，使方正德老人缓解了内心焦虑，乡村

---

① 孤云、朱山坡：《不是美丽和忧伤，而是苦难与哀怨》，《花城》2005年第6期。

的夜晚也恢复往日的宁静。然而，乡村的流言蜚语对陪夜女人造成极大的伤害。老人平静离开人世时，陪夜女人独自驾船悄然离去。小说从表层严峻的乡村社会现实进入到了乡村精神层面，在精神、情感的平衡或失衡的叙述中表达了对生命哲学的思考。《败坏母亲声誉的人》中塑造了三位父辈：母亲和她先后两任丈夫。母亲总是抱怨两任丈夫败坏自己的声誉。而在儿子的心里，败坏母亲声誉的不是别人，而是她自己。母亲十九岁时就和戏班班主关系暧昧，嫁给父亲后和班主也是藕断丝连。母亲对父亲颐指气使，成为远近闻名的悍妇。父亲死后，母亲马上将"我"抛弃，执意改嫁到县城，成为被她称为"疯狗"的中学地理教师的妻子。母亲一生都处于"诱惑"的迷雾之中，惊喜于诱惑、沉迷于诱惑、追逐各种诱惑。小说在叙事上显然借鉴了鲁迅的"看/被看"模式，母亲"看"两任丈夫的人生，认为自己命运艰窘、声誉狼藉源于丈夫的败坏，而儿子"看"母亲的人生，觉得母亲悲苦不堪的一生实际源于自身人性的弱点。朱山坡的长篇小说《风暴预警期》书写的空间虽然从"米庄"转到桂东南小镇"蛋镇"，但是作者一如既往地关注底层和人性的幽暗和微光。从朱山坡乡村书写的创作历程我们不难发现，他无意唱衰现代性的城市，更无意渲染乡村苦难。在现代化进程中，乡村日益落后是不可避免的事实，乡村社会的现代性重构是时代进步的必然选择。这种常态性书写策略与"50后""60后"作家那种和社会尖锐对抗，企图激进地改造社会的乡村书写有很大不同。

朱山坡的作品集中体现了"70后"作家乡村书写的普遍创作特征：顺应社会发展潮流，在轻逸的个人化叙事表征中包含着向社会现实妥协与和解的心理现实，城乡对峙转向城乡融合。这使得"70后"作家的乡村书写表现出常态性的特点。"70后"作家的成长经历决定了这一世代作家与社会、时代和谐共处的可能。"70后"作家的童年时光是在20世纪80年代，这是中国乡村社会朝气蓬勃的时期；接受高等教育时又是处于"无名"的90年代，社会日趋稳定，世俗化社会逐渐形成；参加工作之时还能享受体制的某些好处，如住房分配制度，暂时感受不到市场经济冷酷的一面。改革开放给中国带来了超稳定的社会环境，尽管社会变化也急剧惨烈，但是对文学没有产生特别大的冲击力。作为社会个体，大多数"70后"作家感恩社会，支持改革开放的伟大进程。由于没有"50后""60后"作家那样深刻的创伤记忆，"70后"作家在乡村书写时自然而然和社会保持了某种一致性。

显然，"70后"作家的这种乡村书写不同于"50后""60后"乡村作家如莫言、贾平凹、阎连科等，与社会思潮相互激荡，从伤痕文学到改革文学、知青文学、寻根文学引领、推动着社会潮流的发展，也不同于陈应松等作家的社会学写作，而是"随着社会生活的发展而发展逐渐发生演变的文学现象"。"70后"作家顺应社会变革，乡村书写自然而然地接受和反映现实社会的演变。"70后"作家内心更认同城市，认同现代化、城市化的进程。"70后"作家乡村书写是一种"顺变"的文学。当然，"70后"作家也更加认同日常生活美学。

三　日常生活的温情呈现

"70后"作家一方面顺应社会潮流，直面艰窘的乡村生态；另一方面，则是顺应文学潮流，随着文学的发展自然而然地书写。思潮性写作向日常生活书写的转变，是文学常态性写作的又一个特征。写作行为本身就是常态性文学日常生活的一项重要内容，它拒绝承担写作本身之外的任何意识形态功能。

"50后""60后"作家，大多曾经长期生活在乡村底层，对于饥饿、绝望、贫困有着刻骨铭心的创伤体验，乡村书写容易形成怨怼的模式。这种书写策略自然而然放逐了乡村日常生活的温情与浪漫。莫言《生死疲劳》中的乡土中国宏阔、鲜活、生动，但缺少日常性的人间烟火；贾平凹的《极花》虽痴迷于农民的家长里短，但不免有玩味农村的落后与愚昧之嫌，日常生活诗意无迹可寻；阎连科《炸裂志》《日熄》中的乡土中国则是神实主义言说的寓言，日常生活书写承载了丰富的意义。这些极致化的乡村书写呈现了日益荒原化的乡村图景，一方面成功地书写

先锋与常态：新世纪乡村小说论

了当下乡村严峻的社会问题，另一方面也滋生了现代化的焦虑情绪。部分作家在疼痛书写中迷失自我，看不到农民日常生活本身的丰富性。而"70后"作家既有匮乏、平淡乡村生活的体验，也有过繁荣、富裕的都市生活经历，他们真诚地认可现代化发展模式。"70后"作家的乡村书写拒绝政治图解和社会学写作，没有宏大叙事的构建冲动，也不在历史的冲突和断裂中书写个人的恩怨情仇，而是在日常生活专注温情的书写中表达自己独到的思考，从而赋予自身文学史价值。

20世纪80年代，伤痕、反思、改革、寻根、先锋、新写实以及90年代初的新生代写作，这些文学实践源于新时期文学对国家、民族的现代性想象，进而试图在政治上祛魅，寻求一种与个人主体性相适应的话语方式。而80年代中期，随着精英理想的受阻和城市化进程的推动，日常生活书写从新写实小说思潮里脱颖而出，方方、池莉、刘震云、刘恒等为代表的新写实，强调"现实生活原生态的还原"，注重写小人物的日常琐细生活，这种异质性使它和之前的现实主义区别开来。后经韩东、朱文等"60后"作家提出的"断裂"美学的进一步发展，日常生活书写达到去政治化的目的。

"70后"作家从整体上来说是文学演变的传承者而不是革命者，他们不是要通过日常生活书写来超越、断裂文学传统。他们关注日常生活成为"日常"写作本身，无意于通过这一书写策略推动文学思潮的发展。这种文学写作的"共同点"，是与"70后"作家所处时代的文化现实和市场发展相适应的，毕竟日常生活书写与市场的利益诉求是一致的。这也是文学常态性的重要表现之一。20世纪90年代以来，随着市场经济的兴起，大众文化逐渐占主导地位，文学先锋性退居边缘。"理想主义受到了冲击，教育功能被滥用从而引起了反感，救世的使命被生活所嘲笑"，曾经具有广场意识的理想主义者喊出了"躲避崇高"的口号。[1] 大众文化的历史主体是市民阶层的崛起，而市民阶层生存的现实就是日常生活。

"70后"作家的乡村书写不刻意追求艺术技巧的翻新出奇，而在意

---

[1] 王蒙：《躲避崇高》，《读书》1993年第1期。

主体进入个体空间，在意现代日常生活和个体生存经验的审美之维。新写实小说中的日常生活没有呈现出过多的审美性，只是在"冷也好，热也好，活着就好"的无奈中，在"一地鸡毛"的庸常中维持感情的零度写作。同时，21世纪以来某些乡村书写假借底层写作之名，对乡村社会的阴暗面过度渲染，漠视甚至遮蔽乡村社会的丰富性，滞重有余而轻盈不足。作为文学艺术不仅仅是要发现生活的幽暗，更要发现这种幽暗中的抗争，扩散这种幽暗中的光亮。张楚说："'70后'作家身上有种奇特的安静，规规矩矩做事，规规矩矩走路，算是踏实的一代人，反映在文学上就是，他们气质里没有极端的个人主义，也没有伪浪漫主义。他们很少关注宏大叙事，那些日常的、琐碎的，甚至是卑微的生活反而更多地被他们关注。他们基本上写的都是小人物。"① 魏微则认为"70后"作家的意义就在于日常经验的写作，"70后"作家"容易关注生活中那些细微、微小的事物"，"我们这一代人写作的意义，可能正来自'经验写作'，来自我们每个人独特的、不可复制的日常经验。"这个时代太庞杂了，靠个人力量根本没法把握。因此，各写各的，汇涓成海，创造一个完整的世界。② "70后"作家的精神主体是属于传统的，他们是"一个继承者的角色而不是一个革命者的角色"。③ 日常生活美学也是因适应文化现实和市场发展，"与市场和读者紧紧结合在一起的"，成为"70后"作家乡村书写常态性的主要表现之一。

鲁敏的《颠倒的时光》，乔叶的《最慢的是活着》，盛可以的《北妹》，畀愚的《田园诗》，朱山坡的《鸟失踪》，张学东的《父亲的婚事》，李师江的《福寿春》以及付秀莹的《陌上》等，或者书写转型后传统乡村社会遗留的善良与美好的人性，或者书写城市化进程中农村的日益破败。但无一例外，这些小说都是有关小人物的小叙事。

魏微的《大老郑的女人》于2004年底获得第三届鲁迅文学奖，这是

---

① 罗皓菱：《70后：夹缝中一代集体沉寂或集体井喷》，《北京青年报》2015年10月27日。
② 魏微：《日常经验：我们这代人写作的意义》，《文艺争鸣》2010年第12期。
③ 贺绍俊：《"70年代出生"作家的两次崛起及其宿命》，《山花》2008年第8期。

"70后"作家第一次获此殊荣,赢得主流认可。这部作品有沈从文小说怀旧、朴素、婉转和悠长的传统韵味。魏微以女性特有的细腻的视角,哀婉的笔调叙述了大老郑和他的"女人"间暧昧的爱情。女人以细心、整洁和勤快慰藉身在异乡、远离妻小的老郑,虽半良半娼,却也是两情相悦。老郑也是善良、宽厚、有责任心的男人。直到"女人"的丈夫到来,才戳穿这种和谐的假象。但是丈夫到来也不是图穷匕见、剑拔弩张的激烈冲突,只是在故事里承担说明真相的功能。故事还在继续,成为作者遥远而古老的一个梦。魏微以儿童的视角、在日常生活的书写中表现生活的真实和时代的变迁。李俊虎的《前面就是麦季》也是写简单的日常生活,绘就了麦香洋溢的乡村风景画。小说主要由两个故事组成,一个是婚后一直不能生育的福元、红芳,抱养小孩做满月的故事,可以看出生育文化浸入乡村日常生活肌理;一个是围绕姐姐秀娟展开的故事,秀娟一直没有出嫁,自然会引起村人的闲言碎语。秀娟醉酒引发误会,逐渐揭开生活的面纱,塑造了一个善良、宽容、隐忍的乡村女性形象。鲁敏则为读者塑造了一个诗意、淳朴的"东坝"文学乡村,寄托了她"温柔敦厚"的浪漫情怀,如《思无邪》《离歌》《逝者的恩泽》《颠倒的时光》《燕子笺》等。在《思无邪》中,"东坝里总有各种不同的人,有村长和会计,有赤脚医生,有裁缝,有聋哑痴癫,有不是很漂亮的寡妇,有生儿子吃鱼肉的还俗和尚,有无儿无女的五保户"。乡村的田园风景是水塘、田螺、芦苇,夏天的水牛、冬天白白的冰块儿。"日子慢慢地过着,又是飞快地过着。"乡村的生活充满仁慈、温暖和包容。《颠倒的时光》中新农民木丹的现代育瓜大棚使东坝的色彩图谱在黄、绿、黑、灰之外多了一种白色。木丹们不再安贫乐道,他们喜欢现代化生活方式,更喜欢在蓝天下自由地享受富裕而诗意的乡村生活。鲁敏在东坝自然清新、富有生活气息的日常生活描写中,展示了自己对乡村的理解,重新思考生命的价值和意义。

对"70后"作家来说,"直面'此在'的现实生活,尤其是面向非主流的边缘化日常生活,不仅是作家对巨变时代的一种认识需求,也是创作主体的一种自由选择"①。这种主体的自由选择祛除了物质化的遮蔽，消除了媒体的幻像，凸显了个体的主体性。他们对日常生活和个体生存的美学观照具有文学史的意义，这种"合时宜"（施战军语）的常态性书写是对 20 世纪乡村书写空间的拓展。不过，日常生活的常态性书写是否会建立起另一种温暖、甜美甚至矫饰的生活幻像？这确实应该警惕。

四 慈悲宽容的精神立场

作家的精神立场和情感态度是文学是否具有常态性的重要表现内容。"70 后"作家平静接受现实生活中的演变，以慈悲、宽容的精神立场，描述乡村生态的无序与纷乱。这是"70 后"作家乡村书写常态性的重要表现。对于"70 后"作家来说，乡村既不是启蒙、革命的对象，也不是家国情怀的载体，而是代表着其个体自身。这种乡村书写范式呈现了乡村文化的丰富与浪漫，再现了乡村风景的靓丽与乡风民俗的淳朴。

"50 后""60 后"作家习惯于对乡村进行批判或者进行创作审美实验，从而达到先锋的艺术效果，如莫言、阎连科、余华等的怪诞现实主义，贾平凹、王安忆、格非等的法自然现实主义。有学者在编辑《新世纪小说大系：2001—2010》乡土卷时，认为"21 世纪的乡土叙事有个趋势：即风景画的逐渐消失"。② 这种结论源于对尤凤伟、阎连科、莫言、刘震云、红柯等人小说的分析。权威选本、文学大系的偏爱本身也说明了他们乡村书写的先锋性。但是这一结论显然并不能准确概括鲁敏、李师江、田耳、叶炜、肖江虹、付秀莹等"70 后"作家的乡村书写。

相对于"50 后""60 后"作家对乡村的批判与质疑，鲁敏、王新军、田耳、肖江虹、付秀莹等"70 后"作家更偏向于以慈悲的精神立场，在乡村回忆中重构乡村想象。从文学的源流来说，这种慈悲的审美观照继

---

① 洪治纲：《代际视野中的"70 后"作家群》，《文学评论》2011 年第 4 期。
② 李丹梦：《流动、衍生的文学"乡土"》，见陈思和主编《新世纪小说大系：2001—2010·乡土卷》，上海文艺出版社 2014 年版，第 9 页。

承了周作人、废名、沈从文、孙犁、汪曾祺等浪漫主义传统，以审美的姿态，讴歌乡村美好的人性，淳朴的民风，重构温柔敦厚的乡村伦理和田园牧歌式的乡村乌托邦。从乡村社会发展的角度来说，与"50后""60后"作家合作化集体乡村记忆不同，"70后"作家的乡村记忆是"家庭承包责任制"的乡村，是家庭化、碎片化的乡村场景。在"70后"作家看来，乡村固然日益凋敝，但还是富有内在的活力。社会转型给"70后"作家"带来了两种文学精神，一种是保留在计划经济时代中的乡村文学精神，一种是与市场经济相呼应的都市文学精神"①。更为重要的是，伴随着市场经济、消费社会一起成长的"70后"作家逐渐远离了对抗性、批评性的理论资源。2007年由于鲁敏、徐则臣、张学东等人创作的集体爆发，这些作家将书写的空间从咖啡厅、写字楼转向自己童年的活动空间，凝视乡村大地，进行乡村题材的创作。如鲁敏的《颠倒的时光》《离歌》《纸醉》，王新军的《远去的麦香》，艾玛的《浮生记》，李师江的《福寿春》，田耳的《衣钵》《金刚四拿》，叶炜的《后土》，肖江虹的《百鸟朝凤》《傩面》，付秀莹的《陌上》等。

"70后"作家慈悲地关注乡村的发展与变化，深入乡村肌理，见微知著地把握乡村内在的生命律动，乡村风景、乡村风俗等乡村生活内容得以重现。田耳出生于湘西凤凰，是一名少数民族作家。湘西人素来尚武骁勇，但是田耳的小说却敏感、柔弱、感伤、忧郁。他的《衣钵》执着于个体生存命运的把握与解剖。大学毕业后的李可回村接过父亲的衣钵，成为乡村的道士。小说描写了李可的内心从反抗、到认可，再到感动的变化轨迹，最终个体与环境之间的关系通达而融洽。《金刚四拿》是一个关于农民进城和归来的故事。田耳既不批判城市也无意为乡土代言，而是从文化层面去重新评估生命本体。"我觉得乡村就应该有乡村的传统，但现在乡村人的思想观念、价值取向已经和城市人没有区别了。乡村失去自在自为的一套精神体系，把多少年形成的生活模式扔掉，只能

---

① 贺绍俊：《"70年代出生"作家的两次崛起及其宿命》，《山花》2008年第8期。

日渐凋敝。"① 《福寿春》中李师江将独具特色的地方风情与社会历史的发展进程结合，以传统的白描手法书写 20 世纪末福建乡村生活的裂变，坦然接受乡村家族文化衰败的命运。叶炜的《后土》中先后两任村支书权力斗争的结局也是斗而不破，各自相安无事。付秀莹的《陌上》开端先是简略交代了芳村的地缘、血缘文化，三大姓刘、翟、符家各自的来历，然后重点介绍了芳村四时的节气和民间风俗：破五、正月十五、二月二、寒食节、端午……而这正是乡村的生活内容和生命伦理。这种"乡土中国"乡风民俗的描写统领全篇，为小说奠定了感伤、抒情的情感基调。"70 后"作家以慈悲、宽容的精神立场，描述社会现实中的种种矛盾冲突，呈现乡村的无序与纷乱。"70 后"作家的乡村书写既不是高高在上地批判乡村的落后颓败，也不是肆意渲染乡村的苦难，而是在感同身受、设身处地和推心置腹中倾诉乡村故事，从而使得他们的乡村书写具有浓郁的抒情气氛。这种常态性的乡村书写既看不到作者对乡村破败命运的心急如焚，也不会有为破败乡村树碑立传的创作冲动，更不会因城乡对峙中农村破败的宿命而悲悼伤神。这是"70 后"作家乡村书写常态性的重要表现。

贵州"70 后"作家肖江虹先后创作有《百鸟朝凤》《蛊镇》《悬棺》《傩面》等系列小说，都表现出鲜明的常态性特征。他往往着眼于民俗民情，并将这种文化置于市场经济大潮和全球化进程的视野之中，在城/乡、传统/现代、物质/精神纠结与冲突中，在坚守与溃败中完成对乡村现代化进程的思考。他既不对乡村苦难进行极致的渲染，也不对人心不古愤愤不平，更不在城乡对峙中呼天抢地控诉，而是放逐内心的紧张，冷静、平和地描写这种纠结、坚守的悲剧宿命。唢呐匠、蛊师、道士等传统的民间艺人成为肖江虹贡献的新的农民形象。《百鸟朝凤》中唢呐匠能否吹奏百鸟朝凤乐曲，一方面是艺人技艺娴熟的标志，另一方面则是艺人品德高尚的表征，所谓"非德高者弗能受也"。同时"百鸟朝凤"

---

① 田耳、叙灵：《文学是一种仪式》，《文学界》2007 年第 5 期。

只为乡村中德高望重的死者吹奏。这种乡风民俗代表了乡村价值伦理的取向。但是，随着全球化和现代化的狂飙突进，乡村文化日益遭受侵蚀和挤压，人们变得越来越浮躁，越来越功利。用来维持乡村文化秩序的乡风民俗处境尴尬。吹唢呐不能养家，焦三爷招的几个徒弟都纷纷进城务工，放弃了对民间艺术的依恋。有的徒弟在木材厂打工，中指被齐根锯断，彻底丧失再次吹唢呐的可能；有的徒弟因为长期不练习，技艺退化，不能吹响唢呐。《百鸟朝凤》小说里焦三爷有两个儿子，不愿传承唢呐技艺，才不得不另寻他人，而在 2016 年公映的电影改编中，导演吴天明把这一情节改编为焦师傅有两个儿子，但是都夭折了。显然，电影改编后的艺术情节更为决绝，更为悲观。几千年的传统文化在现代化的进程中灰飞烟灭，前景黯淡。这种"无后"① 的艺术处理也表明了不同世代艺术家对传统文化的态度。吴天明作为中华人民共和国培养的"第一代"导演，具有强烈的历史使命感、社会责任感和浓郁的忧患意识，对传统文化的命运更为悲观。而肖江虹更多只是冷静、平和地描写这种纠结、坚守的悲剧宿命，凭吊乡村文化的流逝。还有《傩面》中风俗旧习与现代化生活和谐共处，温情脉脉。秦安顺作为雕刻傩戏面具的传人和傩村的引路灵人，他在生者与逝者、今人和先祖之间搭起一座灵魂往复的桥梁，先祖过往的日常生活与当下的生活状态产生对比。肖江虹对现代化进程进行深刻反思，并试图寻找传统文化的根脉，重新建立新的精神价值取向，引渡被物欲控制的飘摇的心灵，为迷茫、颓废的精神输氧。肖江虹自觉承担的使命使他的写作有了新的高度。这种艺术处理不同于贾平凹在秦腔的凭吊中无奈感叹乡村文化的溃败。显然，"70 后"的肖江虹要宽容得多、积极得多。

"70 后"乡村作家一般出生于传统的乡村，成长于城市化进程中的城镇，生活于现代化的都市，经历了前现代、现代和后现代转型的中国。他们是改革开放 40 年的亲历者和参与者，感受了中国社会结构转型的剧

---

① 李一：《"无后"现象的提出及其意义——新世纪文学中的一种精神隐喻》，《杭州师范大学学报》2011 年第 2 期。

烈变化。他们更多地从关注自我出发，沉迷于"蝴蝶的尖叫"或在城乡边缘中游走，逐渐过渡到关注底层社会，在感同身受中书写社会的剧变。如今，"70后"作家重建精神立场，慈悲、宽容地书写乡村，发现乡村风景和民间风俗，在传统文化中寻找人生价值的支撑。这是"70后"作家乡村书写常态性特征的又一重要表现。

五 当代性或可能性

从以上论述我们可以看出，"70后"作家的乡村书写在乡村破败、日常生活和精神立场上顺应社会生活演变，向社会温和妥协；从思潮性写作到日常生活书写的转变开拓了乡村书写的文学空间，这种合乎时宜的审美观照也是遵循文化市场规律的结果；在慈悲宽容的精神立场中重新发现乡村。魏微的"微闸湖"、徐则臣的"花街"、张楚的"桃源镇"、张学东的"西北"、鲁敏的"东坝"、李俊虎的"南无村"、肖江虹的"无双村"、朱山坡的"米庄"、付秀莹的"陌上"等作为"70后"作家的创作，为我们考察当代生活提供了个人化的文学空间。经过百年的发展，中国乡村书写从20世纪初先锋的"青春写作"，到当下而逐渐呈现出中年常态的"晚郁风格"，即与生命密切相关的容纳矛盾、宽容多元、复杂而又散漫的写作风格。[①] 而"70后"作家经过成长、爆发期，正在走向沉淀、进入浑然从容的成熟期，如何将这一代作家真正的优势呈现出来是当下迫切的历史任务。

先锋与常态是文学史的两种同时并置的基本形态。无论哪种形态的乡村书写，在把握文学与时代的关系时，应将当代性作为追求之一。意大利学者阿甘本认为当代性即"同时代性"或"同代人"，他认为同代人应该是"既不完美地与时代契合，也不调整自己以便适应时代的人"，"不仅仅是指那些感知当下黑暗，领会那些注定无法抵达之光的人，同时

[①] 陈晓明：《汉语文学的"逃离"与直觉——兼论新世纪文学的"晚郁"风格》，《当代作家评论》2012年第2期。

也是划分和植入时间、有能力改变时间并把它与其他时间联系起来的人"①。阿甘本强调作家应该凝视时代的黑暗之光,为同代人写作。这源于创作主体对世界所持的一种情感态度和价值立场,"是主体向着历史生成建构起来的一种叙事关系"②。也就是说,当代性是作品表现出的不同于以前文学的特质,主要表现为:"一种从当下、现时出发对世界所持的一种情感态度和价值立场,它体现了当代人特有的生存体验、心理情绪以及审美趣味。"③ 这或许为"70后"作家乡村书写进一步的艺术追求指明了方向。"70后"作家应该建立自己同时代的当代性,在乡村书写中反映当下社会问题和矛盾冲突,书写当下时代精神和厚重的历史文化,追求表现方法、表现形式等美学上的当代性。只有依靠自身可贵的书写态度,观察、思考生活的能力,"提供了某种不同于前人的新的因素",体现了新的当代性内涵,才可以说"70后"作家的历史主体性得以建立。之所以在本文将要结束的时候还要简要谈论这一话题,是热切期盼步入中年的"70后"作家,在常态化的文学形态中创作出具有鲜明当代性的作品。④

可喜的是,诸多"70后"作家一直没有放弃艺术探索的热情。如因"非虚构"写作《中国在梁庄》成名的梁鸿,她的新作《梁光正的光》以当下视野烛照家族文化之根,升华父辈困顿、热烈的生命之魂,比之前的小说更有历史纵深感。徐则臣的《耶路撒冷》写出了一代人的生命和精神历程。正如小说中顾念章教授所说"语言让我们得以自我确认"。初阳平作为小说的叙述者不断展示北京的当下生活、同时闪回花街奶奶、祖奶奶的乡村故事。在漫长的时空转换中,各种生活经历和生命体验得以呈现,各种社会问题和精神困惑得以书写。惶惑与挣扎、寻找和梦想

---

① Giorgio Agamben, *What is an Apparatus*, Stanford University Press, 2009, pp. 41, 53.
② 陈晓明:《论文学的"当代性"》,《中国现代文学研究丛刊》2017 年第 6 期。
③ 拙著:《1990 年代以来乡村小说的当代性》,中国社会科学出版社 2008 年版,第 40 页。
④ 由于论文侧重点不同,这一问题另有论述,可参见陈思和与笔者的长篇对话《"70 后"作家创作的常态性与可能性》,《文艺研究》2018 年第 8 期。

成为"70后"的"心灵史"。徐则臣赋予日常生活以信仰的意义,与其说是附魅的努力,倒不如说是作家本人追求做同时代的作家,对文化身份的寻找与认同,追求文学创作的当代性。

当然,"70后"作家只有批判性地继承传统文化,同时有选择地借鉴世界经典文学形成的"文学观念和表现方法","对话、碰撞和交融,生成更具表现力的小说艺术",[①] 特别是要积极弘扬新文化传统,通过民间岗位的创作实践寻求更为丰富多样的艺术技巧来书写乡村,才能最大可能地打破简单的城乡二元对立的乡村书写,构建具有鲜明当代性的乡村小说书写范式。

[①] 陈晓明:《乡土中国、现代主义与世界性——对80年代以来乡土叙事转向的反思》,《文艺争鸣》2014年第7期。

第四辑　文脉与风骨

佛心·诗心·文心：樊星先生印象

樊星先生是我的博士生导师。这个名字曾经引起我莫大兴趣。我是20世纪90年代初期的大学生，曾在校园《湖北日报》报栏中常常看到这个名字。每天我端着碗边吃饭边看樊星先生报刊上的惊艳文章。后来，我有意识阅读樊星先生的著述，对文学研究逐渐产生了浓厚的兴趣，2004年我考入武汉大学，有幸成为了先生的博士生。如今我又到省城工作，能够时常在先生身边再次领受教导。算起来认识先生已经有二十多年了。我曾经为先生的《当代文学与多维文化》《新生代作家与中国传统文化》两部著作写过书评，记载了一些当年和先生交往的细节，这次我在此基础上书写心中的先生印象。以前是写阅读心得，现在是写人物印象，自然也就有不同的感慨。

一 佛心：悲悯于人类文化

这里的"佛心"不是说樊星先生信仰佛教，而是指他内心的悲悯情怀。事实上他亦深受道家思想的影响，为人处世、学术研究都有着浪漫主义的飘逸仙气。他对古今中外的人类先进文化都充满了悲悯和同情，积极建构本土话语体系。他世事洞明，充满睿智，内心笃定，一生痴迷于学术。

1996年40岁的樊星先生写下《写我们的心灵史》一文，并且作为三年后出版的《世纪末文化思潮史》一书的代序。他在文中说道："是时候了，写一本我们的当代史。""我要写一部心灵的历史，一部时代情绪变迁的历史。"这富有宣言意味的话语其实表达了这一世代学人的心声。1957年出生的樊星先生是"85学人",具有典型的世代意义。这代学人出生于新中国初期,从小就有新中国主人公的自豪感;"文化大革命"时期,经过"上山下乡"的知青经历,这代学人又磨砺了意志;新时期,这一世代的学人又成为第一批大学生,感受改革开放的勃勃生机,直接参与秩序的重建。这代学人具有陈平原所说的"使命感,英雄主义,浪漫激情,还有一点'时不我待'或者'知其不可而为之'"的悲壮。樊星先生是77级大学生,在激情燃烧的20世纪80年代来到省城攻读研究生学位,后来因为成绩优秀留校任教。自然而然,他有着这代人的理想、激情和担当。他以诗人的敏感切身感受改革开放初期中国社会城乡的沧桑巨变,也在生活、工作空间的流动中感受中国发展的复杂与生存的艰难。最让他着迷的还是80年代西方文化思潮涌入国内后不同文学流派的激荡和变化,"走向未来丛书""汉译名著"等阅读成为他"睁眼看世界"的主要途径。当然,90年代以来市场经济、世俗化潮流对日常生活的冲击,他也有着切身体验。但是,无论世界如何变化,他自岿然不动,他秉持文学的初心,以敏锐的眼光和直觉的感受,洞察各种文学现象,剖析当代各种文化现象。

樊星先生以地域文化研究作为学术起点,《当代文学与地域文化》是他的成名作。选择当代文学地域文化作为研究对象不仅仅与当时的寻根文学有密切联系,更与他个人喜欢游览世界名胜古迹、名山大川有很大关联。《世纪末文化思潮史》(这本著作还出版有韩文版)则是我最喜读的著作之一,我喜欢这部著作表现出的高昂主体性,叙述时澎湃的激情;还有《别了,20世纪》《中国当代文学与美国文学》,两者都和樊星先生去美国学习有关,前者是他访问美国时的随笔,后者是他的博士论文。当然给本科生、研究生教授当代文学才是樊星先生的最爱,他多次被评为"武汉大学最美老师",成为武汉大学本科生招生形象大使。这也说明樊星先生不仅仅是学术一流、深受爱戴,同时也是武汉大学教授们的颜值担当。《当代文学与多维文化》《当代文学新视野讲演录》《樊星讲当代小说》就是樊星先生以讲义为基础编写的著作。《大陆当代思想史论》《当代文学与国民性研究》《新生代与中国传统文化》等个人专著则是樊星先生近几年关注的话题。他还主编有《永远的红色经典》《中国当代文学专题研究》《中国当代文学》等文学史教程。从这些不完全统计的著作目录来看，我们不难发现樊星先生的劳模精神，几十年如一日，学贯中西、博古通今、笔耕不止，将当代文学研究置于中外文化网络，不断走向深入，进行创造性转化和创新性发展，构建本土性学术体系和话语体系。

樊星先生大学阶段学习的是外语专业，人生的第一份工作也是中学英语教师。1997年他曾到美国俄勒冈州太平洋大学做访问学者一年，2007年赴德国特利尔大学任汉学系客座教授，博士论文也是研究"中国当代文学与美国文学"。樊星先生一直将中国文学置于世界文学视野之中进行分析。"越是世界的越是民族的"成为他学术追求的内在动力。20世纪80年代中期的文化热以来，学界关于20世纪中国文学与传统文化的研究取得了一些突破。如侧重于20世纪中国文学与传统文化之间分析的有方锡德的《中国现代小说与传统文化》、陈平原的《中国小说叙事模式的转变》等；侧重20世纪中国文学与西方文化之间关系梳理的有曾小逸主编的《走向世界文学》等。樊星先生不满足于这种单向的、直线型的简单论述，而是将当代文学纳入中西多维文化视野，沉入中国传统文化深处，而这沉入的结果又往往是对于民族魂的重新探讨和体认，是对民族文化强大自我更新能力、生存机制的重新发现和扬弃。显然，樊星先生走出了"刺激—回应说"的阐释模式，深入中华文化的深层结构，赋予中华传统文化以新的活力。90年代以来，民族文化复兴成为一种潮流，越来越多的作家加入"向后转"的行列，企图在民族文化传统中寻找创作的文化资源成为潮流，赋予中国传统文化以现代性或后现代性的新质。樊星先生的学术探索为这一文化思潮的形成做出了可贵的探索，功不可没。樊星先生具有开放的胸怀，兼容并蓄，对古今中外优秀文化都取拿来主义态度，为我使用、铸魂培根。

先锋与常态：新世纪乡村小说论

　　樊星先生强调文化视野，以悲悯之心看待世界，他善于将文学现象置于复杂的文化语境，在中西文化的交汇中考察各种文学现象，对世界先进文化充满了悲悯的同情。他既不厚古薄今、也不崇洋媚外，他将古代、现代、当代文化现象作为中国文学不同时段的样式，采取长时段视野进行分析，将中国文化作为世界文化的一种样式，按照世界文学的眼光进行观照，剥茧抽丝、去伪存真。如樊星先生分析20世纪80年代以来中国文学新生代作家的反文化、反理性思潮时，认为反文化是道家"绝圣弃智"思想的主要内容，两者都是返璞归真的需要，是狂放情绪的证明。当然，新生代作家反文化的姿态更为粗鄙和夸张。通过对韩东、于坚、李亚伟、伊莎等人的分析，深刻地剖析了这种思潮的不同表现形式，即在日常生活上的狂放和文化上的批判。这些青年作家在酗酒、纵欲中表达精神的苦闷，不仅仅是传统士大夫名士风度的遗风，也是思想解放、个性自由的必然，更是尼采和弗洛伊德非理性主义在当代中国的回声。同时，樊星先生也欣喜地发现了新生代作家狂欢和自虐之后的自我控制和自我拯救。如棉棉的《糖》中自我心理调节成为狂欢的互补，卫慧的《我的禅》中传统文化在改变个人心态和世界观上的积极作用。

　　樊星先生强调文学研究要有史的意识。他一再告诫我要构建各种文化现象的历史感，只有这样才能赋予各种文化现象以生命活力。我对陈应松的创作很感兴趣，曾经有段时间将陈应松纳入底层写作思潮进行简单分析，甚至生搬硬套地借用左翼文学思潮理论进行阐释。樊星先生对这种研究方式很不以为然，非常严厉地指出这种研究方式的生硬。建议从文化的角度来分析陈应松的小说创作，发掘他的文学史意义。也只有从这个视角出发才能有效地分析陈应松后来的小说创作，如《还魂记》《沉默森林》。樊星先生具有宽阔的文化视野，总是能看到各种文学现象的来龙去脉、前因后果。

　　去年疫情过后，我去看望樊星先生，他正在重读周作人的《知堂文集》。刚好我也正在读这套文集。我想在这套文集的阅读中寻找民间岗位理论的学术实践，渴望从他《伟大捕风》《胜业》等短小的文章里获取生活的力量。而樊星先生更看重周作人所表现出的中国文化的智性传统。周作人显然是五四新文学传统的一脉，钱钟书在文章中曾经多次批评过周作人文体苦涩，喜欢掉书袋，卖弄知识，等等，而实际上读《管锥篇》就会发现，钱钟书和周作人有很多暗合之处。钱钟书和《管锥篇》是樊星先生时常公开说起的。学生们都知道，这是他追求的学术典范。樊星先生的学术视野、问题意识和文学趣味，显然继承了胡适、钱穆、李健吾和钱钟书的一脉。

虽然，樊星先生博览群书，对各种文化典籍都有深度的研究，但是他总是将各种文化资源内化为自身悲悯的情怀。正是这种悲悯的情怀，使得他对一些名利世俗的事情看得非常淡然，对人间世态的认识充满智慧。

二　诗心：沉入作品深处

樊星先生给人印象最为深刻的就是对文学作品的熟悉。樊星先生着重芜杂文学现象历史本相的还原，着力于文学思潮、文化思潮的追根溯源，并进行有效的"知识考古"。无论是学术研究还是文学批评，樊星先生都特别强调文学性的追求。

樊星先生从小就喜欢读书。无论是知情岁月、大学时光还是高中教书期间，博览群书成为他对自我最基本的要求，也是他自我磨练性格的重要方式。他说因为酷爱读书，母亲特别同意他可以躺在床上看书。樊星先生对当代文学作品广泛阅读，烂熟于心，如数家珍。特别是对各种新人新作他能都做到及时关注。我们常常是在他当代文学专题课程听到相关介绍以后才去找作家作品研读。显然，我们这种"太聪明"的阅读方式并不可取，挂一漏万，也让先生私下多次批评。如今，我也是一名大学教授，也有自己的研究生，我基本也能做到及时关注各种文学期刊，保持同步阅读习惯。这要感谢樊星先生的言传身教。只是现在的新作真是海量、更新又快，作品阅读成为我日常工作的主要压力。可正如樊星先生所说，不及时阅读怎么能保证文学研究的现场感和针对性呢？阅读文学作品，樊星先生采用的是"笨"办法，每天 5∶30 准时起床，开始一天的阅读，并且做好阅读笔记。无论是王蒙、莫言、贾平凹、刘震云、阎连科等实力作家，还是乔叶、盛可以、田耳、姚鄂梅等年轻作家，省内的作家如方方、池莉、刘醒龙、陈应松、晓苏、普玄等等，省外的作家如红柯、金仁顺、棉棉、卫慧、徐则臣等，都纳入了他的阅读研究视野。可以说，没有一位成名作家的创作樊星先生没有关注过。正是因为大量的阅读，樊星先生才不说空话，更无狂语。他的学术观点总是一语中的、入木三分。

21 世纪初，我在做博士论文研究时，他曾经建议我将毕飞宇纳入研究对象，那时的毕飞宇还没有写作"玉女三部曲"（《玉米》《玉秀》《玉秧》）、也没有写作后来的《平原》和《推拿》。但是，由于我当时的学术兴趣主要在于乡村破败书写，没有认真领会他前瞻性的建议而放弃了与毕飞宇的学术相遇，至今已成遗憾。这件事情让樊星先生耿耿于怀，时常提起。也许他希望我有更多的学术勇气和学术担当吧。如今，毕飞宇已是当代文学经典作家，这证明了樊星先生当初学术眼光的敏锐。而这种敏锐显然是建立在大量阅读作品基础之上的。

我在阅读樊星先生的研究成果时，常会陷入沉思：为什么樊星先生对作品这么熟悉呢？我曾就这一问题当面向先生请教。先生的回答是：好记忆不如烂笔头。我曾认真揣摩过先生的读书笔记，记下的内容有人物关系、故事情节、关键词、阅读即时感悟等，各类内容都有。作为文学批评家阅读作品是最基本的素养，应该说所有成功的批评家都会注意这方面知识的积累。但是，为什么樊星先生文学批评的辨识度那么高，那么富有灵气呢？我想还是因为先生的阅读不是一般的阅读，而是一种诗性阅读，每次阅读都是先生寻找文心之旅。诗性和文心是先生讲课时喜欢使用的关键词。我想这种诗性也是先生在作品研读时的情感体验吧！这种诗性的阅读是阅读者与创作者的对话，阅读者与文本世界的交流。这里有对文本的尊重，也有对作者的尊重。显然，这与寻章摘句的文学研究有本质的不同。刘熙载曾在《游艺约言》中说道："文，心学也。心当有余于文，不可使文余于心。"袁枚在《随园诗话》中也倡导："大道无形，惟在心心相印耳，诗岂易言哉？"可以说，诗性和文心是中国古代文学活动的内容和核心，中国传统文论讲究诗人气质和诗性思维。很多文论家本身就是诗人。他们在进行文学研究时主要采用体悟而不是逻辑式思维，情感投入大于理性演绎。

樊星先生显然继承了古代圣贤的精神气质，秉持诗性思维，拒绝功利性的文学研究范式，谢绝项目评价体系对学者的桎梏。正是这种诗性的气质和感情投入，才使得樊星先生在阅读一部部作品时是那样的兴奋和热情。樊星先生的学术实践让我看到的是一颗文心的跳动，一种文化的传承。20世纪90年代后期开始，互联网逐渐普及，数据库、爬虫、算法、AI逐渐进入文学研究领域。这些技巧和方法为文学研究处理海量的信息带来了极大的便利，为文学研究提供非常准确的数据。我也在研究过程中常常使用这些方法。但是，不得不说这种研究方法最大的不足就是缺少生命的温度，缺少对作品真诚的理解。诗心不在，文心放逐，这种人文科学研究又有多大的意义呢？置作品的基本阅读于不顾，你追我赶地使用劲爆的新词，争前恐后地使用新的方法，得到一个个冷冰冰的数字难道真是我们的初心？对这个问题，我是时常困惑的。我不知道樊星先生做何种感想，没有就这个问题和他深入地交流。我想抛弃任何真诚阅读文学作品的研究方法，都不会是文学研究的最有效方法。

读书、著书、育人是樊星先生主要的生活方式。这种生命状态不免有些寂寞。但是这正是他正常的生存状态，他自得其乐。如果以入世的热闹去换取他的寂寞，这是他不愿意的。樊星先生对知识、对读书有一种纯粹的爱。读书给了他生命的意义，读书给了他智性的挑战。

三 文心：浓烈的当下情怀

樊星先生不是一位躲进书斋，皓首穷经的学者，而是有着浓烈的当下情怀和历史使命的知识分子。他在人文知识分子民间岗位上，通过学术研究、批评实践和教书育人的有效途径传承五四新文化传统。

先锋与常态：新世纪乡村小说论

20世纪80年代初，樊星先生还在一所地方中学教高中英语。远离文化中心让他能沉浸在阅读之中，同时也避免了80年代初期学界一些学术研究方法上的不足。那时的学界热衷于"广场"、迷信于现代性的神话，忽视自身民间岗位的建设。20世纪90年代以来，市场经济兴起，世俗化潮流风起云涌，很多学人找不到自己准确的人生位置，从此沉沦失落。而樊星先生这段地方中学教师的特殊工作经历，让他知道生活的疾苦，时常与底层保持精神上的联系。

1983年，在繁重的高中教学之余，樊星先生撰写的读书笔记《这样探索人生》在《读书》杂志上发表。可以说在学术研究的准备期，樊星先生就对社会有着深刻的理解，对自我有着精准的定位。因此，他既不炫耀人生的苦难，也不卖弄个人的聪明，而是默默地从事地域文化、传统文化以及中外文学比较研究的学术活动，不为潮流所动，积极热情地发掘新人新作，丰富当代文学与文化。正是这种学术初心和当下情怀，樊星先生的学术研究一直不紧不慢，却稳步向前。樊星先生不以物喜，不以己悲，20世纪90年代当选为"中国十大文学批评家"，21世纪初当选为湖北省作家协会副主席，以及现在成为武汉市文艺批评家协会主席，他都是如此淡然。樊星先生对自我有清醒的认识，对自己的责任有准确的定位，久久为功、著作等身，引领学界潮流。在当代文学的地域文化、神秘文化、传统文化等研究方面做出了杰出的贡献。樊星先生将自己真切的生存体验带入到了文学（文化）研究领域之中，其研究活动自然成为自我精神救赎的有效途径。樊星先生总是要求我们学生的学术研究要有自己的独到理解。他鼓励我们说，每个人的生命经历都是独一无二的，作品阅读的体验也是独一无二的，学术研究就是要写出这种独特性，将自我的生命体验融合在学术研究之中，赋予学术研究以个人的情怀和当代意义。

为什么要特意提出这一点呢？20世纪90年代以来，"思想淡出，学术凸现"潮流汹涌澎湃，一些研究者龟缩在自己的书斋之内，逐渐远离现实，思想上趋向保守，甚至有些学者和利益集团合谋，违背初心，蝇营狗苟。很多学者只是将文学批评作为自己学术训练的场所，稍有心得就转移学术方向，服膺于项目学术评价体系，缺乏持续追踪研究的热情。这种内卷化的研究逐渐为人们所厌恶。其实，一个民族的兴盛需要有文心的烛照。张之洞就曾经说过："世运之明晦，人才之盛衰，其表在政，其里在学。"樊星先生敢于藐视项目学术评价体系，勇于担当，在浩瀚如海的文学现象中发现优秀作品，感悟文学的新质，以悲悯之心与创作者对话，寻找本土的文化内涵。

正是这种担当和才情，使得樊星先生永远有一颗年轻的心，能够穿透文化迷雾，发表真知灼见，并将这种见解使用文学性话语表达出来。这本身需要胆识和勇气。这也是樊星先生一直被文学爱好者爱戴的重要原因。他以自己微弱的力量呵护着文学种子的生根、发芽。樊星先生不断在《湖北日报》等报刊撰文，推介文坛新作。大家都知道按照当下的学术评价体系，这样的时评是不计科研成果的，精明的学者不会在这方面花费太多精力。只有具有浓烈的当下情怀、甘于奉献的学者才愿意几十年如一日从事这份新人新作的推介工作。

这种浓烈的当下情怀还表现在对学术话语体系的自觉追求上。樊星先生特别崇尚文学性的学术话语，追求诗性的表达方式。樊星先生在保持学术语言理论性的同时，尽可能使学术语言也具有文学性、诗性。让读者感受到中华母语的无限魅力。如在《当代文学与地域文化》的论述中写到"北方文化的复兴""南方意识的崛起"；"齐鲁的悲怆""秦晋的悲凉""东北的神奇""西北的雄奇""中原的奇异"；"楚风的绚丽""吴越的逍遥""巴蜀的灵气"，等等，都焕发出"地域之光"。文思缜密、情趣盎然，整饬、对偶的句式表现了樊星先生文学趣味的追求。正如他所说"世界不老，文学常青"。樊星先生多次向我推荐李健吾的文学批评范式，要求认真研读《咀华集》。李健吾对文学批评有独到的认识，认为批评和创作是平等的对话关系，彼此都是独立的文学世界。樊星先生推荐李健吾的批评，其实就是推崇文学性，那种西方的"寻美的批评"和中国的诗文批评的结合，那种"以印象和比喻为核心的整体、综合、直接的体味和观照"，推荐的是这种自由的文学批评。

樊星先生的语速特别快，对当下文学和文化热点了然于心，和他一起聊天我总是非常自卑，因为我本就是一个知识面有限、木讷笨拙的学生，尽管非常努力，但是总是不善于表达。师生们交流时，常常是他们的话轮一圈又一圈之后，我还停留在话轮的原地左思右想，内心翻江倒海，却说不出半字。他时常停下来为我解释各种话语的暗扣，这固然源于他的善解人意。但是，我常想他是否有些懊恼招了我这个木脑壳的学生呢？樊星先生善于在当下文学现象中吸取学术力量，对现实发出自己良知的声音。正因为他的学术研究与当下现实贴得太近，内心的焦灼与激动只能通过滚烫、跳跃的话语表达出来。这种滚烫、跳跃的思想和话语需要多少个日日夜夜的闭门苦读，又需要怎样的哀民生之多艰的赤子之心呢？

如何把握教学的广度和深度，怎样区别学科建设与学生培养，这些对任何高校教师都不是一件容易完成的工作。樊星先生总能找到学术语言与大众传播话语的结合点。风趣幽默，充满机智是他的教学风格。樊星先生不做高台讲章，在阐释各种文学及文化命题时总是由近及远、举重若轻、驾轻就熟。在一些习以为常的文学现象中开掘出新意，赋予当前文化现象历史感和纵深感。樊星先生的研究方法、教学手段看起来不惊艳、不花哨，但是置于长时段的视野，就会发现具有方法论的意味，这值得大家好好揣摩和玩味。如他对莫言、贾平凹几十年如一日的研究。

佛心、诗心、文心只是从我个人的角度谈谈对先生的印象，但是，我一直认为樊星先生对学生的影响是潜移默化的，充满智慧的。特别是我人到中年以后，越来越感觉到樊星先生是一位学识渊博、富有创见、内心豁达、风趣幽默，伟大而又有力量的老师。

革命·中国·文学：民族形式与中国经验
——评贺桂梅的《书写"中国气派"》

在中国当代文学以往的研究中，"中国"这一概念的内涵常常是不言自明，或习焉不察。这种理论的预设显然悬置了中国当代文学的"中国性"问题。贺桂梅曾经说过以21世纪的主体视野重构20世纪中国文学的历史图景，首要的问题就是要理解何为"中国"。① 她在《书写"中国气派"——当代文学与民族形式建构》（北京大学出版社2020年版）中，通过对民族形式的理论探讨，论述1940—1970年代中国文学在世界与中国、革命性与民族性之间的互动与构造，重构当代中国文学的历史图景，探讨中国文学的"中国性"问题。这部40多万字的煌煌大作，见证了贺桂梅从才气横溢的青年学者成长为特色鲜明的中年专家。她曾将自我的学术研究方法特点总结为知识社会学的研究方法。② 笔者认为《书写"中国气派"》就是贺桂梅知识社会学研究方法的代表性成果。在这一著作中，这种研究方法主要源于对当代文学史料研究倾向、社会史视野以及再解读等学术思潮和方法的综合、概括和创新，源于对革命、中国和文学的重新体认和拓新。

---

① 贺桂梅：《在21世纪重新思考"20世纪中国文学"》，《探索与争鸣》2019年第9期。
② 贺桂梅：《打开中国视野——当代文学与思想论集》，北京大学出版社2020年版，第10页。

一 重返历史现场 体认"革命"

在《书写"中国气派"》中，贺桂梅选择了六位经典作家或文本类型作为研究对象，深入历史现场，重新体认这些作家或历史人物，特别是从这些人的精神历程、文学实践和历史经验中，理解中国革命的历史。通过民族形式建构这一学术问题切入，分析这些作家的文学书写对中国革命经验的体认方式。

当代文学研究历史化的一种重要方式就是研究的史料学转向，也就是将当代文学研究的周边及历史语境置于文学史的范畴。吴俊曾论述了当代文学史料研究的三个前提，即历史、关系和观念。[①] 其中的"关系"也就是强调史料之间的逻辑关系，强调文学场域的复杂性和丰富性。为了重返历史现场，贺桂梅非常娴熟地借鉴了史料学的研究方法。在撰写《书写"中国气派"》的同时，她还主编了《"50—70年代文学"研究读本》[②]，整理、编选20世纪90年代以来有关"50—70年代文学"研究的代表性成果，呈现90年代以来不同侧面、思路上展开的新的研究进展。显然，这两种研究成果是一个整体，是贺桂梅关于40—70年代文学历史化研究的重要收获，也是当代文学研究史料学转向的重要成果。

当然，当代文学研究史料学倾向也存在值得警惕的现象，某些学者以为当代文学的历史化研究优于其他研究方法，如文学批评研究，甚至党同伐异、圈地自嗨。其实，史料的整理与研究只是当代文学历史化研究的前提和基础，史料研究和文学批评各有使命，都是当代文学研究的重要组成部分。科学的当代文学研究方法，必然是史料研究和文学批评兼顾的，多元开放、兼容并包的阐释体系。洪子诚先生也曾就这一问题发表意见："文学史料工作不是'纯'技术性的。史料工作与文学研究一样，也带有阐释性。……史料与文学批评、文学史研究之间，是一个相

[①] 吴俊：《当代文学史料问题的多维视野考察》，《文学评论》2020年第6期。
[②] 贺桂梅主编：《"50—70年代文学"研究读本》，上海书店出版社2018年版。

互推进、辩驳、制约的双向运动。"① 史料不会自己说话，只有经过研究者反复搜集、选择、提炼、删削，并进而提炼、质疑和演绎，提出问题，史料才能呈现出当代性的价值和意义，才能剥茧抽丝地呈现文学发展的方向、动力和规律。也就是说当代文学史料整理与研究更应该注重阐释和提炼方面的掘进。几乎所有学者都能意识到当代文学史料的重要性，但是，更为重要的是如何将史料有效地纳入文学史叙述。洪子诚先生的文学史研究之所以取得令人尊敬的成就，主要源于他有效地处理了文学史观念和史料的关系问题。

贺桂梅是正宗的学院派出身，1989年进入北京大学中文系学习，本科、硕士、博士十多年跟随洪子诚、戴锦华等名师学习，又因成绩优秀，毕业后留校任教，在北大中文系浓郁的学术氛围中继续领受各位名师的言传身教。贺桂梅深得洪子诚先生的真传，以敏锐的史家眼光和缜密的治学方法，在各种中西理论和材料中穿行，并形成了自己独到的沉稳、内敛的学术风格。材料的丰富与论述的持重一直是贺桂梅的学术特点，这也是她总是给人少年老成的印象②，她以厚重的研究成果成为"70后"批评家的旗帜。

抗日战争全面爆发以后，以知识分子为中心的启蒙文化开始瓦解，"知识分子精英独占主流的现象受到遏制，民间文化形态进入了当代文化建构"。③ 民族问题的提出意味着传统中国的文化资源、地方传统及方言土语、民间社会的文化惯习和审美形态，开始作为当代文学构造的必要组成部分。贺桂梅表现出了极为出色的材料辨析和知识考古的能力。《书写"中国气派"》形象地勾勒出民族形式书写与当代文学实践的总体问题和历史图景，以《三里湾》《红旗谱》《山乡巨变》《创业史》以及革命通俗小说、毛泽东诗词等文本类型为中心，具体讨论了"当代文学与民族形式建构所调用的文学与文化资源、历史语境制约和政治指向怎样

---

① 王贺：《当代文学史料的整理、研究及其问题——北京大学洪子诚教授访谈》，《新文学史料》2019年第2期。
② 刘复生：《穿越语言 图绘历史——解读贺桂梅》，《南方文坛》2004年第4期。
③ 陈思和：《二十世纪中国文学史研究的几个问题》，《文学评论》2016年第6期。

先锋与常态：新世纪乡村小说论

呈现于文学文本的书写实践中"①。

贺桂梅借用传统思想资源激活当代文学渐趋稳固的内部构造。她对赵树理文学世界丰富性的开掘情有独钟。《转折的年代：40—50年代作家研究》一书有专章对赵树理进行深入研究，《赵树理文学与乡土中国现代性》是专门讨论赵树理的著作，《书写"中国气派"》则将《三里湾》的分析置于第一章。贺桂梅之所以对赵树理创作进行深入开掘，不仅仅源于个人的偏爱，也更源于赵树理的创作关涉革命中国的现代化进程。在这一章的论述中，贺桂梅首先开展了赵树理评介接受史的整理、梳理和分析工作。如陈思和注重挖掘赵树理文学创作中的"隐形结构"，却对《三里湾》的民间特色几乎只字不提，忽视了民族形式与民间隐性结构之间的关联。② 而朱晓进则从"崇'实'"的"山药蛋派"三晋地域文化特色来理解赵树理创作，但是忽视了当代文学史上"第一部全面地书写农村合作化历史的小说"，不仅是合作化运动的书写，更是"涉及赵树理对于中国乡村的全部理想"的"自觉"追求。③ 贺桂梅聚焦民族形式或者说民族文化在当代文学史中的演变，捕捉乡土中国"活"传统诸如"公"传统、天下观、大同思想的革命重构，书写民族形式在激进的革命实践中依然保持着自足的延续性。

贺桂梅深入历史现场，切身感受到中国革命文化汹涌的情动力。正是这种革命的情动力和自我学术研究的使命感，她才"从个体的身心体验而不是知识操作的意义上"思考中国革命历史对于新世代学者的意义。也正是对于重返历史现场的强调，对历史语境的文学史处理，贺桂梅避免当下某些当代文学史料学研究的不足和缺陷，史料研究与文学史研究得到了有机融合。

---

① 贺桂梅：《书写"中国气派"——当代文学民族形式建构》，北京大学出版社2020年版，第68—69页。
② 贺桂梅：《书写"中国气派"——当代文学民族形式建构》，北京大学出版社2020年版，第77—78页。
③ 贺桂梅：《书写"中国气派"——当代文学民族形式建构》，北京大学出版社2020年版，第87页。

二 社会史视野,打开"中国"

"社会史视野下的中国现当代文学研究"近年来成为研究的热点,《文学评论》先后组织了两次笔谈。[1] 在中国当代文学研究中引入社会史的视野说到底是中国当代文学历史化研究的需要。"社会史视野"所关注的重点不是阶级斗争、政权更替,而是"一种社会结构的变化或者变化中的结构"[2]。贺桂梅在《书写"中国气派"》中通过对具体历史情境中社会"内在肌理"的把握,更新现代中国"文学与政治"互动关系的体认,乃至重新认识当下中国的"政治"与"文学",回应知识界关于"中国模式""中国道路""中国经验"等问题的讨论。

中国当代文学研究的社会史视野这种研究方法使人们在反思"纯文学""20世纪中国文学"等话语的基础上,进一步认定中国现当代"文学"与近代以来传统中国的现代变革、20世纪中国、中国革命这一最大"政治"之间的深刻关联[3],贺桂梅的论文《"20世纪中国文学"论与现代文学学科体制》[4]《在21世纪重新思考"20世纪中国文学"》[5]以及论著《"新启蒙"知识档案:80年代中国文化研究》就是这方面的代表论述。贺桂梅强调中国文明不同时期历史时段的联系性,突破政治与文学的"笼统而抽象"的固化认知,力求深入地摸索社会历史在每个阶段

---

[1] 《文学评论》于2015年第6期组织了第一次"社会史视野下的中国现当代文学"笔谈,参加者及论文有程凯:《"社会史视野下的中国现当代文学研究"的针对性》;萨支山:《"社会史视野":"当代文学"研究的一个切入点》;何浩:《历史如何进入文学——以作为〈保卫延安〉前史的〈战争日记〉为例》;刘卓:《现当代文学研究中的"历史化"》;2020年第5期组织了第二次"社会史视野下的中国现当代文学"笔谈,参加者及论文有倪伟:《社会史视野与文学研究的历史化》;吴晓东:《释放"文学性"的活力——再论"社会史视野下的中国现当代文学研究"》;倪文尖:《文本、语境与社会史视野》;姜涛:《20世纪40年代国统区文学研究中"社会史视野"的适用性问题》;铃木将久:《"社会史视野"的张力》。

[2] 程凯:《"社会史视野下的中国现当代文学研究"的针对性》,《文学评论》2015年第6期。

[3] 倪文尖:《文本、语境与社会史视野》,《文学评论》2020年第5期。

[4] 贺桂梅:《"20世纪中国文学"论与现代文学学科体制》,《现代中文学刊》2010年第3期。

[5] 贺桂梅:《在21世纪重新思考"20世纪中国文学"》,《探索与争鸣》2019年第9期。

的具体现实，阐释中国政治文化体内部的多元一体性。① 贺桂梅在《书写"中国气派"》中认为民族形式是马克思主义中国化在文艺领域的具体实践，始终是当代文学构建和自我生成过程中的核心问题。②

如在"村庄里的中国：赵树理与《三里湾》"一章中，贺桂梅通过"赵树理文学的结构性要素"，进一步分析《讲话》提出之后，当代文学规范的具体内涵如何确立，以怎样的方式实践，在文学创作之中成为何种形态的"新"文学。同样，在"民族形式的风格化书写：周立波与《山乡巨变》"一章中，贺桂梅主要探讨普遍性的社会主义革命与特殊性的民族形式之间，存在着怎样的历史性想象关系，如何构造出基于作家主体性的独特个人风格。作家创作风格化的形成说到底是作家个人通过创作实践与中国社会历史结构展开对话的结果。

以往关于延安运动的文学研究往往生硬地将作家个人风格的形式与《讲话》进行嫁接，忽视 1942 年之前延安鲁艺"关门提高"的具体内容，更忽视作家个人具体的内在接受视野。实际上，正是 19 世纪西欧、俄苏文学、别车杜的现实主义文学观以及 20 世纪 30 年代文艺传统共同构成了周立波创作特色的基本内容。虽然，以《讲话》作为当代文学机制的起点论述早已为人所熟悉，但是，从贺桂梅关于周立波的论述中，我们不难发现后来被认为是配合《讲话》的文艺实践在《讲话》之前其实早已在根据地广泛存在。因此，与其说《讲话》规范了文艺的方向，不如说《讲话》整合了文艺与现实的关系并将其明确化。在延安整风之后，周立波很快发表了学习心得文章《思想、生活和形式》③，用这三个词概括《讲话》对文艺工作者的意义。周立波"对古典文学资源、地方色彩、方言土语的重视，都是站在现代文学体制内做出的现代性转换"。④ 同时，

---

① 具体分析参见贺桂梅《"文化自觉"与"中国"叙述》，《天涯》2012 年第 1 期；《"文明论"与 21 世纪中国》，《文艺理论与批评》2017 年第 5 期。
② 贺桂梅：《书写"中国气派"——当代文学民族形式建构》，北京大学出版社 2020 年版，第 47 页。
③ 周立波：《思想、生活和形式》，《解放日报》1942 年 6 月 12 日。
④ 贺桂梅：《书写"中国气派"——当代文学与民族形式建构》，北京大学出版社 2020 年版，第 263 页。

他关于乡村、中国、文学和语言等方面的书写实践，对中国文学传统、地方性和方言土语的强调，在很多地方溢出了现代文学的体制。周立波民族形式的探索、创作风格的形成是一种中国主体性的寻找。在21世纪的今天，越来越多的知识分子积极寻找中国的主体性，寻找从中国的特殊性中超越民族—国家的现代形式，从而形成一种普遍性的表达。从贺桂梅的研究路径出发，民族形式和当代文学之间关联的研究与分析能够成为人们理解"十七年文学"乃至当代文学打开一条新的思路。在出版《书写"中国气派"》的同时，贺桂梅还出版有《打开中国视野》一书，两者构成一种对话关系，总体性地探讨当代文学与思想、文化领域在建构中国主体性方面的书写路径和历史脉络。贺桂梅的研究方法和思考路径也许不够完美、很多结论也有商榷之处，但是不可否认贺桂梅是真诚的，是积极建构的。

同时，贺桂梅对中国现当代文学研究社会史视野的局限性保持了高度警惕，她总能将宏观的背景与微观的文本结合，审视研究对象，开掘历史意义。当然，对经典文本的重视，并不是回到文本中心主义，而是希望克服那种利用理论或社会史的观念随意选择分析对象的研究缺陷，从而在文本典范性和历史性之间达成平衡，将这些文本置于民族形式实践的历史化场域中，分析当代文学在何种意义上延续了五四的现代性诉求，同时又是怎样塑造了当代文学现代性书写的独特路径。

贺桂梅始终对民族-国家的西方中心主义色彩的启蒙保持高度警惕，对于21世纪的中国来说，与其说"现代"是需要追逐的目标，倒不如说更需要反思现代性的西方特征。她尝试从中国的现状出发，用具有长时段稳定性特质的"文明"来描述中国，将中国纳入全球视野和真正的文明视野中来考察。中国文学民族形式的建构是中国主体性的诉求，也是超越民族主义的全球视野化处境的一种边缘化声音。贺桂梅从历史处境中重新理解中国，从当前文化状况中理解中国，以革命年代"民族形式"的建构进入中国性的诉求，以当代性的立场，调动全部中国经验，重新阐释了中国和中国性。

三 文化与政治实践，拓展"文学"

贺桂梅说《书写"中国气派"》有一个明确的研究诉求，"是从当代中国革命与文学实践的内在理论视野即马克思主义理论脉络出发，来重新思考20世纪40—70年代的文学实践"①。因此，马克思主义辩证法哲学成为她分析问题的基点。在贺桂梅看来，文学也就不再是一种封闭的或者说客观的研究对象，而是一种具有整体性社会历史视野的文化或政治事件。从民族形式角度重新审视中国当代文学，是"从民族与形式、中国与文学、政治与文学实践等两者的建构过程的具体展现"②。同时，贺桂梅从这种辩证法哲学的角度出发，认为40—70年代文学不同于80年代的美学热和"纯文学"，是一种以改造世界为诉求的文学实践，从而拓展了文学的内涵。

尽管贺桂梅在文中一再指出"再解读"研究思潮或方法的不足，但是，她在经典作家和文本个案的考辩时借鉴了这一研究方法是不争的事实。只是贺桂梅时常保持了马克思主义辩证法立场的坚守，避免了"再解读"研究思潮或方法"隔靴搔痒"的窘态。"再解读"主要指中国现当代文学研究借鉴文化研究的方法和立场。它阐述对象一般指向40—70年代的文学文本，倾向于文本背后的历史叙述与意义发掘。贺桂梅认为，"再解读'研究为重新读解当代的重要文本和文学现象，提供了颇为有效的研究方法和思考角度"。③

2003年8月17日至18日，由中国社会科学院文学所现代文学研究室主持，在北京昌平召开了题为"20世纪40—70年代的中国文学"的学术研讨会。除了研究室同人以外，会议还邀请了贺桂梅与洪子诚、钱理群等学者参加。在这次会议中，与会学者正式将40年代文学纳入20世纪

---

① 贺桂梅：《书写"中国气派"——当代文学与民族形式建构》，北京大学出版社2020年版，第582页。
② 贺桂梅：《书写"中国气派"——当代文学与民族形式建构》，北京大学出版社2020年版，第581页。
③ 贺桂梅：《"再解读"——文本分析和历史解构》，见唐小兵编《再解读：大众文艺与意识形态》，北京大学出版社2007年版，第275页。

50—70年代文学的整体之中。贺桂梅以题为《重估左翼文学遗产》的论文参加笔谈,"希望从中发现一些可用于讨论现实问题的资源"①。同年,贺桂梅出版《转折的时代——40—50年代作家研究》(山东教育出版社2003年版)将左翼文学研究从文本研究延伸至作家研究,将文学研究与社会史、革命史、精神史等研究连接在一起,从而极大地推进了"再解读"研究思潮的深入。将"再解读"研究思潮的"历史性研究"和"现代性研究"进行综合,从而超越了"再解读"研究思潮的局限,并且形成了知识社会学的学术风格,即:"在一种总体性的社会结构视野中来观察知识主体的特殊位置,并对知识主体的'特殊'视角与这种'总体性'之间的关系,做出有效的自反性的理论说明。"②

贺桂梅的论述总是在历史与现实之间穿行,在历史化与当代性中求索。同时,她也在知识、理论和精神视野的维度不断拓展。如安德森、盖尔纳、霍布斯鲍姆等人的民族主义理论;布罗代尔、麦克尼尔、亨廷顿等人的文明史及全球史著作;汪晖、王铭铭、甘阳等人的中国学研究;费孝通等人的社会人类学;许倬云、葛兆光、杜赞奇、黄仁宇等人的中国史研究等,都成为贺桂梅吸取思想营养的重要资源。如果说《新启蒙知识档案——80年代中国文化研究》③是贺桂梅知识社会学研究方法实践的试水之作,那么《书写"中国气派"》就是她这一研究方法集大成者的成熟之作。贺桂梅从文学研究出圈,跨越到与民族形式相关的社会学、政治学、历史学、人类学等领域。她在运用一种理论进行阐述时,总是能自然而然地调用其他一种或几种理论资源予以综合运用。贺桂梅说:"我在讨论文学问题时,是努力尝试把它放在'众多复杂社会文化力

---

① 赵园、钱理群、洪子诚等:《20世纪40—70年代文学研究:问题与方法》,《中国现代文学研究丛刊》2004年第2期。
② 贺桂梅、徐志伟:《重返80年代,打开中国视野——贺桂梅访谈录》,《现代中文学刊》2012年第3期。
③ 贺桂梅:《新启蒙知识档案——80年代中国文化研究》,北京大学出版社2010年出版,2021年第2版。

量角力'的'场域'中来展开的。"①《书写"中国气派"》以"民族形式"为切入点,以现代文学为参照系,尝试为20世纪40—70年代文学建立原理性的论述,揭示出20世纪中国想象中长期被压抑的文化中国的一面。

贺桂梅尊重历史事实,并不回避文学与政治的关系,毕竟在20世纪40—70年代文学作为一种与社会运动、政治实践同等重要的社会力量发挥着重要的作用,影响着中国的社会进程。如在"社会主义现实主义的中国化实践:柳青与《创业史》"一章中,贺桂梅将中国文学置于世界文学视野,从当代中国革命与文学实践的内在理论视野来论述社会主义现实主义的中国化实践过程,认为柳青的小说实践始终是在世界化的层面展开的,是在与俄苏文学传统的对话关系中建立了自己的文学风格。《创业史》通过政治元叙事的主题形态,通过具有纪实性的政治经济学内涵的情节,展示了从社会主义革命高度所能理解的合作化运动文学叙事。在"革命通俗小说与旧形式的当代转换"一章中,贺桂梅以革命通俗小说这一小说类型作为研究对象,追根溯源分析《英雄传奇》《英雄说部》等中国古典章回体小说中的"旧形式"如何经过政治化的改编,转化为当代革命史叙述形式,论述这种转换如何成为可能的"形式的意识形态"。革命通俗小说以一种独特的方式串联起古典、现代与当代的文学形态之间错综复杂的关系,小说的写作、阅读传播具有鲜明的历史—地理空间场域。贺桂梅将政治、文学以及传统文化实践置于同一层面分析彼此遭遇时的互动和意义交涉,将古典、现代、当代中国视为特殊的、对等的形态,考察文化和意义的变迁。贺桂梅将这种宏大的命题,通过具体的个案,调动各种理论资源,综合各种文化理论,剥茧抽丝地分析民族形式的建构过程。

可以说,《书写"中国气派"》是贺桂梅的知识社会学研究方法的集大成者,是厚重的成熟之作。著作的很多章节内容都已经公开发表过,

---

① 贺桂梅、徐志伟:《重返80年代,打开中国视野——贺桂梅访谈录》,《现代中文学刊》2012年第3期。

在学界已经产生了深远的影响,为中国当代文学研究提供有效的阐释范式。笔者只是从当下比较重要的学术思潮,即史料学倾向、社会史视野、再解读等,从革命、中国和文学这三个她在后记中一再提到的关键词入手,发表管窥之见。当然,贺桂梅在某些问题的论述过程也存在过于烦琐、缠绕的不足,这当然是以后可以避免的。

中国现当代文学研究知识性格的形塑
——关于金理《文学视野中的现代名教批判——以章太炎、鲁迅与胡风为中心》

《文学视野中的现代名教批判——以章太炎、鲁迅与胡风为中心》（广西师范大学出版社 2019 年版，以下简称《名教批判》）是金理在博士毕业论文的基础上，耗费十多年时间修改而成。这一学术成果形塑了中国现当代文学研究的知识品格，并具有针砭时弊的现实意义。笔者认为《名教批判》主要有三个突出特点，即文学"实感"本位、文学史视野以及知识分子思想史的观照。这也是金理近年来学术研究和批评实践的三个维度。

一 文学"实感"本位

金理通过梳理"名教"的历史流变，重建语境，以章太炎、胡适、鲁迅、胡风等近现代史上具有代表性的知识分子为中心，通过他们的创作、学术和论争实践呈现名教批判之路上的艰辛抗争，并从中汲取思想资源。在具体论述中，立足于文学"实感"是金理的自觉选择。

金理认为文学的最大长处在于提供"实感"。"所谓实感，首先是指主体对'具体事物和运动'的直接的、实在的'经验'与'感觉'，并且在文学中呈现这一'经验'与'感觉'。"实感"力图呈现出对于'实际生活'中'具体事物和运动'的真实、实在的'影像'，必须通过感觉器官的'反应及努力'。也就是说，实感指向的是主体的一种能力"。

（第 391 页，除特别指出外都出自《名教批判》一书，下同，不再特别指出。）实感的特征主要有：实感的"置身性"、实感指向"作为态度的文学"。

陈思和先生曾以三个定语概括阅读文学作品的途径：欢悦地、投入地和感性地阅读，其中感性地阅读就是指读者在阅读文学作品之前丢掉各种先验的政治教条、文学理论，而应依靠"个人经验和生命体验的审美效果"，将自己的生命信息和主观愿望带入文学世界，从而和作家主体的心灵产生交流与碰撞。① 也就是说，在文学的阅读中敢于"破名"，重视文学的"实感"，与生活呼应，通过主体的互动，从而达到审美体验和知识生产的目的。这也是金理所推崇的文学"实感"本位的研究方法，即："通过解读具体文本，将作品与作家、审美与社会等内外信息呼应、结合起来。"（第 6 页）。

金理在《伤逝》的文本细读中很有心得。一般论者将涓生和子君的爱情悲剧归结于冲破旧家庭束缚的"五四"青年男女，"眼光局限于小家庭凝固的安宁与幸福"，缺乏进一步革命的勇气和能力，从而导致爱情的悲剧。② 但金理从文学的"实感"出发，认为这种结论"着力于在历史条件的变迁中考较思想的科学性与革命性，集中于'思想'而对获得'思想'的主题关注不够"（第 201 页），认为："启蒙并不是由外在或'众数'权威自外而内植入的绝对命令，它必须由先验的'名'的形态转化为一种更为本源性的存在，启蒙就由这样的存在自然而然地导源出来。"（第 207 页）在大家耳熟能详、习焉不察的文学作品及研究定论上，金理做出大胆的突破。这不仅是研究者具有敏锐的学术嗅觉，更是采用了文学"实感"本位的研究方法。金理指出"子君将涓生视为启蒙者，涓生通过从西方文学中获得的观念、价值征服了子君"（第 196 页），认为子君和涓生这种爱情实际上是具备文化与象征资本的启蒙者播撒现代

---

① 陈思和：《文本细读的意义和方法》，见《名著新解》，广东人民出版社 2018 年版，第 5—6 页。
② 钱理群、温儒敏、吴福辉：《中国现代文学三十年》（修订本），北京大学出版社 1998 年版，第 36 页。

性话语的过程，通过这种"名"的肤浅的传播从而攫取想象性的领导权。为了准确地论证自己的观点，金理还引用了胡适1920年在北大开学典礼上的演讲材料：胡适批评当时某些大学生深受"名教"所害的肤浅形象，开口就是"解放、改造、牺牲、奋斗、自由恋爱、无政府主义"等"半生不熟的名词"。大家都知道，胡适是易卜生主义的鼓吹者。1918年6月，《新青年》推出胡适主持的《易卜生号》，并且他亲自翻译易卜生代表作《傀儡之家》，对五四一代青年产生了极大影响，很多青年女性以娜拉为人生偶像，为了爱情和自由，反抗家庭，离家出走。实际上，鲁迅反对这种人生态度和道路选择。他认为个人的经济基础和生计问题更为重要。1923年，鲁迅在《娜拉走后怎样》的著名演讲中说："娜拉既然醒了，是很不容易回到梦境的，因此只得走；可是走了以后，有时却也免不掉堕落或回来。"也就是说，胡适和鲁迅在五四青年人生道路的选择上存在分歧，这些都是现代文学史教师在课堂中讲述的常识。但是，金理通过文学的阅读"实感"，发现两者之间的共同点，并且以"破名"的理论统一起来，让我们能清晰地发现五四学者、作家的批判精神。

　　金理善于在文本的细节中，历史褶皱的缝合处，考察文学的场域，捕捉时代的信息。如在以胡风为中心论述"破名"的历程时，金理显示出高昂的学术热情。从1933年的《辩证法与江湖决》开始，一直延续到1977年的《简述收获》，哪怕身陷囹圄，胡风一直与"崇名""借名"的名教教徒做怒目金刚式的斗争。同时，胡风给绿原、鲁煤、顾征南、路翎等七月派作家予以创作及人生道路上的指导，鼓励年轻人参与到"破名"的文学中来。金理从具体的文学或文论作品出发，从庞杂的史料中梳理脉络，从而发现胡风"与攘臂争先地夺'名'入怀，趾高气扬地持'名'在手的'航空战士'们抵死苦斗。"（第260页）从各种复杂的材料中敏锐发现问题，梳理脉络；通过文学文本细读方法、立足文学"实感"本位进行文学史、思想史等综合考察，方能将印象体会落到实处。

二 文学史意识

《名教批判》的第二个特点主要表现为文学史意识。"文学史是研究者对一个历史时期的文学现象进行梳理和整合","文学史只有成为个人的研究工作,表达个人对时代、历史和文学的真知灼见,以及展示研究这个人的个人魅力,才有可能使这门学科体现出真正的自由精神,文学史才会有一个蓬勃的前景。"① 这里的"时代、历史和文学"就是指文学研究中的总体意识,只有将文学与其他人文学科、与时代背景综合起来研究才能体现这一学科的"真正的自由精神"。这也是"新文学整体观"的题中应有之义。金理深得导师的真传,并表现出鲜明的个性,即总体文学史观和长时段视野的特点。

《名教批判》是建立在文学"实感"基础上进行的研究,但并不是局限于在文学艺术领域内闭门造车,而是同时涉及与文学密切相关的社会总体状况。对于金理而言,"文学史视野"不仅意味着单向度的中国现当代文学"史"的贯通,同时也是一个多向度、多维度的"史"的融合。现代名教是中国20世纪以来思想文化发展的一大隐病,与后发国家在特殊时代中的困境相纠缠。

法国年鉴学派历史学创始人费弗尔和布洛赫就致力于将历史和其他人文学科综合研究,打破壁垒,跨界融合,使人们对某时段历史有总体理解。20世纪80年代末,国内学者开始意识到贯彻总体意识来理解文学史的重要性。在"重写文学史"的思潮下,很多学者对文学史的基本问题进行了重新研究。如赵京华对中国文学相关问题的思考,重新厘清中国现代文学与总体的中国现代历史进程的相互关系。②

在研究方法上,金理也继承和发扬了导师的学术传统。陈思和先生的整体性文学史观,主要是将作家、作品置于时代变局的整体中发掘文本的意义。在《名教批判》中,金理以章太炎、鲁迅、胡风为主线考察

---

① 陈思和:《关于现代文学研究的一封信》,《文艺争鸣》1997年第3期。
② 赵京华:《从"起源"上颠覆文学的现代性》,《读书》2002年第6期。

"名教"的源流和危害,"力图在人的世界找那个把握历史的过程,或者说,通过历史的展开来丰富对人的理解"。金理自始至终对学术怀有崇高的热情,观察"面对现代中国新知识爆炸、名词满天的情形,一些读书人的反应、态度、体验,以至由此可见的人物性情,还有文学对此的参与。"(第5页)这使得他的研究能兼顾到各类因素对文学的影响,避免了狭隘的判断。

其次,长时段考察。总体的文学史观主要关注文学与非文学的关系,而长时段理论则着重此时与彼时的关系。法国年鉴学派第二代代表罗布代尔提出"时间三分法",分别称之为"个人时间""社会时间"与"地理时间",与之相对应,则为短时段、中时段与长时段。为了超越"短时段"研究的狭隘与局限,罗布代尔强调与突出"长时段",进而大大拓展历史学研究的视野与水平。长时间理论在文学研究中得到了极大应用,如黄子平、陈平原、钱理群等提出"二十世纪中国文学"的概念、陈思和先生提出"新文学整体观"的理论,极大地拓展了中国新文学的研究视野。

金理继承了前辈的研究成果和研究方法,并表现出更为宏大的学术雄心。《名教批判》涵盖了从20世纪初到当下的长时段,将"名教"这一概念置于中国几千年的历史流变中考察,尤其是在近现代以来的宏阔历史视野中进行整体性、全局性、建设性思考;"通过'名教'的历史流变梳理基本概念;通过对时人言论、报刊等出版物的考察,着重名教风行的语境;寻绎章太炎、胡适、鲁迅、胡风等人的言论、文学和实践(包括涉及的多次论争)来把握其对名教批判的持续关怀等。"(第4页)。在这一富有挑战性的课题中,金理始终表现出对学术的虔诚和敬畏,小心翼翼地求证,避免对各种文学、文化现象做空疏、高蹈的判断。

三 知识分子心史

某种意义上说,20世纪中国文学史就是中国现代知识分子的精神史。20世纪中国社会的曲折发展和艰难历程,与中国现代知识分子的情绪起伏、精神流变相互影响，彼此映照。历代知识分子"置于自己的具体问题和生存困境"从事以文学实践或知识生产的方式，探析现代人的精神世界。知识分子精神史研究和作家作品研究、文学史研究都是文学研究的重要层面。而这正是《名教批判》的重要特点之一。

陈思和经由贾植芳老先生继承了"五四"以来以鲁迅、胡风、巴金等前辈为代表的现代知识分子的人文传统；这种传统不是空洞、飘浮的概念，而是指知识分子在具体创作实践、学术实践和社会实践中形成的比较固定的思想观念。这些知识分子在各自民间岗位上，坚持独立的批判立场，观照社会和未来。陈思和先生曾经勉励金理"做一个有担当的知识分子，自觉担当起精神领域的薪火传承"。[①]

如在研究"破名"的内涵过程中，金理从主观战斗精神这一特定的角度出发，将反抗现代名教与胡风的主观战斗精神相互参证，从而揭示名教批判的内涵、意义和过程。"破名"的过程也就是一个不断将外在的、凝固的真理和律令内在化的过程。如"五四"启蒙思想内在的复杂性同样存在于胡风的文艺理论中："当他需要在政治立场上表明态度或阐发社会现象时，他毫不犹豫地秉持时代流行的历史理性主义与马克思主义唯物史观；当他研究文艺内部规律时，又往往会接通西方哲学文化思潮的新绪，从而获得崭新的世界意义。"（第277页）在具体论述中，金理以胡风对厨川白村、弗洛伊德的接受来论述中国现代知识分子内在精神的成长以及复杂形态。"胡风对现实主义文学的论述与众不同之处在于，他不是从社会任务、历史内容、人民要求、时代进步规律等客观存在的'名'的角度，而是从创造主体（作家本身）和创造对象关系的角度进行阐述。"（第283页）《名教批判》总是在一些复杂的文化现象中，发现现代知识分子焦灼的身影和苦闷的灵魂。

不难看出，金理在论述知识分子精神史时，采取了文史互现法。一方面，从思想史的角度考证20世纪现代知识分子上下求索的精神历程，以章太炎、鲁迅、胡风等人的学术、创作实践活动为主线，论述他们对

---

① 陈思和：《金理的印象》，《南方文坛》2015年第3期。

名教的批判的持续关注，形成现代人文传统的历史过程。另一方面，则以文学为史料，通过发现其中时间、地点、人物、论争等历史要素，与20世纪现代知识分子的文化实践相互参证，从而全面地把握20世纪知识分子精神流变的过程。难能可贵的是，金理在论述"名教批判"的过程中，常常会"宕开一笔，将目光投向现实"，及时发现它在当下语境下的表现形态，并予以态度鲜明的批判。

张新颖教授在金理博士论文答辩会指出，在20世纪以来的思想和文学中，"名教批判"的脉络不止章太炎、鲁迅、胡风这一脉，还有别的方向的批判。金理接受了这一修改建议，"不同思想背景的知识分子，对名教膨胀的危险其实都有所敏感，并依据自身语境和路径，为名教批判贡献了力量。这就需要再寻找一些与原先构成张力的讨论对象，所以我后来又写了一章胡适。"（第2页）但是，与之前几个章节的论述比较起来，我们不难发现，这一部分在论述上的"置身性"有待加强，特别是胡适与同代人的互动，文化场域错综复杂的关系梳理有待深入。

参考文献

［法］阿尔贝·加缪：《西西弗神话》，丁世中、沈志明、吕永真译，译林出版社 2017 年版。

［美］爱德华·萨丕尔：《语言论：言语研究导论》，陆卓元译，商务印书馆 1985 年版。

［美］阿兰·邓迪斯编：《世界民俗学》，陈建宪、彭海斌译，上海文艺出版社 1990 年版。

［俄］巴赫金：《小说理论》，白春仁、晓河翻译，河北教育出版社 1998 年版。

［丹麦］勃兰兑斯：《十九世纪文学主流》（第一分册），张道真译，人民文学出版社 1997 年版。

［法］丹纳：《艺术哲学》，傅雷译，生活·读书·新知三联书店 2016 年版。

［德］恩斯特·卡西尔：《人论》，甘阳译，上海译文出版社 1985 年版。

［美］弗雷德里克·杰姆逊：《后现代主义与文化理论——杰姆逊教授讲演录》，唐小兵译，陕西师范大学出版社 1987 年版。

［德］海德格尔：《人，诗意地安居：海德格尔语要》，郜元宝译，张汝伦校，广西师范大学出版社 2000 年版。

［意］卡尔维诺：《未来千年文学备忘录》，杨德友译，辽宁教育出版社 1997 年版。

［美］克利福德·格尔茨：《地方知识：阐释人类学论文集》，杨德睿译，

商务印书馆 2016 年版。

［捷］米兰·昆德拉：《米兰·昆德拉如是说》，中国友谊出版社 1993 年版。

［美］彼得·M. 布劳：《社会生活中的交换与权力》，李国武译，商务印书馆 2008 年版。

［英］齐格蒙特·鲍曼：《怀旧的乌托邦》，姚伟等译，中国人民大学出版社 2018 年版。

［美］R. K. 默顿：《科学社会学：理论与经验研究》（上），鲁旭东、林聚任译，商务印书馆 2003 年版。

［美］斯维特兰娜·博伊姆：《怀旧的未来》，杨德友译，译林出版社 2010 年版。

［日］藤野岩友：《巫系文学论》序言，韩基国译，重庆出版社 2005 年版。

［美］勒内·韦勒克、奥斯汀·沃伦：《文学理论》（修订本），凤凰出版传媒集团、江苏教育出版社 2005 年版。

［美］威廉·津瑟：《写作法宝：非虚构写作指南》，朱源译，中国人民大学出版社 2013 年版。

阿来：《看见》，湖南文艺出版社 2011 年版。

陈国球、王德威：《抒情之现代性："抒情传统"论述与中国文学研究》，生活·读书·新知三联书店 2014 年版。

陈平原：《中国小说叙事模式的转变》，北京大学出版社 2010 年版。

陈思和：《新文学整体观》，广东人民出版社 2018 年版。

陈思和：《中国新文学整体观》，上海文艺出版社 1987 年版。

陈思和：《名著新解》，广东人民出版社 2018 年版。

陈思和主编：《新世纪小说大系：2001—2010·乡土卷》，上海文艺出版社 2014 年版。

陈晓明：《中国当代文学主潮》（第二版），北京大学出版社 2013 年版。

陈晓明：《无法终结的现代性：中国文学的当代境遇》，北京大学出版社

2018年版。

陈应松：《春夏的恍惚》，地震出版社2014年版。

陈应松：《所谓故乡》，地震出版社2012年版。

陈应松：《穿行在文字的缝隙》，当代中国出版社2017年版。

陈应松：《世纪末偷想》，武汉出版社2001年版。

陈忠实：《寻找属于自己的句子》，上海文艺出版社2009年版。

丁帆：《中国乡土小说的世纪转型研究》，人民文学出版社2012年版。

杜小真编选：《福柯集》，上海远东出版社2002年版。

冯天瑜、何晓明、周积明：《中华文化史》（第2版），上海人民出版社2005年版。

樊星：《当代文学与地域文化》，华中师范大学出版社1997年版。

郭文斌：《永远的乡愁》，长江文艺出版社2018年版。

贺桂梅：《打开中国视野——当代文学与思想论集》，北京大学出版社2020年版。

贺桂梅主编：《"50—70年代文学"研究读本》，上海书店出版社2018年版。

贺桂梅：《书写"中国气派"——当代文学与民族形式建构》，北京大学出版社2020年版。

贺桂梅：《新启蒙知识档案——80年代中国文化研究》，由北京大学出版社2010年版。

贺雪峰：《新乡土中国》（修订版），北京大学出版社2013年版。

孔范今：《中国现代新人文文论》，山东文艺出版社2005年版。

唐小兵编：《再解读：大众文艺与意识形态》，北京大学出版社2007年版。

贾平凹、穆涛：《平凹之路——贾平凹精神自传》，青海人民出版社1994年版。

宋贤邦、华介编：《中国当代文学研究资料蹇先艾、廖公弦合集》，贵州人民出版社1985年版。

李敬泽主编：《边地书、博物志与史诗——阿来作品国际研讨会文集》，陕西师范大学出版社 2020 年版。

《吕叔湘文集》，商务印书馆 1993 年版。

《鲁迅全集》第 1 卷，人民文学出版社 2005 年版。

《鲁迅全集》第 9 卷，人民文学出版社 2005 年版。

李泽厚：《说巫史传统》，上海译文出版社 2012 年版。

《茅盾全集》第 21 卷，人民文学出版社 1991 年版。

孟繁华、张清华主编《身份共同体：70 后作家大系》，山东文艺出版社 2015 年版。

莫言：《小说的气味》，春风文艺出版社 2003 年版。

莫言、王尧：《莫言王尧对话录》，苏州大学出版社 2003 年版。

钱理群、温儒敏、吴福辉：《中国现代文学三十年》（修订本），北京大学出版社 1998 年版。

申丹、王丽亚：《西方叙事学：经典与后经典》，北京大学出版社 2010 年版。

汪曾培主编：《"七十年代以后"小说选》，上海文艺出版社 2000 年版。

王德威：《抒情传统与中国现代性：在北大的八堂课》，生活·读书·新知三联书店 2018 年版。

王光东：《民间：作为中国现当代文学研究的视野与方法》，中国出版集团、东方出版中心 2013 年版。

汪曾祺：《汪曾祺经典》，江苏凤凰文艺出版社 2018 年版。

汪曾祺：《老学闲抄》，上海三联书店 2016 年版。

阎连科、梁鸿：《巫婆的红筷子——作家与文学博士对话录》，春风文艺出版社 2002 年版。

叶舒宪：《文学人类学教程》，中国社会科学出版社 2010 年版。

张正明：《楚文化史》，上海人民出版社 1987 年版。

后　记

　　这部著作中的大部分内容曾以论文的形式公开发表过，因此，我首先要感谢当年发表这些论文，给我关爱、帮助我成长的刊物：《文学评论》《文艺研究》《中国现代文学研究丛刊》《中国文学批评》《南方文坛》《江汉论坛》《芳草》《名作欣赏》《长江丛刊》《湖北科技学院学报》《文汇读书报》，感谢编辑老师、也感谢审稿专家。利用这次出版机会，我对这些文章进行了修改、重新编辑，以便看起来像一部学术著作。

　　新世纪以来随着全球化、城市化的发展，乡村日益显现出新的文化内涵。土地流转、精准扶贫、乡村振兴、美丽乡村等政策实施以后，乡村日益焕发出新的生机，呈现出新的希望。那些富有责任感的作家饱含深情地书写了乡村的蜕变。梳理这些乡村小说表现出的新质，研究不同作家乡村书写的异同自然成为我近几年思考的方向。这些文字就关于这些问题探索的成果。

　　先锋与常态理论是由陈思和老师首先提出。我在新世纪乡村小说研究中将这一理论具体化、并且试图丰富这一理论。当然，更主要是让这一理论或者说阐释方式为我从事的乡村小说研究服务。关于乡村小说研究我已有一系列成果问世，也一直试图有所突破。诸如个案研究、整体研究、跨学科研究等我都做过一定的尝试，也取得一定的成绩，但是"强制阐释"的痕迹还是比较明显。这部著作的文字虽有部分可取之处，但也只能算是个人学术实践的训练之作，离同行们的优秀成果还有很大距离。我当继续埋头学习，踔厉奋发，笃行不息，争取写出更好的优秀成果。

先锋与常态：新世纪乡村小说论

  之前我曾在中国社会科学出版社出版过两部学术著作，并都获得了相关高级别的奖项。这次小书又能在这里出版，我感到非常荣幸，感谢张潜老师的辛勤工作，也感谢学院的出版资助。

2022 年 10 月 31 日